会津藩燃ゆ

―我等かく戦へり―

令和新版

星　亮一

ぱるす出版

もくじ　会津藩燃ゆ――我等かく戦へり――【令和新版】

序章

幕末。

会津藩主松平容保《まつだいらかたもり》と家臣たちは、京都にいた。

自ら望んだわけではない。徳川一門最強の武士団として、幕命によって、京都に派遣されていたのである。その期間は実に六年にも及んだ。容保は朝廷、幕府、雄藩連合による公武一和を目指し、孝明天皇の絶大な信頼を得ていた。

雪国の厳しい風土に育った会津の武士たちは、黙々と困苦に耐え、幕府のため、主君のために励んできた。

しかし、わずか一か月前の慶応三（一八六七）年十二月九日、薩長のクーデターによって徳川政権はくつがえり、一夜にして京都守護職を解任された。

容保の脳裡には六年間の様々な出来事が、浮かんでは消える。京都に着任した頃、会津藩士たちは、奥羽の頑迷な田舎武士とあなどられた。

薩長のテロリストたちは〝勤皇・攘夷〟を叫んで、京の街に荒れ狂い、その暴挙に一日として安んじる日はなかった。すべてが理不尽で狂暴な行動だった。

会津藩士たちは至誠を重んじた。誠を貫けば、天は必ず我《われ》に味方する、と信じた。

孝明天皇は、手段を選ばず国家転覆を図る薩長を嫌い、会津の至誠を信頼した。倒幕派にとって孝明天皇は邪魔者となった。孝明天皇はテロリストと手を結んだ公卿の岩倉具視《いわくらともみ》の奸計によって砒素を盛られ、毒殺された。

公武一和に賭けた容保の理想は、卑劣な策謀によって消えた。

それからの容保は、極度の心労が加わり、何度も京都守護職の辞任を申し出た。

（猜疑と偽瞞の渦巻く京都にはいたくない。会津に帰って、もう一度出直したい）

容保も家臣たちもおもった。しかし、その都度、幕府から慰留され、踏みとどまらざるを得なかった。

容保は生来、病弱であった。瘦軀《そうく》は一層瘦せ劣えていった。


慶応三年十二月九日、薩長は幼帝を奪い、幕府に政権返上を迫った。王制復古のクーデターである。主謀者は、西郷隆盛、大久保利通、岩倉具視らで、いずれも後に明治の元勲となる。彼らは薩摩、土佐、尾張、越前、安芸の五藩に出動命令を下し、十二月九日寅の刻（午前四時）一斉に御所の宮門を固めた。

西郷の率いる薩摩藩兵は大砲を据えて、睨みをきかせた。会津、桑名藩兵は宮門から追われた。戒厳令下のなかで小御所の会議が開かれ、徳川幕府の政権返上、将軍職の廃止が決められた。

土佐の山内容堂は、公武合体派である。徳川慶喜を首班とする天皇制の諸藩連邦国家を志向していた山内は、

「幼少の天子を擁して権力を私しようとするもの」

と、怒りを爆発させたが、遅かった。すでに御所は薩摩兵で包囲されている。

このころ長州兵が続々京都に入り、二条城に集結した幕府側と、ものものしく対峙していた。これを知った幕府兵や会津、桑名藩兵は激怒した。なかでも幕府の旗本で編制した遊撃隊と会津藩兵は、甲冑を身につけ、槍刀を手に「薩摩を討て！」と、絶叫した。

二条城には若年寄大河内正質《おおこうちまさただ》、陸軍奉行竹中重固《たけなかしげかた》に率いられた幕府陸軍五千名、会津藩兵三千名、桑名藩兵千五百名がおり、出撃すれば、一気に決着をつけることも可能だった。

「先帝が御在世であれば、このような暴挙は断じて許さない。いま薩摩を討たなければ戦機を失う」

容保も色をなした。家臣の手代木直右衛門《てじろぎすぐえもん》、林権助、佐川官兵衛らも、満面に朱をそそいで憤怒する。陸軍奉行竹中重固は、江戸に急使を派遣、歩兵、砲兵、騎兵の三隊と海軍の西上を要請し、殺気天を衝く勢いだった。しかし、慶喜は押し黙って動かない。

容保は呆然とした。

（大政奉還は時の流れとしても、このような謀略で、倒幕を迫るとは）

容保は全身に悪寒《おかん》が走った。我々は何のために、この京都で身命を賭けて、徳川家を守って来たのか。会津の領民に大きな犠牲を強い、国元は疲弊し、残された家族は、困窮にあえいでいる。すでに二百余名の藩士が、この地で病没し、薩長の過激分子と斬り合って斃《たお》れた。

（幼帝に名を借り、天下を奪おうとは）

容保の蒼白い顔が熱気で紅潮する。

「殿！　我ら会津藩が先陣を」

佐川官兵衛は白刃をかざしてわめく。城内は狂乱の極に達した。

「待てッ」

容保は兵士たちを制した。兵士たちは、慶喜の決断を待っている。慶喜の命令一つで、薩摩を駆逐することができるのだ。

「なぜだ、なぜだ」

容保はあまりの腑甲斐《ふがい》なさに地団駄する。西郷や大久保が、もっとも怖れたのは、幕府、会津による即、開戦である。勇猛な会津兵が、槍をふるって御所に突入すれば、クーデターは一気にくつがえることは、必定だった。

しかし、西郷には「玉」を抱いている強味がある。いざとなれば、幼帝をかかえて逃げ出せばよい。御所を攻撃すれば、幕府、会津は朝敵になる。西郷の戦略は大胆不敵であり、幕府、会津のもっとも痛いところをつくものだった。

容保にとって慶喜の優柔不断な性格は不幸だった。聡明だが武将ではない。都会育ちのひ弱さがあるのだ。苦悩するだけで決断が下せない。その場限りの言葉で、身を処してしまうのだ。案の定、慶喜はためらった。

「朝廷のもとで兵を動かせば、天皇を悩ませる。予に深謀がある」

こういわれると、容保は言葉に窮した。（違う）といいたいのだが、できない。

幕府を越えてはならない。それが会津藩のつとめである。容保は律義にその一線を守った。慶喜の言葉に従い、容保は二条城を抜け出し、大坂城に逃れた。

「たとえ京都の政変に破れても、大坂城がある。幸い、土佐や越前が薩長と一線を画している」

慶喜は、そうもいった。たしかに、土佐の山内容堂《やまのうちようどう》、越前の松平春嶽《まつだいらしゅんがく》は、西郷や大久保の革命路線に反対し、依然、諸藩連合政権を画策している。

「あとは時を稼ぐことだ」

慶喜は、悠然と構えている。ところが、暮れも押し迫った十二月二十八日、江戸から急報が入った。薩摩藩邸の焼き討ちである。

西郷は、慶喜がときを稼ぐことを、もっとも怖れた。慶喜が大坂城にこもって戦備を整えれば、諸藩の兵も続々上京する。

「そうなれば五千足らずの現有兵力ではかなわない」

西郷と大久保は、いまが戦いのチャンスと見た。西郷は、腹心の益満久之助《ますみつきゅうのすけ》と、伊牟田尚平《いむだしょうへい》に秘策をさずけ、江戸に下らせた。薩摩藩邸に無頼の徒を集め、江戸を騒乱状態に陥れよう、というのである。

西郷の謀略には、天才的なひらめきがあった。たちまち五百名近い浪人、博徒、殺し屋が集まった。

薩摩藩邸の暴徒たちは、三十人、五十人と徒党を組んで、商家に押し入り、金品を奪い、暴れ回った。

それだけではない。一部の浪士は、関東に走り、騒乱を起こし、江戸城を襲い、静寛院宮（明治天皇の叔母、先代将軍家茂夫人）と天璋院（先々代将軍家定夫人、島津斉彬養女）を奪い、薩摩につれて行く、とデマを飛ばした。

ついには、江戸市中警備の庄内藩邸に銃弾を浴びせて、挑発した。幕府も意を決し、薩摩藩邸の焼き

討ちを決行、飛びだして来た浪士たちを斬った。幕府大目付滝川具挙は、
「薩摩を叩きつぶす」
と、幕府歩兵大隊を率い、軍艦で大坂に向かった。
滝川を迎えて大坂の幕府、会津軍は喝采する。
（京都の薩摩、長州兵を殲滅し、再び朝廷を幕府、会津の手に戻さねばならぬ）
正月二日、ついに慶喜は一万の軍勢を京都に向け、出陣させた。

第一章　鳥羽、伏見

戦士の雄叫《たけ》び

雲が流れるように疾《はし》る。

不気味な黒雲が去ると、陽光がまぶしく光る。それも、ほんの一瞬である。沸きあがった雲が、たちまち陽光をさえぎる。

寒風が肌を刺す。城内の樹木が激しくゆれる。

遠くで砂塵が舞い上がる。

戦士の雄叫《おたけ》びが聞える。

赤々と燃える戦火の炎が見える。奇怪な空だった。慶応四年正月三日。太陽暦、正月二十八日である。

松平容保は、大坂城本丸の一角で、じっと北の空を睨んでいる。

東は大和川、北は淀川、西は海と三方を自然の要害に囲まれた大坂城は、難攻不落の名城といわれた。

かつて豊臣秀吉が築いた天守閣は外観五層、内部は九階、あるいは十階ともいわれる豪華絢爛たるものだった。

いま容保が立っている本丸は、無論、当時のものではない。大坂夏の陣で落城し、豊臣氏もろとも潰《つい》え去った。徳川の時代になって、二代将軍秀忠から三代将軍家光にかけて再築、石垣の高さや濠の幅、深さなどは豊臣時代をしのいだ。

会津藩祖保科正之《ほしなまさゆき》は、三代将軍家光の異母弟である。

つまり会津松平家は徳川一門につながる親藩なのだ。一朝有事の際は江戸に上って徳川家を守る。合わせて奥羽の外様大名を牽制する役目を担っていた。

すべては定めであろうか。

徳川・会津連合軍が、この大坂城を枕に、いままさに薩長の京都軍に決戦を挑もうとしている。

「絶対に負けられない」

容保はつぶやいた。

この日、大坂は朝から寒風が吹き荒れ、戦いの凄惨さを予期させた。午後になると、強風は疾風に変わった。西の海は、風浪が高く、白い波が大きくくだけた。

容保は戦いを知っている。

蛤御門《はまぐりごもん》の戦いのとき、七百名の長州兵が京の町に火を放ち、蛤御門を奇襲した。おりからの強風にあおられ、京の町は、灼熱の炎に包まれ、小御所《こごしょ》の殿上人は、恐怖に顔をひきつらせた。

あのときの耳をつんざく砲弾の炸裂、閃光、悲鳴、斬り捨てられた兵士たちのおびただしい屍体が鮮烈に浮かぶ。

容保は不吉な予感に襲われた。

そうだ。薩長は、奇襲攻撃をかけてくるかもしれない。怖れを知らぬ狂暴な牙だ。幕府、会津は風下の不利な戦いになる。

読み違いがなければよいが。容保の胸は異常に高鳴った。

そのころ北上した幕府軍は、鳥羽、伏見の両街道を進軍していた。幕府陸軍、会津、桑名、高松、松山、大垣などの藩兵約一万名である。大坂には大坂城を中心に五千の兵が待機していた。

対する京都の兵力は、約五千名。数の上では、圧倒的に幕府軍が有利である。

幕府の先鋒は朝廷に提出する「討薩の表」を持った幕府大目付滝川具挙《ともたか》である。

先鋒軍は鳥羽街道で、薩摩藩兵にぶっかった。幕府軍の入京を知った薩長軍は、四千の兵を伏見と鳥羽に分け、戦闘体制を固めている。

「慶喜が罠にかかった。この戦いが我々の革命のすべてを決める」

西郷隆盛は決死の表情である。

薩摩兵は全員が筒袖、ダン袋ズボン、円錐形の軍帽で統一され、軍楽隊を先頭に出陣した。

薩長軍が勝つためには、幕府、会津藩兵を京都の入口で破るしかない。京都に進入されては、防ぎきれない。

「全力をあげて入京を阻止せよ」

西郷は全軍に下知している。滝川は、

「内府公の入京に当たり、先供の兵が入京する」

と、突破しようとしたが、薩摩兵は、

「朝廷の許可があるまで通行は認めない」

と、頑として拒否した。

幕府軍の隊形は、先鋒の滝川の周辺に京都見廻組、その後ろに幕府歩兵、さらに砲兵と続く。だが、どうしたことか、歩兵は戦闘隊形をとっていない。砲兵も同じだ。

ただぼんやりと交渉を見守っている。

斥候の兵もいなければ、陣地構築の動きもない。そのうちに薩摩兵は陣地を築き、大砲には弾丸を装塡した。

決戦のとき来る。薩摩の士官はそう判断した。夕刻に至って交渉は決裂する。滝川は、

「押し入って入京する」

といい放ち、護衛の京都見廻組に強行突破を命じた。

薩摩の軍監が後方に下った。

次に何が起こるか、滝川は読めない。滝川は上表の使者であって、軍隊の指揮官ではない。

京の町に、その名が聞えた京都見廻組も、近代戦の経験はない。

突然、薩摩兵のラッパが鳴り、轟然と大砲が火を噴いた。散開した銃隊からは激しく銃弾が撃ちだされる。鳥羽、伏見の戦いはこうして始まった。

本来、鳥羽に来ているはずの幕府陸軍の総指揮官、陸軍奉行竹中重固は、伏見にいて先鋒に加わっていない。

不可解であった。滝川は戦争を知らない。適確で、凄まじい砲弾が、狼狽した幕府歩兵の頭上に落ちてくる。

グワーンと、大地をゆるがせ、数人の兵士が吹き飛ぶ。

兵士たちは、真っ蒼になって、逃げまどう。手足をもぎ取られた兵士がいる。頭が割れ、脳漿が流れている屍体がある。座り込んだまま、泣きわめく兵士がいる。

鋭い金属音が空中を飛び交う。

薩摩兵は間断なく小銃を撃ち続け、耳をつんざく轟音が響き渡る。

一瞬の出来事だった。

誰しもが「よもや」とおもった。幕府の信じられない判断の甘さである。

幕府の大軍が進撃すれば、京都軍は恐れをなして道をあけると考えたのだ。

ここを守っていた薩摩兵は、小銃五番隊、六番隊、外城二番隊、一番砲兵半隊のわずか四百名に過ぎない。大砲も四門しかない。幕府兵の半分以下の兵力なのだ。だが決定的に違うのは、戦闘配置についていたことである。

後方に大砲を据えて、街道周囲の竹藪には小銃隊をひそませている。まず大砲で先制攻撃をかけ、次に散開した小銃隊が雨のように銃弾を浴びせる。

その作戦がものの見事に当たった。

勝敗は一瞬にして決まった。

滝川の馬は狂奔し、滝川を街道に振り落した。それはこの戦いを象徴する出来事だった。

滝川は仰天し、馬を拾うや、味方の兵を蹴散らして逃げだした。後続の幕府歩兵は、小銃や背嚢を投げだして退却する。

そのなかで京都見廻組は、死を決して戦った。

京都見廻組は新選組と並ぶ警察部隊である。新選組が農民出身者で占められていたのに対して、旗本の二、三男で組織した慶喜や容保の警備に当たった親衛隊である。

隊頭の佐々木只三郎は、会津生まれ。父が江戸在勤中、旗本の佐々木家に養子に入った。

兄は会津藩公用方、手代木直右衛門《てじろぎすぐえもん》である。

会津武士の血が脈々と流れている。撃剣のすごさは幕府講武所随一といわれ、薩長の兵士は近藤勇、佐々木只三郎をもっとも怖れた。

「行くぞッ」

佐々木は抜刀して立ち上がり、白刃をふるって突撃した。屍体を乗り越え、斬り込んで行ったが、一斉射撃を浴び、もんどり打って倒れた。

隊員たちは佐々木をかかえて、退却する。

佐々木は大坂から江戸に戻る途中、紀州で命を絶った。

薩摩軍と戦うには、幕府大砲隊、歩兵を前面に出し、京都見廻組は、最後の突撃隊でなければならなかった。もはや火力が戦いを決める時代になっていた。

当時の大砲はほとんど前装の施条山砲《せじょうさんぽう》、四斤山砲《よんきんさんぽう》で、弾丸は火を焚《た》いて鉄の玉を焼き、それを砲口から入れて飛ばす焼玉、さらに信管のついた榴弾、榴散弾、霧弾が使われた。

四斤とは火薬の量で、火薬は砲尾の火門に火縄をつけて点火し、発射した。

榴弾は、弾丸が爆発して四散する。散弾は弾体のなかに八十粒の弾丸がつめ込まれている。榴弾、榴散弾は威力があり、薩摩の砲隊は次々に連続発射して、幕府兵を潰走させた。

伏見市中の奉行所には新選組がいた。竹中重固の指揮する歩兵二大隊、砲四門も後方に着いていた。隣の東本願寺御堂には会津藩兵約六百名が着陣していた。会津の兵編制は、一陣（四隊、二砲隊）である。和洋混然としており、槍隊もいた。

対する京都軍は、奉行所と御堂を完全に包囲していた。右翼を土佐、左翼を長州、その背後に薩摩の砲隊が布陣していた。砲九門。四斤砲、六斤砲、携臼砲を備えていた。

しかも、付近の物影には薩摩の狙撃兵がひそみ「いまや遅し」と開戦を待っていた。

夕刻、鳥羽方面に銃声が上がるや、薩摩砲兵隊は一斉に奉行所に向け大砲を発射した。

新選組と会津藩兵は刀を抜き、槍をかざして待っている。会津藩砲兵隊頭林権助が急いで四斤砲を装塡し、

「撃ち返せッ」

と、怒鳴った。

彼我の大砲が交錯し、硝煙が鼻をついた。

新選組副長土方歳三は、甲冑陣羽織の古色蒼然たる姿である。

その時、奉行所の屋根に砲弾が命中し、建物が強震した。

「ゆくぞッ」

新選組や会津藩兵が抜刀して踊りでた。

敵は薩摩の陣地である。薩摩兵は密着型の四列射ち方の構えで待っていた。

前二列が膝立射ち、後二列が立射ちである。そこへ斬り込んだからたまらない。バタバタと撃ち斃された。

伏見の町は戦火で嚇々と燃え、そのなかに幕府軍や会津藩兵の屍体が遺棄されている。完敗だった。

翌四日、幕府は黒谷に向かう予定の歩兵二大隊を伏見に投入、攻撃にでた。佐久間信久、窪田鎮章ら幕府の大隊長が前線に出て、懸命に指揮を執った。しかし、冷静さを欠いていた。

兵を散開させ、京都軍を包囲すべきなのに、前日と同じように二列横隊のまま包囲網に突っ込んだ。薩摩軍も弾薬が不足し、兵も疲れている。しかし、一歩も後に下がらない。

この日も幕府は、薩長軍京の陣地をとれなかった。敗兵を叱咤して踏みとどまった佐久間と窪田は、狙撃されて戦死、潰走した。

戦いを支えたのは会津藩兵だった。大砲で応戦し、幕府歩兵の小銃を奪って、撃ちまくった。その勇猛さは、薩長兵の心胆を寒からしめた。

会津藩大砲隊

会津藩には二隊の大砲隊があった。林隊、白井隊である。

各隊とも四斤山砲三門を持っていた。

操練の激しさは会津藩のなかでも随一とされた。

林隊の隊長、林権助《ごんすけ》は六十余歳。白髪の老兵である。割れ鐘のような怒声で隊員を叱咤した。

白井隊は隊員が白足袋をはいていた。

両隊とも正月元日に出動の命令を受けた。林隊は二日卯の上刻（午前六時）、大坂八軒屋より淀川を船でのぼり、同夜酉の刻（午後六時）、淀城下に着船した。

「会藩」の旗を立て、砲三門を引き、庭から伏見に向かった。

白井隊も正月元日、京都大仏着陣の命令を受け、二日辰の刻（午前八時）、大坂八軒屋に着き、同日夜、船で淀に入った。三日早朝、出発。四ツ時（午前四時）、伏見に着き、竹田街道を進軍した。

両隊はここで三日間にわたる死闘を繰り広げる。林隊は御堂で砲撃を受けた。敵の小銃隊はわずか数間先に陣を構えている。

接近戦なので大砲を撃つ余裕がない。林は先頭を切って飛びだしたが、たちまち三発の銃弾を浴び、重傷を負った。林は地べたに坐りながらも、

「退くな、退くな」

と叱咤し続けた。

砲声が間断なく天地を震わせる。薩摩兵は、驚くべき物量で小銃をぶっ放す。

それをものともせず、林隊も躍り出たが、一瞬のうちに二十名の戦死者をだした。重傷者も二十四名を数え、もはや戦える状態ではない。

戦死者は朱に染って路上に倒れ、収容することもできない。

隊長の林権助は、頭から血を流し、路上に座り込んでいる。顔は硝煙で真っ黒だ。権助にも死が迫っている。

「悔いはない。おれは戦った」

という満足感が、朦朧《もうろう》とした意識をささえていた。あたりは死骸の山だ。

冬の落日は早い。この日の戦いは終わったのだ。瀕死のうめき声、苦痛の叫びが、生き残った隊員たちの胸を締めつけた。

隊員たちは、無念の涙を呑んで退却した。

翌四日、林隊は鳥羽街道に転戦した。

この日は幕府歩兵も善戦し、薩長兵を追いつめる場面もあったが、残る組頭の小原宇右衛門が銃弾に斃れ、七名が戦死、七名が重傷を負い、無傷の隊員はわずか二十六名になった。林隊も百名以上の死傷者を出し、ついに退却を余儀なくされた。

白井隊の組頭の海老名郡治は、ヨーロッパ帰りの若き士官である。斥候を出して薩長軍の陣形を調べ、敵の背後に回る作戦にでた。

しばらく進むと、薩摩軍の蔵屋敷がある。大砲を発射して、倉庫に入り、中にいた数名の薩摩兵を倒し、火を放つ。すでにあたりは暗い。

白井は斥候数名を出して、警戒し、なおも進むと、林隊が四方から銃弾を浴び、退却を始めている。

林隊が大砲を引き、出発して間もなく、伝令が馬を飛ばして急を告げた。

「鳥羽方面、味方苦戦、直ちに引き返せ！」

林隊はまたしても敵の背後をつけない。鳥羽方面に向かうと、幕府兵が散開して敗走してくる。

白井は道を開いて、そこに人家の畳を出して胸壁をつくり、大砲二門を備えて発砲した。このとき、会津別撰隊の佐川官兵衛が鯨波《げいは》の声をあげて駆けて来た。

白井は大声をあげ、

「君恩に報いるときなり」

と、死傷を顧みるひまもなく、奮戦し、佐川隊を援護した。

佐川隊は銃弾雨飛《うひ》のなかを敵陣に突入、ついに長州陣地を占領した。

初めての勝利である。

この夜、幕府御目付遠山金次郎が前線を訪れ、

「今日の勝利抜群につき、追って望みどおりの賞を与える」

といった。しかし、翌日、白井隊は薩長軍の一斉攻撃に会い、たちまち苦戦に陥った。

砲弾は左右の樹木に破裂し、樹木が路上に散乱、昨夜築いた胸壁も次々に破られていく。大砲も被弾して使えず、幕府の大砲を奪って応戦するが、組頭小池勝吉が銃弾に斃れ、隊長も重傷を負った。

このとき、大垣兵が救援に駆けつけた。

海老名は、隊長を背負って、後方に退いた。

白井隊のこの日の戦死は、白井五郎太夫（隊長　大砲奉行）、小池勝吉（組頭）、以下隊士の山本新八、赤羽恒次郎、岸武三郎、加藤藤三郎、高橋兵治ら。重傷は松沢水右衛門ら二十一名で、このうち六名が

大坂で息を絶えた。

大坂から京都に上がるには三つのルートがあった。

鳥羽街道、伏見街道、竹田街道である。現在の国道一号線、二四号線、一七一号線である。

京都に一万の大軍を進攻させるとすれば、三つの街道に兵を分散させ、さらに幾つかの間道に遊撃隊を派遣すべきであった。

ところが、幕府は鳥羽、伏見の二つの街道に全兵力を集中した。竹田街道は空白のままであり、間道を攻め上がる兵もいない。

幕府の高級指揮官がいかに無能であったかは、一目瞭然である。このことは、薩長軍にとって実に幸運だった。二つの街道に、兵力を集中できたからである。

各部隊とも先鋒は会津藩兵、京都見廻組、新選組である。大坂湾には無敵の榎本武揚の幕府艦隊がいる。薩長軍の補給路は封鎖されている。京都の公卿たちは、色を失った。

「とても勝ち目はない」

幼帝を抱いて、逃げだそうとしている。にもかかわらず、幕府は惨敗した。原因は、はっきりしている。勝つ戦略がなかったのだ。

西郷は幕府のこうした無能ぶりを見越し、危険な賭けに勝った。公卿たちは、薩長軍を天皇軍と認めて、錦旗を授けた。幕府はわずか三日の戦いで、賊軍に転落した。

前線の総指揮官竹中重固は、江戸に帰るや責任者として陸軍奉行を罷免され、登城を禁止される。その後、会津から函館に逃れ、五稜郭《ごりょうかく》で戦うが、もともと将の器ではなかった。竹中の無策もさることながら、最大の問題は前将軍慶喜にあった。

慶喜は、頭のよさでは、徳川一門のなかで並ぶ者がいない、といわれた。開明派であり、フランスとの提携による日本の改革など「家康の再来」とまでいわれた。しかし、武将ではない。インテリなのだ。物事を即座に判断し、行動する力に欠けている。戦時には向かない。王制復古のクーデターに対する対処の仕方も最悪だった。

慶喜は王制復古のクーデターを事前に知っていた。

宮廷の都合で、クーデターは一日延期され、九日となるのだが、慶喜が七日早朝、一斉に御所を固めれば、クーデターは阻止できたのだ。クーデターに賛成した幼帝の外祖父、公卿の中山忠能も後藤象二郎の説得で、一度はぐらついている。

容保がこの事実を知っていたかどうかはわからない。しかし、会津藩の外交方手代木直右衛門、外島機兵衛らは、たえず後藤と接触しており、不穏な空気は察知していた、と見てよい。

十一月下旬には薩摩藩主島津忠義が三千の兵を率いて上洛し、長州兵も続々上京している。武力討幕が始まるというのは、誰の目にも明らかである。宰相としての責任と自覚の欠除、政治性のなさ、それが慶喜の実態だった。

慶喜の父は、激しい気性の持ち主として知られる水戸藩主徳川斉昭である。母は有栖川宮吉子女王である。武将の父と宮家の母の間に生まれた慶喜は、父に似ず、性格的には母に近かったといわれる。美男で、気品があり、幼児のころから聡明であった。聡明で頭が切れたが、肝心なときの決断がない。決断を下せない将軍のもとでは一万五千の大軍も、烏合の衆に過ぎない。

勝海舟や大鳥圭介らが大坂にいれば、もっと違った判断もあったろうが、大坂の幕閣も勇ましい主戦論だけで具体的な戦略がない。

慶喜にいたっては、いくら出馬を要請しても「予は風邪だ」と称して、慶喜は大坂城を一歩もでない。

会津藩兵だけが、前線に留まり、死をかけて戦っていた。会津兵は淀に防衛線を敷いた。敵が進撃してくる道ぞいの竹藪にひそみ、斬り込みを掛ける特攻作戦である。

砲兵隊の生き残りが林権助、白井五郎太夫の仇討にでたのだ。竹藪のなかで息を殺して、待ち伏せる。

小銃も大砲もない。古いヤーゲル銃は銃身が焼きつき、投げ捨てた。竹藪を烈風が吹き抜け、竹林が激しく踊る。

薩長兵は、威嚇射撃をしながら進撃してくる。竹藪の兵士たちは、硝煙やほこりにまみれ、全身のあちこちに傷を負っている。眼だけが異様に光る。食糧もない。援軍も来ない。

「来たぞッ」

数人の会津藩兵が竹藪を飛びだし、渾身の力をこめて、袈裟懸けに斬った。

斬り合いは度胸だ。怯《ひる》んだ者が死ぬ。後続の敵が来る。会津藩兵は竹藪に逃げ込む。

薩長兵は狂ったように竹藪に射撃する。竹がバシッ、バシッと音を立てて折れる。

薩長兵が前進を始めると、会津兵は忍者のように躍りでて小気味よく斬りまくった。敵を倒すや、馬乗りになって、トドメを刺し、首を斬り落す。首をゆわえて腰に下げた。

別撰隊の佐川官兵衛も凄まじい。敵の小銃弾が眼をかすめ、血が流れている。鬼官兵衛の異名の通り、いかめしい面構えだ。

「おれは弾に当たらん」

傘をさして、淀の町を歩いている。この段階で幕府陸軍が正面にでれば、戦いを逆転させることもできたが、慶喜は動かない。

「もはや、幕府、頼むに足りず」

会津陣将田中土佐、内藤介右衛門《すけえもん》は、大坂城を飛びだして、大坂の玄関、枚方《ひらかた》に出向き、敗走する兵を必死に止めたが歯止めが利かない。

虚ろな眼の敗兵は、槍にすがり、肩を組み、よろけるように通り過ぎてゆく。そこへ会津の町田隊がたどり着いた。

担架の兵士は、顔面土色に変わり、断末魔の苦痛にうめいている。腹部貫通銃創だ。兵士たちは田中や内藤の顔を見ても声がでない。

「わが会津藩兵だけが」

田中は駆け寄って兵士たちを抱きかかえた。

慶喜逃亡

大坂城は騒擾の渦である。

「ああー」

「ううー」

死の苦しみにもだえる兵士がごろごろ横たわっている。ほとんどが銃創による怪我人だ。

外科手術をしなければ、助からない。しかし、幕府の西洋医は大坂に来ていない。医者も薬もないのだ。傷口は化膿し、足は壊疽《えそ》を起こして腐っている。地獄絵だ。そこへ、甲冑姿の騎馬武者が人馬一体となって、城門を駆け上ってくる。

枚方が落ちたという。

枚方は大坂の玄関である。

幕府の無能をなじる声。反撃を叫ぶ声。城内は阿鼻叫喚のるつぼとなった。

「なんたることか」

容保も顔色がない。大砲隊は全滅し、死傷者は三百名近いという。容保は、よろけるように城内を走った。藩相の梶原平馬、萱野権兵衛、上田学太輔が容保を追う。

「田中や林が無事であればよいが」

容保はあえぎながら呟く。

「殿、わが会津藩は不敗です」

萱野の言葉も耳には入らない。呆然自失である。あの堂々たる出陣は、夢だったのか。

「信じられない、すべてが信じられない」

容保は、がくんと膝を落とした。

容保は近侍の浅羽忠之助に、

「御宸翰《ごしんかん》を持て」

といった。

御宸翰とは、亡き孝明天皇が容保に与えた、信認の書翰である。容保は後年、この御宸翰を竹筒に入れて、首からつるし、片時も離さなかった。容保は御宸翰を手に、体を震わせて号泣した。

この城がどれだけ耐えられるのか。

容保は改めて大坂城を見回した。大坂城は大坂冬の陣で、外濠はもちろん、二の丸の壕までなくなった。丸腰となった大坂城は翌年、あえなく落城した。

「この城には太閤秀吉の怨念がこもっている」

という人もいた。壕を埋めたのは徳川家康である。

「皮肉な運命だ」

と容保はおもった。

大砲、小銃の近代戦に果たして何日耐えられるのか。誰しもが疑問視した。しかし、ここで踏み留まれなければ、勝算はない。やがて関東の旗本八万騎、奥羽の諸藩が駆けつけるだろう。容保はそう考えて、気持ちを落ち着かせた。だが、将兵たちは時間の経過とともに戦意を喪失していく。

〝江戸再挙論〟がどこからともなく流れ、親衛隊は戦うそぶりすらない。慶喜の出陣を要求し、大坂籠城説を唱える強硬派も、

「さて、いかなる戦術で反撃するか」

となると、はたと言葉につまってしまう。

六日朝、大坂城では、慶喜を中心に最後の評定が開かれた。大広間には首席老中板倉勝静、老中酒井《さかい》忠惇《ただとし》、老中格大河内正資《おおこうちまさただ》、松平容保、松平定敬ら幕府、会津、桑名の首脳が集まった。慶喜はいった。

「事、すでにここに至った。しかし、千騎戦没して一騎となるも、退くことは許さない」

容保は信じがたい表情で、慶喜を見た。これまで何度も、慶喜の詭弁にあっている。首席老中板倉は、うつむいたままである。慶喜はなおも、言葉を続けた。

「汝らよろしく奮発して、力を尽してくれ。もし、この地で敗れても関東がある。関東が敗れても水戸がある。決して中途で留まってはならない」

将兵たちは慶喜の言葉に、歓喜した。会津藩兵の奮戦についても「徳川の鑑」と誉めあげ、会津藩の勇将、佐川官兵衛を新たに幕府歩兵頭並に任命した。

「私の命に代えても大坂城を守ります」

官兵衛は容保に頭をたれた。しかし、慶喜の詭弁《きべん》には定評があった。詭弁というよりは、流れに敏感であった、というのかも知れない。

「一騎となるとも退くな」

といいながら、決定的ともいえる敗戦の衝撃は大きい。

「籠城してどうなるものか」

慶喜には先が見えている。戦いに勝ちさえすれば、クーデターなど一夜の夢と化してしまう。薩長は孤立し、越前、土佐、尾張など京都にいる軍勢は、たちまち徳川になびき、再び慶喜が日本の頂点に立つ。

敗れた瞬間に、幻のような京都政権が天皇政権となり、錦旗が上がってしまったのだ。

将軍の間にこもった慶喜は、秘かに大坂城脱出を考える。主戦派の会津に戦いの続行を命じ、その間に、逃れようというのである。幕府首脳も戦意を失っている。あとは容保と実弟の定敬をいかに説得するかである。

慶喜と幕閣の間で密議が交わされた。夕刻、慶喜は容保を招いて、命じた。

「予についてまいれ」

容保は敗戦のショックのあまり判断の能力を失っていた。

慶喜が何を考えているか、読み取ることはできたが、それに反論を唱える気力は失せていた。容保は命ぜられるままに、慶喜に従って、こっそり大坂城を抜けだした。彼はこのときのことを、終生黙して語らない。

会津藩のなかで、容保の逃亡を最初に知ったのは、近臣の神保修理《じんぼしゅり》である。会津藩軍事局の一員として、戦況を視察していたが、主戦派の会津藩のなかにあって、終始懐疑的にこの戦いを見ていた。

六日朝、前線から戻った修理は、慶喜、容保に拝謁し、襟を正して語った。

「恐れながら徳川家が累代の政権を朝廷に返上し、公議与論をもって、天下の国是と決めたことは至大の美挙、と存じます。いまや、慶喜侯は将軍ではなく、前将軍であらせられる。したがって、薩長を暴臣だとして、直ちに君側の奸悪を除こう、と大兵を送るのは正しくございません」

容保は驚いて、修理を見た。

なにを言いだすのかと、おもった。

慶喜はうなずいて、聞いている。

こうなれば、江戸に帰るしかない。江戸で兵を立て直し、再起を期す。これしか、徳川を救う道はない。

修理は、そう判断して、戦争の停止を訴えた。この発言が後に大きく取り上げられ、修理は命を落すことになる。

それにしても、慶喜、容保がこっそり逃げ出すなど修理は、夢にも考えていない。

二人の姿が見えないと知ったとき、修理は、天保山《てんぽうざん》沖の軍艦に向かったことを即座にさとった。修理はあわてて、家老の内藤介右衛門に知らせた。

「えッ」

内藤の顔から血の気がうせた。

「すぐ後を追え！　引き止めるのだ」

修理は馬を飛ばして、天保山に疾った。近侍の浅羽忠之助も一緒である。『昔夢会筆記』によれば、慶喜は後年、大坂城脱出について次のように語っている。桑名藩士だった江間政発の質問に答えたもので、「最後の一兵まで戦え」と檄を飛ばした本人とは、まるで思えない冷やかなものだ。

当時の慶喜の策略とすれば、容保、定敬の二人を大坂に残し、自分だけ脱出することもできた。残された二人は、籠城し、決死の抗戦をしたはずである。そうなれば、歴史は変わっていた。慶喜が二人を連れ去ったことは、戦意喪失、すべてを放棄したことを意味した。

人間の心は弱い。徳川家の十五代将軍という超エリートが、わずか三日の戦いで、すべてを投げだし

たのだ。心の片隅に、

「江戸に帰れば、まだなんとかなる」

という期待も少しはあったろう。しかし家臣を捨てるというぶざまな逃亡を見る限り、エリートとしての慶喜は、もう存在しない。

七日朝、慶喜逃亡の知らせは、またたく間に城内に広がった。

佐川官兵衛は烈火のごとく怒った。

「将軍は我々の前で、決意を述べたではないか。我々は感泣し、死を決した。舌の根もかわかぬうちに逃げるとは」

わめきながら、抜刀して手当たり次第に斬りまくる。

「武士道も地に落ちた。まだ城内には兵糧、武器、弾薬もあるではないか」

桑名藩士中村武雄も歯ぎしりする。城内は狂乱の場と化した。

兵器をあたりに投げ出し、続々と脱出が始まる。会津藩兵は言葉がない。主君容保も姿を消している。

重臣たちも、事態の深刻さに驚愕し、顔を見合わせるだけだ。

「重臣たちは何をしていたのだ！」

罵声が飛ぶ。あってはならないことが起こったのだ。

「もはや、これまで」

兵士たちは、最後のときが来たことを知った。怒りが全身にこみあげ、涙があふれた。

幕府海軍の司令官、開陽丸艦長榎本武揚が、作戦計画のため上陸し、大坂城に来たのもこの日だった。

榎本は呆然とたたずみ、

「なんたる無策」

と男泣きに泣いた。

榎本は城内の金庫をこじあけ、十八万両を運び出し、大坂沖の軍艦に積み込んだ。

これが榎本艦隊の戦闘資金となった。

会津藩兵のなかで、最後に大坂に帰還したのは、山川大蔵《やまかわおおくら》の率いる大砲隊の生き残りである。白井隊は隊長を失ない、林隊も隊長が瀕死の重傷である。

その大砲隊の救出に当たったのが、若冠二十三歳の山川大蔵である。後に会津藩軍事総督として、一か月に及ぶ会津若松の籠城戦を指揮する。

山川は、容保が会津の未来を托した若き獅子で、慶応二年、幕府の小出大和守の随員として、ヨーロッパ、ロシアに派遣された。

長身の美青年。文武両道に秀れ、

「会津に山川あり」

と幕府にも知られていた。山川の生家は、藩祖保科正之以来の家臣で、祖父兵衛は二十年間、家老職にあった。国内情勢不穏の知らせで、急ぎ帰国すると、間もなく戦いが始まった。

会津藩は、京都守護職として多額の出費を強いられ、薩長に比べ、軍の近代化に大幅な遅れをとった。

人材の育成の面でも、同じである。もし、山川が二年早くヨーロッパの体験を積み、帰国すれば、会津の命運は違っていた。重臣たちの世代交代で、軍の改革が進み、会津藩の身の処し方も、もっと合理的になっていたはずである。

山川は軍服に身を包み、洋鞍にまたがり、小銃を肩に、大坂城から飛びだした。守口駅で、山川の姿を見た隊員たちは、その英姿に感喜し、隊員たちは、山川の周囲を取り囲んだ。

「敵は食糧に乏しく、援兵はない。我らが大坂に留まれば、彼らは戦わずして敗れよう。忍んでときを待て」

山川は兵士たちを励ました。山川には、もって生まれた勇気と、統率力がある。

「本日より私が指揮を執る」。

山川は毅然としていった。

「傷者の救出が先だ」

山川は兵士たちをいたわりながら、テキパキと指示し、戦傷者を戸板に乗せ、大坂に運んだ。

七日夕刻、城門をくぐると、城内は足の踏み場もない雑沓である。敵が間もなく攻めてくる、というのに、幕兵は、どんどん城外にでてゆく。山川はいぶかった。そして、本丸に入って、すべてを知った。

慶喜、容保が兵を捨て、逃亡したというのである。

「ひどい。あまりにもひどすぎる」

城内にはすでに人影も少なく、落城寸前の光景である。会津藩も紀州に逃れた、というのだ。山川は気を取りなおし、本丸の将軍御座の間に兵を集めて、衆議した。

「さて、いかが致すか」

「天下の名城を捨てるのは武門の恥辱だ。後世の人々は、我々をなんと評するか」

「我が軍はわずか百名たらずだが、守城数日に及べば諸藩の応援も来よう。戦うべきだ」

「たとえ刀折れ、城を枕に討ち死にするも愉快ではないか」

兵士たちは、叫ぶ。槍をかざして薩摩の陣地に飛び込んだ林権助の姿を、兵士たちは見ている。武士は主君のために命を捧げねばならぬ。彼らは幼時より、そう教えられてきた。

山川は兵士たちの心情が痛いほどわかる。

山川は眼をつむる。

（ここは自重しかあるまい）

「藩公はまだ御健在である。東帰されたのは、前途に深謀があり、捲土重来を期されたためである」

山川の裁断で会津藩大砲隊も江戸に引き揚げと決まった。

「この屈辱は晴らしてみせる」

山川は心に誓った。

彼の弟、健次郎は、このころ国元で藩校日新館に学んでいた。戊辰戦争後アメリカに渡り、エール大学で物理学を専攻、日本人として、初めて理学博士となる。東大総長、京大総長、九州大総長を歴任し、わが国教育界の重鎮となった。妹の捨松も第一回女子留学生として、アメリカに渡り、帰国して鹿鳴館の華とうたわれた。

捨松は、のちに薩摩の砲兵隊長大山巌の妻となる。弟妹の教育は、兄大蔵のヨーロッパ視察による成果だった。

立場が変われば、新政府の高官として、世にでたであろう山川は、この日から朝敵会津の将として、苦難の人生を歩む。山川にとっても、鳥羽、伏見の敗戦は、万感胸に迫る断腸のおもいだった。

開陽丸

大坂の海は激しく騒いでいた。黒い海の彼方に光が見える。磯の匂いが鼻をついた。

「あの光が軍艦だ」

首席老中板倉勝静《かつきよ》がいった。

風が顔を叩き、大声でないと聞えない。

容保は光を凝視した。光は上下に大きくゆれている。六日夜半、大坂城を逃れた慶喜らは、八軒茶屋から小船で天保山沖に漕ぎだそうとしていた。

小船は木の葉のようにゆれている。

「これに乗るのか」

容保の体に恐怖が走った。小船は舫《もあい》を解くと、見事に波を乗り切って沖にでた。目ざすは幕府海軍の旗艦「開陽丸」である。

逃亡者の心理が海の恐怖を倍加する。小船がうねりに突っ込むと、光はどこにも見えない。闇黒の世界だ。

「どこだ」

板倉の声が飛ぶ。眼の前に数個の光が浮かんだ。軍艦である。目をこらすと、アメリカの旗が、ちぎれるように翻えっている。監視の水兵が小船に気づいた。縄梯子が下りた。

「この船に乗るしかない」

慶喜は胸をなで下した。

アメリカの軍艦は、イロクオイス号だった。

京都の戦争を予想して、大坂沖に来ていたのだ。慶喜らはやっとのおもいで、軍艦に乗り移った。

アメリカの軍艦は、将軍の突然の乗艦に仰天した。

艦長はすべてを察し、将軍を手厚くもてなし、翌朝、短艇で、開陽丸に送り届けた。

風浪はますます高く、一時は短艇が転覆するかとおもえるほど危険だった。

慶喜を迎えた開陽丸の水兵も飛び上がった。艦長榎本武揚《えのもとたけあき》は不在である。副艦長沢太郎左衛門は理解に苦しんだ。

「なんのために」

沢は板倉勝静にただし、鳥羽、伏見の顚末を知った。

そのとき、イギリスの軍艦が突然、蒸気を焚き、速力をあげて近づいて来た。ぐるりと開陽丸を一周すると、大砲を向け、戦闘操練を始めた。

慶喜の乗艦を知り、威嚇したのである。イギリスは薩摩を支援しており、大量の武器、弾薬を売っている。

「戦闘配置につけッ」

沢が怒鳴った。これを見た慶喜は、直ちに江戸に向け出帆するよう命じた。

沢は言葉を失なった。開陽丸艦長は榎本武揚である。榎本は単に開陽丸艦長というだけではない。幕府海軍の副総裁として、大坂に来ているのだ。

「艦長の命令がなければ出帆などできる道理はない。我々がここで薩長の補給を絶たねば、大坂は落ちる。実に一大事だ」

沢は憤然として板倉に抗議した。しかし、板倉の答えは、即、出帆である。

「上意だ。旗艦は富士艦に移せばよい。榎本がいなければ航海できぬというのか」

「なにをいわれるのか。航海の指揮を執ることなど容易なことである。だが、艦長不在のまま出帆するなど海軍ではありえないのだ」

沢は板倉の命令を無視し、副長烏山三郎に、

「艦長を迎えにまいれ！」

と命じた。水兵が短艇を下ろし、浜に向かって漕ぎだした。水兵たちが必死に漕ぐが艇は進まない。逆風はますます強く、短艇は空しく戻される。

「だめか」

沢はあきらめた。このころ、天保山には会津藩の神保修理が駆けつけていた。修理も小船を借り、開陽丸を目ざした。強力な機関がなければ乗り切れない。激しい風浪だった。やがて、開陽丸は煙をあげて、抜錨した。

開陽丸ー。巨大な軍艦である。排水量二千七百三十トン、長さ七十・五メートル、幅十三メートル、高さ六・五メートル。四百馬力の機関と三本マストを持っている。甲板は二段張り、第一甲板には六斤

砲十二門、二十四斤砲二門、第二甲板に二十斤カノン砲十二門を備えている。

この砲門が火を噴けば、薩摩の軍船など、たちまち轟沈である。艦砲射撃を加えれば、沿岸の町は火の海となろう。

砲術、操艦、機関、気象観測、軍艦はあらゆる意味で近代科学の所産である。

艦長の榎本と副艦長の沢は、この軍艦に青春を捧げた海軍士官であった。

幕府は文久二年、オランダに開陽丸の建造を発注、合わせて榎本、沢らをオランダ海軍に派遣、五年間の修練ののち、慶応三年、進水した開陽丸で帰国した。開陽丸はモクモクと煙をあげ、沖にでるや三本マストに見事な帆を張り、矢のように疾った。

波浪は山のような高さで迫り、艦上を飛騰する。陸は視界から去り、開陽丸は白い波頭を傾きながらつき進む。航跡を見ると、恐ろしい速さだ。

慶喜も容保も一言も口を開かない。突然、軍艦は傾くし、慶喜らは壁に叩きつけられた。

「進路を八丈島にとれッ」

沢は操舵室で棒立ちになっている。

安全のため、はるかに迂回し、江戸に向かうのだ。

容保は目眩がし、胸のあたりが痙攣したとおもうや、口を押えて甲板に走った。

吐いて、吐いて、吐きつくしても、不快感は続く。

船酔いである。

周りには自分を補佐する一人の家臣もいない。容保はいまさらのように大坂城脱出を後悔した。

大坂に残された幕府や会津、桑名藩兵の退却は困難をきわめた。戦傷者は幕府の軍艦や大坂でチャーターした千石船に収容し、大半は陸路、和歌山の紀州に逃れた。大坂から紀州までは、十六里の距離である。船ならば、一気にたどり着けるが、陸路はきつい。兵士たちは、飢えや寒さに苦しみ、槍を杖にして歩き続けた。紀州の和歌山藩は、徳川御三家の一つである。幕府、会津が紀州を頼ったのは当然であった。

七日早朝、板倉勝静の使者が大坂から入った。開陽丸が和歌山に寄港することもあるため、使者を派遣したのである。午後には会津藩の使者が駆けつけた。

和歌山藩は鳥羽、伏見の戦況悪化を知っていた。会津藩公用方広沢安任《ひろさわやすとう》が、紀州に援軍を要請したためである。和歌山藩が出兵に手間どっている間に、敗戦の知らせが届いた。

会津の使者は、

「慶喜、容保公が東帰された。よって、幕府、会津兵は紀州を経由して江戸に向う。船の手配、宿舎の手当、食糧を賄っていただきたい」

と要請した。和歌山藩が対応を練るひまもなく、八日早朝から続々、敗兵がなだれ込んだ。戦争が始まる、と家財道具を運び出す者もでて、町はごった返し、この日から、城下は騒擾の町となる。

『南紀徳川史』は記している。

徳川家をはじめ、会津、桑名の将兵、何万となく、わずか十六里の道程に五日も費やし、一時に入って来て、近郷近在に満ちあふれた。数万石の大名も家臣と離れ離れになり、単騎、疲労し、鮮血がしたたり落ちている。困憊し、立つことができない者、槍を杖につく者、悲憤慷慨、ののしり合い、刺し違えんとする者、飢えに泣き、渇きを叫び、名馬を捨てて食を乞う。宝刀を質に入れて宿を求める者、その惨澹たる姿は筆舌につくしがたい。

海路、紀州に逃れた兵士もいた。西北の烈風は、この数日、紀州の海に吹き荒れている。そのなかを兵士を満載した千石船が和歌山の港に入った。

船から下りてくる兵士たちの顔は、疲労と恐怖で引きつり、宿を求めて町を徘徊した。服装は甲冑や洋服姿とまちまちで、槍刀のほかは、わずかの小銃しかない。包帯姿も痛々しく、敗惨兵そのものだった。

和歌山藩の記録によると、紀州に入った敗兵は約五千七百名で、このうち会津藩兵は千八百五十八名となっている。『南紀徳川史』の「何万となく」という記述とかなり異なるが、戦死者、行方不明者も多く、詳細はわからない。和歌山藩は、この招かざる客を一刻も早く江戸に送ろうとした。そのため、あらゆる港に船の動員を指示し、幕府へも江戸から船を回すよう要請した。船の手配がつくまで、兵士たちは紀州に留まったが、宿泊や食事も思うようにならず、戦傷者は傷が悪化し、息をひきとった。山川大蔵の一隊は、次の記録を残している。

九日、紀州街道を幕府、わが藩をはじめ、桑名その他の大兵が落ちて行くのを見て、このような大兵を擁して二、三回の会戦で大敗して退散するのは、時運とはいえ遺憾極りなく、涙を流して歎息した。

船は二十四日、品川上陸した。。

悪天候のために品川まで十六日に及ぶ逃避行だった。

山川は紀州で倒れた。疲労で風邪をこじらせたのだ。全身熱に冒され、隊員たちは徹夜で看病した。熱にうなされた山川の脳裡に浮かぶのは、きらびやかなヨーロッパの文明だった。

つい半年前まで、山川は強烈なカルチャーショックのなかにあった。

スエズからカイロに向かった汽車の旅。荒漠たる自然にトンネルを掘り、鉄橋を架け、蒸気機関車が赤い焔をあげて走った。壮麗にして華美なパリの都。数百室もあるホテルは、すべてが驚嘆すべき文明だった。大理石の暖炉、シャンデリア、ロビーやレストランに集まる、上流婦人たちの高貴な美しさ。学校、病院、博物館、美術館、天文台、動物園、製鉄所、消防署、市場。ヨーロッパ諸国がつくりあげた国家、組織、企業、芸術、すべてに山川は舌を巻いた。感動し、興奮した。

「日本をこのような近代国家に変革しなければならない」

山川は夜を徹して同行の人々と語り合った。

薩長の明治新政府は、幕府を封建社会の旧体制とし、すべての文明は明治政府がなしとげたとしたが、わが国の近代国家の基礎は、幕府によって形成されつつあった。

幕府は幕末の数年の間に、大小の外交使節団を欧米諸国に派遣した。第一回は、有名な万延元（一八六〇）年にアメリカに派遣された新見《しんみ》豊前守正興を正使とする遣米使節である。遣米使節が乗ったのはアメリカの軍艦「ポーハタン」号だったが、その護衛に幕府の軍艦咸臨丸が当たった。

咸臨丸の乗組員は軍艦奉行木村摂津守喜毅以下六十七名で、勝海舟（麟太郎）は教授方頭（艦長）として乗り込んだ。

さらにアメリカ、イギリスが中国航路用に使っていた順動丸、昌光丸、太平丸、翔鶴丸、大江丸などの輸送船を購入、兵員や武器、弾薬の輸送に当たる体制を敷いていた。

第二回は文久二（一八六二）年の遣欧使節で、イギリスの軍艦「オージン」号で品川を出港した。正使は勘定奉行兼外国奉行竹内下野守保徳で、当面の外交交渉と政治、教育、軍事などヨーロッパの文物視察を目的とした。以下、続々と使節団がアメリカ、ヨーロッパに渡ったが、山川が加わったのは第五次遣欧団である。

樺太の日露境界問題交渉のためヨーロッパ経由でロシアに派遣されたもので、いずれも未来の日本を荷う青年が随行した。

この時期になると、長州、薩摩もイギリス留学生を派遣するが、数のうえではもちろん、幕府が圧倒的に多かった。山川がこのヨーロッパ視察で受けたショックは想像を絶するものがあった。

彼の祖父は、会津で初めて種痘を取り入れた家老である。その血が山川をヨーロッパの文明に立ち向かわせた。山川はヨーロッパ、ロシアの強烈な近代国家を見るにつけ、一日も早く近代日本をつくるべきだ、と考えた。

新生日本の建設を決意して帰国した山川の夢は無惨にもくだかれた。山川は熱にうなされながら何度も譫言《うわごと》をいった。

山川は遠くで誰かが呼んでいるように感じた。ハッと眼をあけると、隊員たちが心配そうにのぞき込んでいる。

「夢か」

山川の体は汗でびっしょり濡れている。

山川の夢は二人の弟妹や、山川を慕う旧会津藩士たちによって花開くが、山川自身は、会津落城後、一万数千名の藩士と家族を率い、下北半島の開拓に当たり、凍餒蛮野《とうしょくばんや》の地で辛酸をなめる。その後、上京、土佐の谷干城に請われ陸軍に入ったが、薩長閥の陸軍のなかでは栄達は望めず、もっぱら没落会津藩子弟の教育に心血をそそぐ。晩年は文部大臣森有礼に請われて東京高等師範学校校長を勤める。

紀州に逃れた山川は、まだ自らの運命を知る由もない。江戸に帰って一戦を交える意気に燃えていた。幕府、会津藩兵が紀州から江戸に帰れたのは、ひとえに和歌山藩の援助によるものだった。

紀州に伝わる古老の話には、会津兵は酒を求めて排徊し、泥酔していたというのもある。絶望状態となり、自らの悲運をなげくあまり、酒におぼれた兵士もいただろう。しかし、多くの藩兵は整然とした規律で、紀州の人々に感動を与えた。

山川は、和歌山藩の許可がでるまでは軒先で兵士を休ませた。許可がでると、交代で米つき作業を手伝い、平家の壇の浦の琴に涙を流した。

このころ大坂は興奮の渦にあった。人々は幕府のあっけない崩壊に、世のなかが確実に変わったことを知った。大坂に進駐した薩長軍は、初めこわごわと大坂城を取り囲んだ。

やがて城門に白旗が立ち、幕府、会津藩兵が逃走したことを知るや、歓声をあげて城内に入り、町に繰り出した兵士たちは商店に押し入り、手当たり次第に品物を掠奪した。

人々は恐れをなして土下座した。西郷や大久保にしても、これほど簡単に勝てる、とは夢にも思わなかった。薩長は京都に続いて大坂を占領した。わが国の経済を左右する大坂占領の意味は大きい。大坂の商人はなだれを打って薩長に加担し、西郷は直ちに江戸攻撃を主張、破竹の進軍が始まる。

容保死罪

幕府軍艦開陽丸が浦賀に入ったのは正月十日の夕刻である。開陽丸は八丈島近くまで南下し、大きく迂回して、江戸湾に戻った。翌日、品川沖に入ったが、慶喜は臆病風が吹き、下船しようとしない。江戸が占領されてはいまいかという、とてつもない不安である。疑心暗鬼《ぎしんあんき》にとりつかれたのだ。この夜は洋上で過ごし、江戸が無事と知るや、十二日早朝、上陸、浜御殿に入った。幕閣たちは、まだ、このことを知らない。

知らせを受けた前軍艦奉行勝海舟は、品川に駆けつけ、あまりのことに愕然とする。慶喜や容保は顔面蒼白で、ただ顔を見合わせるだけで、押し黙っている。勝は首席老中の板倉から鳥羽、伏見のあらましを開き、

「なんたることか」

と沢をどなった。

品川から江戸城に戻った慶喜は、

「追って沙汰を致す」

と奥深くこもってしまう。江戸城中は抗戦論にわき立った。

「軍艦で大坂を攻撃し、兵を箱根、碓氷峠に出して迎え撃つ」

幕府の将兵たちは、口々に戦いを叫んだ。もっとも強硬に抗戦を主張したのは、勘定奉行並小栗忠《おぐりただ》順《まさ》、海軍副総裁榎本武揚、歩兵奉行大鳥圭介の三人である。

フランス公使ロッシュも、

「徳川政府こそ日本の統治者」と幕府支持を表明した。ハリスに力づけられたのか、慶喜はまたしても勇ましい布告を出す。


松平修理太夫（薩摩藩主　島津吉貴）の家来どもがいわれなく通行を拒み、伏兵を手配しておき、突然、発砲に及んだ。あまつさえ天皇をあざむき、幕府に朝敵の名を負わせ、他藩の者を煽動した。深い見込みもあって兵を引き揚げ、ひとまず東帰した。追々、申しつけることもあるので、銘々、国家のために忠節を尽してほしい

この布告で主戦派は、勇躍したが、慶喜の布告ほど当てにならないものはない。

一転して、抗戦派の中心人物小栗忠順を罷免し、ハト派の勝海舟を陸軍総裁、大久保一翁を会計総裁

に登用、終戦処理の作業に入ってしまう。

　江戸城内は煮え切らない慶喜の態度にあきれはて、武士はもちろん、学者、医者、坊主にいたるまで政治論に忙しい。

　酔えるがごとく、狂えるがごとき日が続く。規律もなければ、礼儀もない。普段なら大名のいる大広間、溜の間、雁の間、柳の間などはガラ空きで、無住のお寺のようになっている。そこへ役人達が顔をだし、勝手に部屋を占領している。ゴロゴロとあぐらをかいて、怒鳴る者がいる。ソッと、たもとから小瓶をだして、ブランデーを飲んでいる者がいる。すべてが乱脈になりはてた。

「これは駄目だ」

　初め抗戦を主張していた翻訳方の福澤諭吉も、さじを投げる。

「ときに福澤さん、家来は何人お召し連れか」

「家来とはなんだ」

「皆、この城内に詰める方々にお賄いを下さるので、人数を調べているところです」

「それは誠にありがたいが、私は家来もなければ主人もいない。戦争が始まるというのに、この城で悠々と弁当など食っていられますか。私はどこか逃げ出して行きますので、賄いはいらん」

　福澤がこう答えても、一向に叱りとばされることもない。万事、こんな具合になっていた。榎本や大鳥がいくら騒いでも、役人たちは白け切っていたのである。こうした無政府状態の真っただなかに、万身創痍の幕兵や会津藩兵が帰城する。そこで見たものは、大坂城と同じ幕府のぶざまな姿だった。

「信じられない」

会津藩砲兵隊の山川も、これからの行く末に、不安を覚える。藩のなかで、容保を追っていち早く江戸に戻ったのは、小姓の梁瀬克吉、小池周吾である。二人は十二日、昼夜兼行、馬を飛ばして江戸に着いた。開陽丸と同じ速さである。

近臣の神保修理と近侍の浅羽忠之助は、十五日に着いている。二人は、港々に寄り、開陽丸の入港の有無を調べながら江戸に戻った。二人は直ちに登城、容保の無事を喜び合ったが、浅羽はこらえ切れずに容保につめ寄った。

「恐れながら殿は、今回のこと、藩相にも告げず、独り修理にのみ告げて、東帰なされた。家臣どもは、これをどのように考えるか、憂いております」

容保の表情がさっと変わった。蒼白い顔は、苦渋に満ちている。やがて、容保は口を開いた。

「予の過ちであった」

浅羽は、おもわず容保の顔を見上げた。

(殿はあまりにも正直すぎる)

しばし、沈黙が続いた。修理も無念の表情で容保を見つめている。浅羽は「これ以上、なにもいうまい」とおもった。しかし、この機会を逃しては、容保の胸中を聞くことはできない。浅羽は意を決して、なおも迫った。

「正月二日の夜、殿は、たとえ城を枕に討ち死にしても粉骨力を尽せ、といわれた。なのに、なぜ東帰されたのでございますか」

浅羽は近侍とはいえ、主君に、このようなことをいえる身分ではない。それは十分に承知しているのだが、いずれ、このことは問題になる。それだけに聞いておかねばならない、ともおもったのである。浅羽は、容保について、藩士の一部に不満があることも知っていた。慶喜に追随するだけで、主体性がない、という批判である。病弱であり、子供もいない。会津藩の行く末を懸念する声もあった。慶喜の弟、余九磨を養子に迎えていたが、まだ十一歳の少年である。会津藩は容保がすべてなのだ。

（それなのになぜ、なぜ大坂から逃げてしまわれたのか）

浅羽の悔しさは、そこにあった。

「たしかに予は城を枕に戦えといった。当時、慶喜公に東帰の形勢があり、予はあくまでここに踏み留まるべきだ、と建言した。しかし、いささか気に懸ることがあり、修理が白書院にいたので、秘かに東帰のことを告げたのだ。もし、慶喜公の東帰がはっきりしたときは、老臣にも告げ、慶喜公を諫めようとおもっていた。しかるに、定敬がにわかに、慶喜公が東帰に決したと告げ、速やかに我れに従うべし、という命令があった。予は驚いた。すぐ、慶喜公のもとに走り、東帰を止めようとしたが、かえって怒りを買った。予の力では、どうすることもできなかった」

容保は切々と語った。

浅羽は、もういい。もうなにもいわないでほしい、とおもった。容保は、言葉を続ける。

「予は、老臣に告げようと御用部屋に行った。しかし、誰もいない。予が慶喜公に従って東帰すれば、家臣への義を失う。家臣に義を立てれば、慶喜公への義を失う。どちらも全うすることはできない。この際は、慶喜公を先にして、家臣を後にしようと決心した。予は艦中で慶喜公にたずねた。公は、たとえ万騎戦没して、一騎となるとも大坂城を枕にして決戦すべし、といわれた。なのに、なぜ、東帰されるのか、を問うた。慶喜公は、このように命令しなければ兵は奮起しない、だから命じた、といわれた」

浅羽は、ひれ伏したまま泣いた。

涙が頬を伝わり、畳に落ちる。容保の目も潤んでいる。容保にとって慶喜は絶対であった。従うほかなかったのだ。だが、容保はいま、それを悔いている。そのおもいは日々、強くなり、容保の心を苦しめた。

これでいいのだ。自らの非は卒直に認めなければならない。今後はどんなことがあっても家臣とともに歩む。

容保は決意した。そして、いった。

「浅羽、顔をあげよ」

浅羽は、体を震わせて嗚咽《おえつ》し、その場を動こうとしなかった。

会津藩の悲劇は、変節きわまりない慶喜を宗家として抱いたことだった。

容保は、その後、再三、慶喜に江戸決戦を進言するが、慶喜はハト派の勝海舟に一切をまかせ、二月八日には容保の登城を禁じた。十二日には、自らも江戸城をでて、上野寛永寺に退き、静寛院宮《せいかんいんのみや》を通じて、薩長軍に謝罪歎願するに至った。降伏である。

容保には、慶喜恭順の予感があった。慶喜の行動を一つひとつ、考えれば、慶喜に期待するものはなに一つないはずだった。容保は「来るべきものが来た」と感じた。この数年、すべての歯車が、容保のおもいとは、まるで違った方向に動いた。

第二章　一会桑

共通の血

容保の行動の規範は、徳川宗家に対する忠誠と尊皇である。

孝明天皇は長州の過激派をきらい、容保の公武合体を支持、新選組や京都見廻組は、政府転覆を図る過激派と斬り合った。だが、容保が誠心誠意、努力すればするほど、過激派に憎悪され、孝明天皇に信頼されればされるほど、幕府閣僚たちの嫉妬を買った。

当時「一会桑《いちかいそう》」という言葉があった。一とは将軍慶喜のことである。慶喜は一橋家の出なので「一」といった。「会」は会津藩主松平容保、「桑」は桑名藩主松平定敬のことである。

容保は京都守護職、定敬は京都所司代である。つまり三人は、京都における幕府そのものである。その意味で薩長の敵は、「一会桑」であった。それだけではない。

三人には共通の血のつながりがある。慶喜は水戸徳川家に生まれ、一橋家の養子となった。慶喜の血は水戸なのである。容保、定敬にも水戸の血が流れていた。二人は実の兄弟であり、尾張徳川家の分家、美濃高須の松平家に生まれた。

　高須松平家は幕末、水戸徳川家から養子を迎えた。容保、定敬の祖父義和《よしかず》である。

　年齢も近い。慶喜は天保八（一八三七）年、容保は天保六（一八三五）年の生まれである。このとき、慶喜三十一歳、容保三十三歳である。現代の感覚でいえば、青年である。定敬は容保の十一歳下なので、まだ二十二歳の若さである。お互いにそれほど世代のずれはない。

　会津藩兵が京都で死にもの狂いの活躍を見せたのも「一会桑」という強力なバックに負うところが大だった。容保、定敬の兄弟は、慶喜を信じ、慶喜は会桑の武力を頼りにした。だが、容保、定敬兄弟はものの見事に慶喜に裏切られた。

　すべては運命であったのか。

　容保は悄然と空を見つめた。容保は養子ということもあり、孤独の影があった。慶喜には華やかな女性遍歴がある。多くの妻妾を持ち、大坂から逃れる際も、妾を開陽丸に乗せようとして、海軍士官たちを憤怒させた。

　これに比べ、容保には妻さえいない。容保が養子に入ったあと、会津松平家に敏姫が誕生した。二人は容保二十一歳、敏姫十三歳のとき結婚する。妻といっても少女である。しかも病弱で、十八歳で逝去した。甘い新婚生活も、夫婦の会話もない、形だけの短い結婚生活だった。

　以来、容保は独身を通した。

　女性が皆無だった、というわけではない。京の女性を何人かは、垣間見たが、心に安らぎを与え、人生を語り合える妻はいない。婿養子の悲劇である。簡単に再婚などできないのだ。重臣たちの配慮のなさもあずかっている。あくまでも無骨なのだ。

容保の身辺を世話する側室がおかれたのは、会津に帰ってからである。妾もいない。子もいない。愛する女もいない。自室に戻った容保は一人悄然と泣いた。

慶喜恭順を知った幕府主戦派と会津藩兵は、

「もはや慶喜、頼むに足らず。自らの手で、自らの運命を切り開くしかない」

という状況に追い込まれた。

会津藩首脳は、連日、勝海舟や榎本武揚、大鳥圭介らに会い、ともに戦うことを主張したが、勝は、幕府の武器、弾薬を与えたにとどまり、榎本の幕府海軍も一向に腰をあげない。わずかに大鳥圭介が、ともに戦うことを約束しただけで、重臣たちは焦りの色を濃くした。

すでに薩長軍は怒濤の進軍を開始し、鳥羽、伏見の戦いで敵対行為をとった幕府諸藩に対し、処分方針を発表、その骨子は、
第一等　徳川慶喜　開城、城、領地没収
第二等　松平容保、松平定敬（桑名）　開城、城、領地没収
というものだった。

二月中旬には薩長の兵力は約五万にふくれ上がり、西郷、大久保らは三月十五日を江戸城攻撃と決め、ついに慶喜を降伏させた。

勝海舟が幕府主戦派や榎本の海軍、会津藩の抗戦をちらつかせながら西郷に迫り、慶喜の生命の保証と、徳川の家名存続を勝ち取ったのである。勝は、会津も桑名も一切を切り捨てた。二千余名の会津藩

兵は、慶喜や勝のやり方に激怒した。

「慶喜が許されて、なぜ、会津、桑名が第二等の罪なのか」

藩士たちは、武器、弾薬を求めて江戸や横浜の町をさまよった。

長岡藩家老河井継之助《つぎのすけ》は、その頃江戸にいた。鳥羽、伏見の開戦時、大坂にいた河井は、戦があると判断した。今後、長岡藩はどう動くか、河井は考えた。

ともかく武力を充実することだ。兵馬の精強がなければ、一国の独立もない。

河井も横浜で小銃を買い込んだ。

幕府が亡んだ以上、薩長の次の目標は会津である。特に長州は会津、桑名を憎んだ。会津の強力な兵力の前に、長州の志士たちは、何人も命を落とした。しかし、会津にいわせれば、それはいいがかりなのだ。

長州は蛤御門の変で、御所に攻め入り、皇居に発砲した。会津は京都駐在の政府軍兵士であり、国の治安を乱す過激派を取り締まるのは当然の職務である。

それが一転して、なぜ会津が朝敵なのか。

怒りの会津兵

会津藩兵は怒った。

長州が朝敵のころ、薩摩は会津の同志であった。東の会津、西の薩摩が手を握り、長州を京都から駆逐した。その薩摩がものの見事に会津を裏切り、朝敵の長州と手を組んだ。

人間にとって何が一番大事なのか。変転極まりなく、節操を曲げることではない。筋を通すことだ。頑迷、暗愚、因循。なんといわれようといい。それが武士というものだ。まして、多くの仲間が薩長の銃弾に斃れた。戦場で再びまみえなければ、武士の意地が立たない。会津藩兵は叫んだ。

〝容保死罪〟の噂は、会津藩兵を一層奮いたたせた。会津藩に対する最初の追討令は、仙台藩にだされた。

奥羽の雄、仙台藩は、幕末の政治に何らかかわることなく、突然の政変を迎えた。領土が東北にあり、京都に遠く、西南諸藩の革命的な動きを察知できずにいたのである。それだけに鳥羽、伏見の敗戦は、杜の都、青葉城にも深刻な動揺を与えた。

一月十七日、京都在留中の仙台藩重臣但木土佐が京都御所の仮建所に呼びだされた。

「何事か」

と、参上した但木に、会津追討の沙汰が手渡された。

仙台藩に会津攻撃を命ずる、というのだった。同じ沙汰が米沢、秋田、南部藩にも下った。薩長政府は、奥羽諸藩の手で、会津を攻撃させる、という姑息な手段にでたのである。この文書は直ちに仙台に送られた。

「新政府の樹立など、二、三の藩の奸策にすぎぬ」

仙台藩主伊達慶邦《よしくに》は、激怒し、執政三好清房を上京させた。三好は五十三歳。仙台藩では能吏として聞こえ、三百石という比較的低い家柄に生まれながら、実力で藩の中枢にのし上がった人物である。京都に着いたのは二月二日で、奥羽鎮撫総督府参謀となった薩摩の黒田清隆、長州の品川弥二郎に会い、会津追討の意味を、問いただした。

三好は、主君慶邦の考えとして、

「奥羽に戦いを持ち込まれるのは真っ平御免である。まして当藩には、会津を討つ理由はない」

と詰め寄った。

「伊達殿も時代がわからぬ」

黒田は、仙台藩など眼中にない、といった態度である。

三好はつとめて冷静に、しかし、言葉のはしはしに恫喝《どうかつ》を込めて対峙した。

「会津がもし恭順した場合、会津は長州と同じように寛典を受けるべきである。これについては、いかがお考えか」

黒田は意にも介さず、切り返した。

「事情は長州と大いに異なる。皇風を奥羽に及ぼすには会賊をあくまで屠《ほふ》らねばならぬ」

三好は激情した。

皇風を奥羽に及ぼすとは、どういう意味だ。仙台藩とて尊皇である。薩長だけの皇室ではあるまい。聞き捨てならない。

と血が逆流した。

「しからば、諸公らは、全国の兵を挙げ、奥羽全体の生霊を屠り尽す覚悟がおありと見える。ただし、そうなれば、天下はいつ定まるか、見当もつきかねる」

三好は語気鋭く、二人を睨んだ。黒田は初めて、表情を変えた。品川は黙っている。会談はこれで終わった。三好が姿を消すと、黒田は、

「えらいことになるな」

と品川に問いかけた。

「奥羽鎮撫など損な役でござる」

品川も、長州では機を見るに敏な男である。会津は憎いが、窮鼠《きゅうそ》猫を噛むという諺もある。仙台も会津の味方とあっては、西郷や大久保のいうように、事は簡単に進むまい。二人は直観した。

黒田は後に北海道開拓長官、総理大臣と花道を歩む。ある意味で、要領がいいのだ。それだけでもない。相手をおもう気持もあった。

黒田は、函館戦争の際に、榎本武揚の命を助け、会津の山川大蔵の妹をアメリカに留学させたりしている。

仙台の使者、三好は、目の前の事態を巧妙に乗り切って行く才能を持っていた。身分の低い男が、トップの座にのぼりつめるということはいつの時代でも容易ではない。奸計奸略に富まなければ、門閥意識の強い仙台藩で、出世はできない。

「三好ならば」

慶邦の期待が、功を奏したかに見えた。しかし、奥羽にとって、思わぬ人物が登場する。新たに参謀に選ばれたのは、薩摩の大山格之助、長州の世良修蔵《せらしゅうぞう》である。

悪魔の使者

二人は妥協を許さぬ強硬派で、とくに世良は長州でも人間的に信望のない、いわば成り上がり者である。二人は悪魔の使者として、奥羽諸藩の前に姿を現わす。

会津処分に関する大方針が出されたのは二月十七日である。それは、城、領地没収などという生やさしいものではない。〝容保死罪〟を決めたのだ。

容保死罪の知らせは、大きな衝撃音となって、江戸、奥羽、越後に伝わった。予期していたとはいえ、会津藩兵の受けたショックは大きかった。

戦いは避けられない。いよいよ会津の地に騒乱が広がってゆくのか。

会津藩兵の表情は殺気立ち、藩士たちは武器、弾薬の購入、兵の訓練、奥羽越諸藩への働きかけなど、寝食を忘れて、奔走した。

容保は和田倉邸で、死罪の沙汰を聞いた。取り乱すこともなく、冷静な容保に重臣たちは安堵したが、老臣の田中土佐、神保内蔵助、萱野権兵衛らは、暗澹たるおもいで、食事も喉を通らない。

藩の上層部に対する責任追及の火の手も上がった。老臣たちは狼狽し、言葉もない。抜け殻のように呆然と坐り込んでいる。

会津藩をどう立て直すのか。軍備の改革、財政の確立、旧幕府との交渉、隣接諸藩へ救援依頼、やらねばならないことが山ほどある。そのエネルギーはもうない。日本がこれからどう変わってゆくのか。

時代に対する洞察もいる。

若手の抜擢しかない。

容保は目を瞑《と》じた。彼の脳裡に青年、梶原平馬《へいま》の端整な顔が浮かんだ。

「梶原を呼べ！」

容保は浅羽に命じた。廊下から大きな足音が聞こえ、梶原が姿を見せた。梶原はぴたりと正座し、容保を凝視する。

「梶原、予は君に会津藩を托したい」

梶原は眼を瞠った。

「なんとおおせられる」

「会津の恥辱を晴らしてもらいたい」

誰かが会津を背負わなければならない。あるいは己が。梶原には漠とした予感があった。

重臣が集められた。兄の内藤介右衛門が反対した。

「梶原はまだ若い。未曽有の困難に対処するにはあまりにも荷が重すぎる。御再考を」

「他に誰がいるのか」

容保の声が響いた。

沈黙が周りを包んだ。

「命にかけて」

梶原は平伏した。会津藩首席家老、梶原平馬の誕生である。その周りに内藤介右衛門、倉沢右兵衛、佐川官兵衛、山川大蔵ら若手主戦派が決集した。

梶原平馬。色白、顔立ちのいい美青年。

物腰は鷹揚で、いつも微笑みを絶やさない。会津藩家老内藤家の二男に生まれ、梶原家の養子になった。

生家は兄の介右衛門が継いだ。介右衛門は天保十（一八三九）年の生まれなので、二十九歳である。平馬は弟なので、それ以下ということになる。

なぜか生没年不詳で、正確な年齢はわからない。戊辰戦争が終わるや、忽然と姿を消し、杳《よう》として、その行方はつかめない。どこかに謎のある青年、梶原は不思議な男である。容保とともに京都に上がり、慶応二年に若年寄、翌年、家老に昇進した。抜群の出世である。

京都における梶原の職務は外交方の責任者である。兄の介右衛門は、陣将として絶えず戦いを指揮したが、弟の平馬は幕府高官、公卿との懇談、各藩重臣との折衝など会津藩の顔として活躍した。

兄の支援が梶原を大きく助けたことはいうまでもない。会津というと、質実剛健、古風、頑迷の印象を受けるが、会津藩危急存亡の指導者は二十代後半、外交畑の人間であったことは注目に値する。

薩長も会津も青年の時代であった。青年武士梶原平馬は、旧幕府歩兵奉行大鳥圭介、海軍副総裁榎本武揚、長岡藩家老河井継之助らと会合を重ねながら、会津藩再興の夢を描く。

徳川宗家が恭順した以上、会津藩の使命は終わった。これからの会津は、幕府に忠誠を尽くすだけの会津ではない。反薩長の中核としての会津である。奥羽、越後をはじめ、全国の佐幕派を代表する会津である。東国を決集し、西国の薩長と対決する会津である。

主君容保の死罪を撤回させ、薩長を打ち破る武力集団でなければならない。
梶原はそう考え、新たな動きを展開する。

第三章　若き家老

碧眼の救援者

梶原は横浜に飛んだ。

武器、弾薬の調達である。鳥羽、伏見の轍《てつ》を踏みたくない。洋式部隊を早急に編制し、訓練に入らなければならない。

横浜は異様な活気を見せていた。港の入り口には異人館が並んでいる。ビロード、ギアマン、ウイスキー、スイス時計、小銃、大砲、ピストル、なんでも売っている。

横浜二番通りの長崎商会の店先には「蒸気船、軍艦も売る」と書いてある。港には外国の貨物船が入港している。積荷の大半は小銃と弾薬である。日本で戦争が起こったというニュースは、たちまち世界に伝わった。武器取引がもたらす莫大な利益を目あてに、死の商人がやって来たのだ。

梶原はオランダ四番館に足を向けた。前プロシャ公使館書記官ヘンリー・シュネルに会うためである。

梶原はヘンリーと大坂で会っていた。京都の動乱は、横浜にいる外交官や商人にとって、これ以上の関心事はない。イギリス、アメリカ、オランダ、イタリア、プロシャの六ヵ国の外交官は競って大坂に行き、幕府がどうなるかを見つめていた。

プロシャは佐幕派で、ヘンリーはプロシャ国代理公使フオン・ブラントの書記として、大坂城での慶喜の会見に臨み、そのあと、梶原ら会津藩首脳と懇談した。彼は薩長の陰謀に怒りを覚え、会津藩に深く同情した。

「弟、エドワードが横浜で武器ヲ扱ッテイル。会津ノタメニ応援スル」

ヘンリーは約束した。

容保の誠に生きる態度、愚直なまでの武士道精神に惹かれ「会津を助けたい」とおもったのである。ヘンリーは梶原の突然の訪問にびっくりした。

「オー、カジワラ」

太い腕で抱擁し、弟のエドワードを紹介した。彼はスイス領事館の書記官として、日本に入り、その後、商人に転じたという。商才は弟の方がたけているようで、横浜居留地に牧場を開き、牛乳を売った、と聞いて、梶原は大いに感心した。横浜の外人街は二束三文の商品を売りつけ、一旗あげようという不良外人であふれていたが、

「この兄弟は違う」

と直観的に見たのである。

外交官を兼ねていたことも梶原を信用させた。もっとも、外交官と商人は表裏一体の関係にあり、能力があれば、他国の外交官にも採用されるなど、当時の各国外交官事情は奇妙なものだった。いわば無

国籍者というのだろうか。彼らはあるときはオランダ人、あるときはプロシャ人、スイス人と名乗り、複雑な顔をもって暗躍していた。

戦争は商人を富ませる。この時期、小銃、弾薬、なんでも売れた。長岡の河井継之助も何度かこの店を訪ねており、兄弟とは旧知の仲である。梶原は河井からも兄弟の話を聞いていた。

「戦争ハ武器の優劣ガ、スベテヲ決メマス。勿論、指揮官モ大事デス。私タチハ、会津ヤ長岡ノタメニ、ナンデモ協力シマス。河井ニモ約束シマシタ」

ヘンリーは、南北戦争の例をあげて説明した。

敗れた南軍の小銃は、先込めのゲベール銃やミニエー銃が多く、勝った北軍は元込めのスペンサー銃を装備していた。先込めは装塡に手数がかかる。弾道も不揃いだ。命中率も極端に悪い。

元込め銃は照準も付いていて、飛距離もある。遠くの敵を斃すことができる。さらに七連発のウインチェスター銃もある、とヘンリーはいった。問題は資金だ。

「いま、会津には資金がない。後払いを認めてほしい」

梶原がいうと、ヘンリーは即座に
「私ハ、アナタヲ信ジマス。ヨロシイデス」

といった。その夜、梶原はシュネル兄弟を横浜の料亭に招いた。初めにシャンパーンがでた。京都以来の美酒である。席についた芸妓たちは、幕府の弱腰をなじり、会津にいたく同情した。

「日本ハ、変ワリマシタ。西国、薩長ノモノ。関東モ間モナク薩長ノモノトナリマス。残ルハ奥羽、越後地方ガドウナルカデス。長岡ノミスター河井ハ、薩長ナドニ頭ヲ下ゲナイ、ト言ッテイマス」

「左様、幕府の時代は終わりました。日本も皆さんの国と同じように新しい国家に生まれ変わらねばなりません。そういう点で、私は薩長のすべてを憎んでいるわけではない。ただ方法が違う。幕府が三百年、この国家に果たしてきた役割は薩長などの比ではありません。会津も同じです。義を思う心がなければ、国家など成り立ちますまい」

「ソノ通リデス。薩長ハ己レノ欲望ダケヲ、ギラギラサセテイル。彼ラニハ、ハートガナイ」

シュネル兄弟も大きくうなづいた。

ここから見える港の海はおだやかな小波《さざなみ》だ。だが、外洋には大きなうねりがある。潮の流れもある。船をも呑み込む巨大な大渦巻もある。

暴風雨ともなれば、牙をむいた高浪が迫り、海は悪魔となって荒れ狂う。

いま、日本という海は雷鳴が轟き、閃光が走り、戦雲がおおっている。人々は恐れをなし、ただひたすら、ひれ伏している。慶喜も、勝もそうだ。だが会津は違う。逆流に立ち向かうのだ。

そして、長岡の河井継之助の言葉をおもいだした。何度目かの会合のとき、河井は、

「長岡は小藩である。身の処し方が難しい。しかし、人間は大義に生きることが大切だ。一代の英雄となるのも面白い。どうだ。一緒に船で国へ帰るか。大砲を積んでな」

といって笑った。

一代の英雄か。

梶原はこの言葉が忘れられなかった。

手代木直右衛門、秋月悌次郎ら外交方の重臣も加わり、容保を囲んで一夜、議論が交わされた。一歩

間違えば会津藩は滅亡する。容保も眉間に深い皺を寄せ、聞き入った。

京都時代の容保はいつもナンバー・ツーの立場だった。決断を下すのは慶喜である。容保はあくまで補佐役なのだ。今度は己れが、すべてを決めなければならない。容保の決断は、奥羽越の未来につながる重大問題なのだ。

容保は、

「梶原、そちはどう考えるか」

と口を開いた。

「我々に恭順などをする理由はございません。これは、はっきり申し上げたい」

梶原は語気鋭くいった。

その時、国元から駆けつけた西郷頼母が血相を変えて立ち上がった。

「武備恭順など、たわけたことを申すなッ」

西郷は一喝して、梶原を睨んだ。

「もはや大勢は決まったのだ。会津が戦って勝てるというのか。幕府はすでに亡んだのだ。わが藩も恭順してこそ、生きる道が開ける」

西郷はあたりをはばかることなく、いい放った。西郷は国家老だったが、容保とソリが合わず、家老を免職され、藩政を離れていた。

京都守護職就任のときも、西郷は反対した。

結果として、西郷の予言は適中した。

京都守護職は西郷殿のいうとおりかも知れなかった。しかし、ただ反対を叫ぶのなら誰にでもできる。

「人間には行動を起こさなければならないときが必ずあるのだ。西郷殿の考えは老いの一徹にすぎない。西郷殿は薩長をご存知ないから恭順などと申される。薩長がわが殿に死罪を宣告していることをお忘れになっては困る」

珍しく梶原が興奮して反論した。

沈黙を続けていた容保が、

「すべては重臣たちにまかせる」

といって奥の間に引き揚げた。

西郷の発言で、逆に会津の藩論が固まったともいえた。形式的に恭順の意は表するが、抗戦である。

容保は、

「慶喜以下、不測の次第にて天怒に触れ、御親征仰せられ候段、誠にもって驚愕の至り」

と、孝明天皇の弟君、上野寛永寺にいる輪王寺宮に歎願書を出す一方、全軍に戦いの覚悟を求めた。

会津藩の両面策が会津を窮地に追い込んだという見方もあるが、恭順はあくまで形式であり、本質は武備である。

二月七日、鳥羽、伏見で目ざましい戦いを示した佐川官兵衛を中隊司令官に選び、十八歳から三十五歳までの藩兵に江戸城中でフランス式撤兵訓練を開始した。

山川大蔵の砲兵隊もフランス砲兵士官による猛訓練に入った。

修理無念

会津藩が決戦を心に誓ったころ、神保修理は和田倉邸の一室に囚われていた。

江戸に帰った藩兵たちは、容保東帰の責任は修理にあると激しく批難し、閉じ込めた。

「修理を斬れッ」

兵士たちは、重臣につめ寄った。修理は会津藩家老神保内蔵助の長男で、少年時代から詩文をよくし、藩校日新館の秀才とうたわれた。天保九（一八三八）年の生まれなので、容保より三歳若い。このとき、三十歳である。

京都に上るや外国事情調査のため長崎留学を命ぜられ、長崎で長州の伊藤俊輔や土佐の坂本竜馬に会っている。会津では数少ない開明派の人間である。

武闘よりは学問を好む人で、醒めた一面を持っていた。修理が長崎でもっとも強烈な印象を受けたのは坂本竜馬である。竜馬が幕臣の勝海舟の門下生であることに親近感を覚え、一夜、坂本と酒を汲み交わしたことがあった。

竜馬は長崎で亡命者集団による亀山社中という商社をつくっていた。彼の仕事は長州藩と薩摩藩との間の武器の売買である。その社員はまんじゅう屋の倅であったり、医者の息子であったり、百姓の二男坊だった。

身分や門閥などまったくとらわれない人の使い方に修理は驚く。修理には幕府の親藩、会津の上級武士としての自負がある。幕府がフランスの指導のもとに新生日本を模索していることも知っている。だが、現実に竜馬と相対すると、天馬空を行くような生きざまに圧倒された。

「聞きしに勝る男だ」

修理は感嘆し、竜馬の土佐弁に聞き入った。

「神保君、君とわしとでは立場が違うが、わしらがやっていることは日本を救うためぜよ。幕府だ、会津だ、長州だと面子にこだわっている時ではないぜよ」

修理は言葉につまった。竜馬のような男が、新しい日本を築くのかも知れない、とおもった。

竜馬は独演会のように能弁にしゃべり、杯を重ねる。いつしか修理も会津藩士という己れを忘れた。対する相手を大きく包んでしまう茫洋とした表情にも妙な暖かさがあった。竜馬はのちに修理を、

「会津には思いがけぬ人物」

と評した。

修理を知る上で貴重な証言である。

京都に戻った修理は、軍事奉行添役に任ぜられ、藩相田中土佐のもとで、戦況を判断する立場にあった。修理の報告は、いつも理路整然としている。冷静で、あまり主観を入れないのだ。だから慶喜、容保も、何かにつけて修理に意見を求めた。

京都の町で日夜、薩長と睨み合っている人間と、長崎で新しい風を吸った人間との違いである。だが、世の中は冷静な理論だけでは通らない。いまにしておもえば、天保山沖から大坂城に戻り、鳥羽、伏見の敗戦処理に当たるべきだった。

そのまま江戸に戻ったため、修理もまた戦場を離脱したことになったのである。それが会津藩兵の強い反発を買った。

座敷牢のなかで、修理は、

「生きなければ」

と、全身に焦りを感じた。

このままでは会津が亡びる、という危機感があった。修理は何度か書をしたため容保に審問を求める。容保は修理の扱いを苦慮した。

修理に罪がないことは十分承知しているのだが、藩兵たちの殺気をやわらげる手だてがない。修理を救おうと広沢安任や外島機兵衛らも説得に回り、勝海舟にも協力を求めた。これがかえって火に油をそそぐ結果となった。

「奸賊を我々の手で誅戮する」

と不穏な空気が流れ、事態は一層深刻化した。

重臣たちも目をつむった。修理の老いた父、家老の蔵之助の悲嘆も目に浮かぶ。だが、

「主君の身代りとして修理が責任を取らねば事がすむまい」

梶原や内藤も修理自刃やむなし、と判断した。

『会津戊辰戦史』によれば、修理は二月十三日、下屋敷の三田邸に檻送され、自刃した。

修理は鳥羽、伏見の敗戦と容保東帰の責任を一人で背負い命を絶った。

「修理、許せ」

容保は心のなかで泣いた。

容保帰郷

江戸城や会津藩邸の騒擾をよそに江戸の町は意外に華やいでいた。

薩長の官軍が東海道を下り、幕府が恭順したというのに、深川や吉原の賑わいはまるで変わらないのだ。江戸の市民は江戸城大奥の狼狽など知る由もない。慶喜が江戸にいるというだけで安心し、町民たちは朝風呂につかって、世間話に花を咲かせている。幕府の彰義隊は、隊員がふくれあがる一方で、義経袴に羽織姿、足駄をはいて威張っている。

「戦いになれば命はないさ」

と、毎夜のように吉原に通い、大いにもてている。京都で勇敢に戦ったのは会津藩兵と新選組だというので、こちらもいたるところで歓待された。

新選組は富士山丸でいち早く江戸に帰っており、遊廓で、花魁《おいらん》を総揚げして騒いでいる。

固いことで有名な会津藩兵もこのときだけは宿舎を抜けだして遊び回る若者もいた。

しかし、江戸の彰義隊と違い、会津藩兵は薩長との近代戦を体験している。肩で風を切って遊んでみても、霧雨のように撃ってくる銃弾の前にはまったく無力であることを知っている。

修理の死は、会津藩兵一人ひとりに重苦しい緊張を与えた。

人間の死は厳粛である。修理の死の二日後の二月十五日、容保は和田倉藩邸の馬場に、全藩兵を集めて召見した。

召見は申の下刻（午後五時）から行なわれた。あたりはすでに薄暗く、大提燈《おおぢょうちん》がともされた。二千余名の会津藩兵が馬場を埋めた。壇上に容保が立った。梶原や内藤ら重臣が容保の周囲にいる。どの顔もきっと眼を開き、容保に注目した。

容保は静かに語った。

「汝らの奮戦、感激に堪えない。しかるに、内府公、にわかに東帰された。予は前途を憂い、公に従って東帰した。しかし、予の東帰を全隊に告げず、予はこれを大いに慚じている」

ここまでいうと容保は言葉をつまらせた。主君が家臣にわびたのだ。満座は水を打ったような静かさである。やがて嗚咽があたりに広がった。吠えるような男たちの叫びであった。

修理の弟、半助もこのなかにいた。後に長崎市長となり、晩年『七年史』を表した逸材である。半助は泣くまいと歯を食いしばった。しかし、兄の顔が浮かんでは消え、堰を切ったように涙があふれた。涙はとめどなく流れ、半助はあたり構わず泣いた。

容保も目頭を押えている。容保主従は、強い絆で固く結ばれた。厳粛な神事だった。

容保は再び口を開いた。

「予は会津に戻り、家を喜徳に譲ることにした」

「なぜだ」

あちこちから声が上がった。容保はこれを制し、静かにいった。

「会津藩が受けた汚名は必ず回復をする。汝ら皆一致勉励して、よく喜徳を輔《たす》けてほしい。予、篤く汝らに依頼する。なお梶原は江戸に留まり武備の調達に当たる。無事を祈る」

この日の容保は感動的だった。一つひとつ、言葉を選び、己れの心情を吐露した。藩兵たちの心に宿った不透明なわだかまりが消え、鉄の軍団が甦った。

なつかしい会津の薦被《こもかぶり》が割られた。あたりにはかがり火が燃され、藩兵たちは夜遅くまで呑んだ。

この酒こそは、鳥羽、伏見の戦いで散った多くの藩士たちの霊に奉げる痛恨の酒であり、国難に殉じる決意の酒でもあった。


翌十六日、容保は会津若松へ帰国の途についた。

わずか十六名の従者を連れての帰国である。そのとき、息せき切って和田倉邸に飛び込んで来た三人の武士がいた。大坂に留り、情勢の探索に当たっていた大野英馬、南摩綱紀、諏訪常吉である。

「おお、よく戻った」

容保が声をかけた。

「殿、会津征討軍が京を出発しました」

三人はただならぬ京都の情勢を伝えた。

予想していたこととはいえ、改めて胸を締めつけられる。容保は驚きをかくしながら、

「藩相にくわしく報告せよ」

と言葉をかけ、和田倉邸を出発した。藩兵たちは門前に整列し、嗚咽して、見送った。途中、千住までは山川大蔵の砲兵隊が護衛した。

容保はあの六年前の、威風堂々たる京都入りの風景をおもいだしていた。三条大橋から黒谷までの沿道を、京都市民がぎっしりとつめかけ、一千名の隊列に歓声をあげた。

いま、容保の周囲にいるのはわずかに数十人の藩兵だけである。筒袖、ダン袋の砲兵隊は、全員ミニエー銃をかつぎ、容保の前後を固めている。

千住まで来ると、山川は、

「止まれ！」

と砲兵隊に号令をかけ、容保に敬礼した。山川の眼に大きな涙が浮かんでいる。

「殿、お気をつけて」

山川がそういうと、容保は軽く会釈し、やがて視界から消えて行った。

江戸から会津まで約六十五里、六日間の行程である。

同じころ実弟の桑名藩主松平定敬も、慶喜から登城を差し止められ、横浜から船で新潟に向かった。従者わずかに百名。容保兄弟にとって夢想だにしない都落ちである。

容保と従者たちは寒風のなか、黙々と奥州街道を下った。大坂からの東帰は一人の従者もいない逃亡の船旅だった。今回の帰国も京都守護職を勤めた会津中将の旅とはおもえない、地味な集団である。重臣は誰もかたわらにいない。

慶喜と違い容保は、華美をきらった。重臣は江戸で藩兵の訓練や兵器の調達、子女の帰国の準備に当たればよい、いったん藩論が決まった以上、彼らにすべてをまかせたのだ。

江戸はすでに早春の陽気だが、会津はまだ深い雪だろう。容保は久しぶりに見る故郷の山河をおもった。奥州街道は、いっになく人馬の往来が激しい。徳川幕府崩壊の知らせは、関東一円から奥羽、越後にまたたく間に広がり、人々はこの世がどのように変わるのか、計りかねている。しかし、薩長といっても遠い異国の人間たちのことである。関東一円は、依然、徳川を支持する人で占められていた。

容保は、一人の旅人として、六日間を過した。

道行く人々も、まさかこの一行が会津容保とは気づかない。容保から張りつめた緊張感が消え、鳥羽、伏見の戦い以来、絶え間なく襲って来た失望、悲憤、恐怖、自己嫌悪といった様々の思いを忘れさせた。

容保はふと会津藩祖保科正之の逸話をおもい浮かべた。名君として知られた正之は、あるとき、家臣に人間の幸せは何か、と問うた。すると家臣の一人が「大名に生まれなかったことだ」と答えた。大名というのは、窮屈なものである。家老たちは何かと形式にこだわり、物事を都合のいいようにしか報告しない。食事にしても決まり切った献立てであり、妾を自由に選ぶことなどままるでかなわない。

「大名とはつらいものだ」

容保は苦笑した。一行が会津の領国に入ったとき、容保は眼下に広がる猪苗代湖を見て絶句した。白雪におおわれた磐梯山が湖水の正面にそびえ、湖面には白鳥が飛び交っている。それは京、大坂、江戸、日本のどこよりも美しい光景だった。

「予には、この自然と至誠の家臣たちがある」

会津の自然は容保に自信を甦えらせた。やがて一行は滝沢峠を下った。会津盆地が眼の前に広がり、五層の天守閣が見える。鶴ヶ城である。容保帰城の知らせは、城下に伝えられていた。峠のふもとには数十名の藩士たちが出迎えている。

「心配をかけた」

容保がいうと、藩士たちは土下座して感涙にむせんだ。出迎えのなかには家老の神保内蔵助がいた。修理の父である。内蔵助は一層老い、深い皺が眉間を走っている。この何日か、寝れぬ夜を過ごしたのであろう。容保はおもわず眼をそむけた。修理を助けることはできなかったのか。自責の念が容保を苦しめる。

一瞬、沈黙があたりを包んだ。そのとき、

「殿、お帰りなさいませ」

と沈黙を破った男がいた。

「おお、浅羽か」

容保は、安堵の声をあげた。近侍の浅羽忠之助である。浅羽は、御宸翰《ごしんかん》を勝手に持ち出した罪を問われて、会津若松に戻され、謹慎していた。

浅羽の機転は抜けがけの功名と批難され、重臣たちの逆鱗にふれた。いまとなっては、浅羽の罪を問うなど末梢の問題である。容保主従は、それぞれの胸に心の痛みと、言い知れぬ不安を抱きながら鶴ヶ城に向かった。


慶応三年秋ごろから会津城下は、京都の動きに一喜一憂していた。この狭い城下町から三千余名の兵士、従卒を京都に送っているのだ。

領民の衝撃

京都の情勢は、刻々、会津若松に伝えられ、鳥羽、伏見の敗戦は、領民に衝撃を与えていた。江戸や京都から婦女子が帰郷し、京都の模様や戦死者の名前が明らかになるにつれ、町は深い悲しみに包まれた。

主君に命を預けた以上、国家のために死ぬことは男子の本懐である。だが、肉親の情は違う。戦死者の家族はじっと家にとじ込もり、肩を寄せ合って涙した。

容保に続いて、会津藩兵が、帰国の途についた。殿《しんがり》は西郷頼母で、三月五日に江戸を立った。

国境には、警備兵が出され、越後には藩校日新館奉行、井深宅右衛門の卒いる書生隊が派遣された。現在の新潟県魚沼郡は、会津藩預り地であり、越後は物資流通の重要な地帯である。戦争となれば武器、弾薬を新潟港にあげ、阿賀野川、阿賀川の水運で会津に運ばなければならない。

後年、明治学院総理となった井深梶之助も父を追って出兵した。わずか十五歳の少年である。少年たちも日夜、操練に励み、一日も早い出陣を望んでいた。武備恭順などなまぬるい。徹底抗戦こそ会津の汚名をそそぐ道だ、会津藩の士気は高まって行く。

これを受けて、容保は領民に、次のように布告した。

このたび、容易ならざる形勢になったのは、自分の不行届きのためで、面目ない次第である。皆の者もさぞ残念に思っている事と察し入る。ついては、すぐ様、江戸表へ出兵、名誉を回復したいが、上様（慶喜）の御都合もあるので、ひとまず帰国したところである。今回、討会の命令が、諸藩に下ったということであり、今にも会津に進軍してくることもあり得るので、この上は兵備を第一にするしかない。国をあげて協力し、何事も疑惑をはさまず、何んとかして国辱を雪いでほしい。

併せて世子、喜徳名で次の布告も出した。

先般、鳥羽、伏見の戦いの際は、苦戦を強いられ、感慨至極である。このたびの戦いは、薩長が発砲したので、応戦したまでのことである。

元来、天朝に対してはいささかも御異心はない。これは天下、知るところであり、いうまでもない事である。上様御一同、朝敵の名を負わされ、臣子として、言葉では言い表わせないほど残念である。

しかるに上様は上野の寛永寺に入られ、御恭順された。そこで当家としても歎願書を差し出したが、奥羽鎮撫御下向の聞えもあるし、仙台、米沢に討会の命令が下った。こうなっては、どのような難事が起こるか計りしれない。

もし、薩長や仙台、米沢から粗暴の振る舞いがあれば、武門の習い、断固、戦うしかない。よって家来は申すに及ばず町民、農民に至るまで、戦いの準備をし、死ぬ覚悟で一致協力、粉骨砕身、累代の御厚恩に報いてほしい。

と容保は必死の抗戦を呼びかけた。

こうしたなかでも、戦うべきでない、とする意見もあった。

国産奉行河原善左衛門もその一人である。京都から会津に戻っていた河原は、鳥羽、伏見の敗戦を聞くや江戸に駆けつけ、西郷とともに恭順を説いた。河原は、

「外国の力を借りても薩長と戦うとか、輪王寺宮を奉じて天下に号令せんとか、いうが、外国の力に頼って、たとえ勝ったとしても後世の人は何という。また輪王寺宮を奉ずるは我が国の国体が許さない」

と、重臣たちに懇願したが、意思は通じなかった。


会津は亡びる。

河原は放心のまま帰国し、家に閉じこもっていた。

後に会津城下の戦いが始まると、長男勝太郎とともに城外にで、槍を振って奮戦、銃弾に当たって戦死する。

こうした声を聞くにつけ、容保の気持ちは何度かぐらついた。徹底抗戦を呼びかけたが、これでいいのだろうか、という不安だった。

容保は物事を純粋に見つめ、悩む。誠実な人柄だった。

慶喜と根本的に違うのは、魂の純粋さだった。慶喜は責任を回避する。だから自分に都合が悪くなれば、容保さえもあっさり切る。容保には人間としての良心があった。

大坂からの東帰を責められると、己れを恥じ、家臣にわびる。そして、会津の家臣たちは、生真面目

に、あまりにも生真面目に主君のまわりに結集する。その誠実さは、他に類を見ない。それが会津であった。

第四章　抗戦体制

洋式に改める

会津藩は急ピッチで軍制の改革を図った。

鳥羽、伏見の戦いのあと、

「もう刀槍の時代は終わった」

佐川官兵衛や新選組副長、土方歳三はしみじみ語り合った。

大砲には大砲、小銃には小銃で対抗しなければ勝ち目はない。

三月十日、容保は軍制の改革を断行した。

改革の中心は、洋式に改める、年令別に編制する、農町兵を募集する、の三点である。これまでの会津の部隊は、青年も老人も同じ隊に所属しており、作戦行動に統一が取れない。体力にバラつきがある。銃の操作も年令が高くなるほど覚えない。

そして十八歳から三十五歳までの最強部隊を朱雀隊、三十六歳から五十歳までを青竜隊、五十歳以上を玄武隊、十六、十七歳を白虎隊とした。隊員は一中隊約百名、ただし白虎隊は約五十名だった。

朱雀隊

　寄合一番—四番隊　約四百名

　足軽一番—四番隊　約四百名

　士中一番—三番隊　約三百名

青竜隊

　寄合一番—二番隊　約二百名

　足軽一番—四番隊　約四百名

　士中一番隊　約四百名

玄武隊

　寄合一番隊　約百名

　足軽一番—二番隊　約二百名

　士中一番—二番隊　約百名

白虎隊

　寄合一番—二番隊　約百名

　足軽一番—二番隊　約百名

砲兵隊

　第一砲兵隊　約百二十名

第二砲兵隊　　　　約百二十名

士中一番―四番隊　　約四百名

計三十四隊、約三千六十名を主力とし、これに築城兵、遊撃兵若干で正規軍を組織した。農兵も初めて募集した。

薩長の主力部隊は農民、漁民、町民などの新しい階層で形成している。

容保は領民皆兵を主張し、各郡に兵を募った。農兵は二十歳から四十歳までの身体壮健の者二千七百名を募集し、会津領四郡各組に分け、各組農兵の上に各村の郷頭、帳書、肝煎をおいて帯刀を許した。可能な限りの臨戦体制である。

このほか、猟師隊、修験隊、力士隊も組織し、会津藩の全兵力は七千を上回った。

若い山川大蔵が江戸に残った梶原の留守を守り、軍備の増強策を進めた。変革のエネルギーは、洋の東西を問わず、青年の力に負うところが大きい。

会津藩の場合も同じだった。二十代の青年たちの夢とロマン、情熱が短期間の間に領内あげての軍団を組織させた。山川の周辺には同じヨーロッパ帰りの横山主税、海老名郡治らの若手テクノクラートが集まり、日夜、軍議が練られた。

四十代、五十代の人間では、この激動に対応できない。若さがすべての障害をつき破って、新たな会津藩の再建、奥羽越の結集へと走らせた。

会津軍の訓練に当たったのは旧幕府陸軍の指揮官たちである。歩兵差図役畠山五郎七郎、砲兵差図役布施七郎、騎兵差図役梅津金弥が来ており、鶴ケ城三の丸に兵士を集めてフランス式の調練を施した。

教官たちは黒い背広、赤いチョッキ、黒ズボンのいきな服装で、

「オン・ツウ・トロアー・カール、小隊止まれ！」

などと、ナマリの多いフランス語で号令をかけた。市民たちは大勢つめかけ、この訓練を見ていたが、即、国境に出兵する兵も多く、訓練はごく短期間であった。

井深梶之助の記憶によると、四月には、会津藩兵はほとんど国境に出てしまい、城下には六十歳以上の老人と、十五歳以下の少年だけが残された。

老人たちは夜に日をついて弾丸の製造に当たり、歩兵調練にでているのは白虎隊の少年たちだけになった。少年たちは近くの山に行き、実弾演習に明け暮れた。会津藩は軍制を改革したものの訓練の暇もないまま、戦場に向うことになる。

「これで本当に戦えるのか」

重臣たちに危惧があった。兵器、弾薬の補給は焦眉の急だ。兵力も足りない。問題は山積している。だが、一瞬のためらいも許されない。その重責を担うのは江戸にいる梶原だ。

梶原には勝算があった。

一つは旧幕府主戦派の蜂起である。古屋佐久左衛門の旧幕府歩兵第六連隊約六百名は、すでに関東を転戦、三月十九日、日光口から会津に入った。古屋は会津で衝鋒隊と名を変え、間もなく越後に向かったが、江戸には大鳥圭介の率いる洋式部隊があった。

「いずれ立つ」

梶原は確信していた。もう一つはシュネル兄弟の支援である。長岡もついている。シュネルが立てば、武器、弾薬の補給にメドがつく。軍備が強化されれば、仙台、米沢に圧力をかけられる。

奥羽諸藩もいま路頭に迷っている。徳川幕府が亡んだ以上、もう幕府に頼ることはできない。かといって、薩長に組し、軍門に下ることなどできる道理はない。佐幕派の新しい盟主がいるはずだ。それを働きかけるのは会津しかない。

梶原の胸はふくらんでいる。事実、シュネル兄弟は奥羽、越後に命運を賭け、立ち上がっていた。兄弟は会津のために八百挺、長岡のためにも数百挺の小銃と弾薬を手配した。

長岡の河井は、このほかに横浜のファーブルブラント商会からアメリカの南北戦争で使用した最新式の速射砲、ガットリング砲二門も買い込んでいた。三百六十発元込めの機関砲である。これらの武器、弾薬の運搬は、船に頼らなければならない。梶原はこれも手を打っていた。ヘンリー・シュネルがアメリカの汽船をチャーターしてくれたのだ。

「私も一緒に行く」

シュネルはいった。河井も駆けつけ、三人は固い握手を交わした。武器、弾薬の運搬は、梶原と河井が直接指揮をとり、会津藩士約百名、長岡藩士約百五十名、桑名藩士約百名が乗船した。船は三月九日、横浜を出帆、函館経由で新潟に向かった。梶原の見事な腕の冴えである。

さらに梶原は榎本武揚とかけ合い、旧幕府の貨客船順動丸をチャーターしていた。順動丸は、鉄製の蒸気外輪船で、長さ四十メートル、幅八メートル、四百五十トン、三百五十馬力の機関を持つ英国製の新鋭艦である。

船長は旧幕府海軍の近藤倉三郎、熟練の海軍士官である。梶原はこの船にも旧幕府の武器、弾薬を積んだ。順動丸は三月十七日、横浜を出帆、一路、茨城の平潟に進路をとった。梶原は別便で、江戸から大砲二十三門をここに運んでいる。ここで石炭を補給し、大砲を積み、さらに函館に向かうのだ。二隻の船は相前後して、横浜から函館に向かい、さらに砲台の大砲を取りはずして積み込み、日本海を上って、新潟に向かった。

順動丸の方が船足が早く、四月十一日に新潟港に入り、梶原の乗ったアメリカ船は、四月二十三日に新潟に着いた。船中の長岡、会津、桑名藩兵は意気に燃えた。兵士たちは船中で大砲、小銃の操練の外、船の知識を学び、梶原、河井の武装論に聞き入った。

梶原は、この航海で一層自信を深めた。彼の新潟入港は直ちに会津鶴ヶ城に急報された。

「梶原が戻った」

容保は安堵し、山川大蔵ら会津の若手は喝采した。しかし、戦いが始まれば、この程度の武器弾薬ではとても足りない。梶原は順動丸を会津藩の軍船として押えた。

軍艦が欲しい。

会津藩海軍の創設も梶原の悲願だった。いずれ薩長は軍艦で新潟を攻めてくる。それを迎え撃つ海軍が必要なのだ。幕府海軍の一部を新潟に回航させ、ここに海上防衛線を敷く。それが梶原の戦略であった。順動丸には九名の会津藩士が乗り組み、庄内や佐渡、函館を往復し、武器、弾薬、食糧の調達が始まる。

第五章　悪魔の使者

電光石火

春の仙台は美しい。奥羽とはいえ、太平洋に面した仙台は気候温暖の地である。当時の三月はいまの四月に当たる。青葉城の周辺は、樹木の緑も増し、はるかに海がキラキラと光っている。雪国の会津に比べると、別世界である。

仙台平野は広大に伸び、六十二万石、内高百万石といわれる大藩にふさわしい。青葉城本丸からは、広瀬川の後方に美しい町割りが見える。芭蕉の辻を中心に薬種、呉服、小間物、唐物屋、書籍、油屋など大きな商店が並び、片平丁には伊達家一門の広大な屋敷が続いている。

仙台はもともと外様大名である。幕府に殉じる義務はない。かといって、薩長に媚びる必要はさらさらない。

藩祖政宗の威信をけがしてはならぬ。

仙台藩主伊達慶邦は、じっと天下の動きを睨んでいる。慶邦は薩摩の島津久光、長州の毛利《もうり》敬親《たかちか》、土佐の山内容堂、越前の松平春嶽ら京都政権樹立の立役者たちの顔をおもい浮かべて見た。いずれも江戸で何度か顔を合わせている。一筋縄ではいかない、曲者ぞろいだ。これに比べれば、会津の松平容保は純粋な男、という印象が強かった。寄ってたかって、会津を窮地に追い込んでいる薩摩、長州。それに与《くみ》している土佐、越前。陰湿な謀略に慶邦は怒りを覚えていた。

慶邦は討会の命を受けるや、秘かに近臣の玉虫左太夫、若生文十郎を会津、米沢に派遣し、

「仙台は薩長に与しはせぬ」

と申し入れた。具体的にどう行動するか。まだ決めていない。慶邦の心には奥羽の盟主としての自覚と誇りがある。

藩論は討会、救会、二つに分かれている。しかし、仙台が会津を討つ理由はない。会津問題を自らの手で処理し、この機に国政の中枢にでて、薩長と対等の立場に立ちたい。

慶邦は薩長政府の出方を待っていた。

正月、二月が過ぎ、春爛漫を迎えようとする三月、のんびりした、この大藩の空気を一艘の軍船が破った。

〝電光石火〟、薩長軍の意表をつく仙台進攻である。

「なに?」

慶邦は虚をつかれた。

三月十八日、奥羽鎮撫総督九条道孝、副総督沢為量《さわためかず》、参謀醍醐《だいご》忠敬《ただゆき》、下参謀大山格之助、世良修蔵と約三百名の兵士を乗せた薩長の軍船が、仙台湾寒風沢《さぶさわ》に投錨した。兵士たちの肩には赤い布切れがつい

ている。〝錦ぎれ〟である。隊長は赤、黒、白の長い毛をなびかせた鬘をかぶり、異様な風体である。どの顔も、おれは官軍と凄んでいる。

薩長軍は自らを官軍と呼んだ。対する会津は賊軍である。会津は薩長を官賊と呼んだ。やがて、奥羽勢はあげて官賊と対決する。このときはまだ、そのきざしはない。軍船には在京の仙台藩兵百数十名も案内役として乗船している。

この日、海はひどく荒れていた。春一番が吹き、接岸できない。翌十九日、風も凪《な》いで、一行は隣りの東名浜《とうなはま》に上陸した。仙台藩、動乱の日の始まりである。

薩長軍は、東海、東山、北陸、奥羽の四道に鎮撫総督を発令、江戸に向かって進撃を開始していた。奥羽鎮撫使は予想をはるかに上回る早さで、仙台に入ったのである。

総督の九条道孝は名門の出である。年齢二十九歳。鼻すじの通った貴公子である。副総督の沢は五十代。政治的なキャリアはない。参謀の醍醐はまだ十九歳の青年。初めての船旅で疲れ切っている。大山は四十三歳。鹿児島の武士の出で、西郷のもとで頭角を現し、奥羽鎮撫下参謀に抜擢された。大山は明治以降、鹿児島県大参事、鹿児島県令と昇進するが、西南戦争が勃発するや、西郷軍を積極的に支持。そのため官位を剝奪され、斬罪に処せられる。惚れ込んだら、とことん尽す一途な性格の持ち主だ。

世良は三十四歳。大山より九歳若い。長州の小さな漁村に生まれた。頭が切れ、奇兵隊に身を投じた。奇兵隊は高杉晋作が民衆のエネルギーをたくみに吸いあげた革命部隊である。農工商の子弟を採用し、長州の尖兵として叩きあげた。

「正」に対する「奇」、それが奇兵隊である。歴戦の強者がそろっている。世良は高杉晋作の影響を色

濃く受けている。高杉は議論が高じると、すぐ刀に手をかけ、

「腕でこい！」

と吠えた。激情的な行動で人の意表をついた。若くして結核にかかり、短命を自覚してか、刹那的、厭世的な面を持っている。

三千世界の鴉をころし　ぬしと朝寝がしてみたい

愛妾との愛欲を詠んだものだが、各地の遊廓での大尽遊びなど朝飯前だ。遊ぶときには徹底して遊ぶ。時代が生んだ驕児なのだ。

やや出世が遅れていた世良にとって、奥羽鎮撫下参謀は、またとない栄達のチャンスだった。しかも、世良の任務は会津征討である。

（この大任を果たせば、おれも天下を握れる）

わずか三百名足らずの兵を率いて、奥羽の地に乗り込んで来た。

「どうせ仙台など田舎武士」

おもい上がりが世良の身上なのだ。三人の公卿に野望はない。

（仙台は朝命に服している。案ずることもあるまい。奥州見物も悪くはない）

といった程度の認識である。

東北人の変革を好まない、粘り強い性格など知る由もない。三人はいわば飾りであり、一行を牛耳る

のは下参謀の大山と世良だ。先に見たように、奥羽鎮撫の下参謀は、もともと薩摩の黒田清隆、長州の品川弥二郎だった。

　二人は「労多くして、益なし」と踏んで辞退する。

「世良ならば、どう転んでも惜しくはない」

　そんな考えが、長州の幹部にあったという。奥羽の人心を無視した薩長軍の人選である。二人は東名浜で、早速、本領を発揮する。たまたま東名浜に貨物を満載した江戸の西洋型帆船が碇泊していた。

「手はじめにあれをやるか」

「面白い」

　二人は兵士たちに商船の分捕りを命じた。船旅で退屈していた兵士たちは、ワッと商船になだれ込んだ。銃をつきつけ、船員を殴り、手当たり次第に積み荷を奪う。案内役の仙台藩士は驚いた。

「奴らは錦旗を持った官賊だ」

　地元の漁師たちも口々にののしった。

　仙台藩はおもわぬ暴徒の乱入に憤怒した。しかし、天皇の軍である。仙台藩は一行を松島の観瀾亭に案内した。薩長兵など無視せよ、という声もあったが、伊達慶邦は首席家老但木土佐を従えて謁見した。礼を尽して迎える、という大人の態度である。

　これに対して、大山と世良は極めて冷やかな態度をとった。二人の職務は、本来、仙台藩に会津追討を依頼する立場なのだ。にもかかわらず、伊達慶邦を呼び捨てにして、

「早く人数を差し出し、会津へ討ち入るべきの事」

と、上座から命令した。慶邦は耐えがたい侮辱を感じた。生まれて初めての屈辱だった。

揺らぐ仙台藩

会津追討の命令を受けて以来、仙台藩の藩論は大きくゆらいだ。藩内の上士層の意見は、反薩長であり、徳川氏を中心とした佐幕諸藩の連合によって、薩長軍を打倒すべきだ、と叫んだ。その思想的背景をなしたのは蘭学者大槻玄沢の二男、大槻磐渓である。

磐渓は江戸で砲術家の高島秋帆や佐久間象山らと交流し、いち早く開国を唱えた。薩長の尊攘論は「国体を破壊する危険思想」と激しく批判、薩長と相入れぬものを持っていた。薩長が幼帝を奪い、幼帝の名のもとに自らを官軍と称したことも磐渓を憤激させた。

「天子君臨すれど、統治せず」

磐渓は天皇象徴説を主張し、天皇の名のもとに政治を行なおうとする薩長軍は「国体を危うくする」と看破した。会津追討をどう判断するか、仙台藩重臣会議が開かれた際、磐渓は仙台藩校養賢堂学頭として、意見を開陳した。磐渓はまず、

「王制復古御一新のおり、天下の兵を動かし、関東を攻め、会津藩主松平容保の斬首を迫るのは、天皇の意志ではない」

と、凛然たる態度でいった。

「いかにも」

慶邦はうなずく。

「徳川家が数百年の戦乱を治めた功績はいまさら申すまでもない。しかし、ペリー来航以来、人心騒然とし、幕府の失政もあって、今日に至り、政権返上のやむなきに至った。慶喜はすでに退去し、恭順している。にもかかわらず、兵を挙げるなど天下の人心が納得すまい」

磐渓は言葉を続ける。

「予もそうおもう」

「殿、それだけではございません。王制復古がなり、万民が朝廷を仰ぎ奉っているのに海内の兵を動かし、万民を水火塗炭《すいかとたん》の苦しみに陥れるのは許せない。また、諸外国がどのような挙動にでるかも計り難い。国辱を宇内万国《うだいばんこく》に流すことになる。会津追討など幼帝の聖慮からでたものではございますまい」

反論を唱える者は、誰一人いなかった。

「磐渓、そちの意見をまとめ、朝廷に建白書を提出せよ」

慶邦は、会津追討不可の建白書をまとめ、京都に使者を派遣した。薩長軍を真っ向から批判するこの建白書は、西郷、大久保ら薩長軍首脳に衝撃を与えるはずであった。

仙台藩が会津追討を拒否すれば、仙台に会津を討たせようとする薩長軍の奥羽鎮撫政策は完全に行きづまる。それだけではない。会津追討を強行すれば、奥羽全体を敵に回すことを意味した。ところが、仙台藩使者大条孫三郎が京都に入ったころ、薩長軍の征討軍は次々に京都を出発、時期を失していたのである。

在京の仙台藩士も薩長の怒濤の勝利に圧倒され、「討会やむなし」と判断、会津征討の錦旗を受けていたのである。慶邦の建白書はその後についた。在京の仙台藩重臣三好清房は「もはや手遅れ」と建白書を握りつぶした。三好はすでに官軍気どりで、

「会津など仙台一藩で落して見せる」

と豪語する藩士もいた。あれほど討会不可を論じ、黒田や品川を威嚇した三好が、ころりと変わるほど、京都の情勢は、薩長一色になっていた。

国元に戻った三好は慶邦に一喝され、しぶしぶ救会に転じるが、藩士たちから「売国奴」と、ののしられ、後に罷免される。こうしたさなかに、奥羽鎮撫使の一行が着いた。しかも、案内して来たのは、仙台藩兵である。慶邦や但木は困惑した。大山や世良は、その間の事情を知らない。仙台藩は薩長に与したという意識で仙台に上陸している。仙台藩は苦境に立った。

概して、東北人は保守的であった。それは長い冬に耐えて来た人間の特性ともいえた。薩長人は、時代の流れに合わせて猫の目のように変わったが、会津人を代表とする東北の人々は、不動の姿勢を貫いて来た。

薩長はそれを因循《いんじゅん》と呼び、蔑視した。立場の違いでもあった。奥羽は体制派であり、薩長は革命派である。根本的に発想が異なった。生活様式、言葉、風俗、すべての面で違いがあった、ある意味で宿命の対決ともいえた。仙台藩は一行の宿舎に藩校養賢堂《ようけんどう》をあてた。奥羽鎮撫使の一行は、青葉城に進駐する準備に追われている。

仙台藩の待遇は極めてよい、

会津を攻める日も近い。

世良は先陣を切って戦う己れの姿を夢見た。仙台城下は奥羽鎮撫使の話題で持ち切りである。市民たちは、一行が仙台城下に入る日、天皇の軍隊をひと目見ようと、沿道を埋め尽した。

「来た、来た！」

市民たちの声が、波のように伝わってくる。ところが、目の前を通り過ぎる軍隊の貧弱さに驚いた。烏帽子《えぼし》、直垂《ひたたれ》姿の公卿たちは、どう見ても頼りにならない。三百名足らずの兵士たちは異様なダン袋姿である。仙台藩の威風堂々たる行列を見ている市民にとって、物足りない光景だった。兵士たちが肩にかけた小銃が鈍い光を発したが、眼がギラついていて知性がない。

「あれは薩長の脱走兵ではないか」

と疑った。仙台の人々は格式を重んじる。奥羽鎮撫使の第一印象は、仙台市民を失望させた。

花見の宴

三月二十二日、養賢堂で、仙台藩重臣との最初の会見が行なわれた。

大山や世良は、仙台市民の表情が白々しいのに気づいている。しかも、どこを見回しても会津追討の準備など、まるで感じられない。

「話が違う」

「仙台はなにを考えているのか」

大山や世良はいらだった。会津征討の任を帯びた世良は、特に不気嫌だった。

この日、仙台藩から出頭したのは但木と坂英力である。但木も一度は「会津出兵やむなし」と討会に傾いたが、その後反薩長に転じている。坂は仙台藩江戸詰めの重臣である。明確な佐幕派だ。松島の一件でさらに態度を硬化させている。

（薩長の天下など認めぬ）

二人は厳しい表情で出席した。世良は敏感な男である。短気で居丈高に怒鳴る割には小心なのだ。世良は但木の顔を見るなり、詰問した。

「討会の出兵が緩慢なのはなぜか。朝命を軽侮するもはなはだしい」

声が震え、顔は蒼ざめている。

仙台藩ももとより勤皇である。朝廷に楯つく気持ちなど微塵もない。世良は何かといえば、天皇を持ちだす。大槻磐渓のいう通りだ、と但木はおもった。人間は誰しも背景をひけらかす。〝虎の威を借る狐〟はどこにでもいる。

だが人間の心には己れの尊厳、人格がある。威嚇されれば、されるほど人間の心は反発する。世良はそれを知らない。坂英力は唇をかんで、耐えている。但木の頬が痙攣している。但木は世良を見据えたまま、

「決して朝命を軽んじてはいない。会津追討の命を受けて以来、隣藩とも協議し、それぞれ準備、周旋しているところである」

と答えた。世良の蒼ざめた顔が紅潮した。

「協議周旋など無用だ！」

「直ちに出兵して会賊を討て！　一刻の因循も許さん」

世良は二人を罵倒《ばとう》した。

翌二十四日、仙台藩主伊達慶邦が、襟を正し、九条総督ら三卿に面会した。

「御気嫌いかがでござるか」

慶邦は穏和な表情で挨拶した。

世良は、にこりともせず前日と同じように討会を迫り、慶邦を侮蔑した。

（こんな男に命令される覚えはない）

慶邦は即座に席を立って帰城した。世良は高圧的な態度が命とりとなり、後に仙台藩士に斬殺される。

薩長との間で接点を見出そうとした但木も、

「これではまとまる話もまとまらない」

とさじを投げた。

翌二十六日、仙台城下榴ヶ岡《つつじがおか》での花見の席は、一層険悪なものとなった。

榴ヶ岡は仙台きっての花見の名所である。ときあたかも桜は満開。

但木は割烹「梅林」に仙台の銘酒と美人の芸妓をそろえ、遠来の客をもてなそうと設営した。

「ともに呑めば、話し合える」

料理にもことのほか気を使った。酔いが回ると、大山や世良の態度はがらりと変った。芸妓を抱き寄せ、人目もはばからぬ傍若無人の振舞いなのだ。

薩長の志士たちは、「覚めては論ず天下の事　酔うては枕す美人の膝」と、一見、豪快そうに酒をあおった。

志士とはそういうものだ、という高杉晋作流の呑み方である。いつ死ぬかわからない、という焦燥感と勝利者のおごりが背景にある。

京都ならばそれでもいい。しかし、ここは仙台なのだ。その区別がつかない。

陸奥に桜獲りして思うかな　花散らぬ間に戦せばや

と世良は得意の歌を詠み、

「会津容保の首を斬る」

と、とどまるところを知らない。

竹に雀を袋に入れて　あとでおいらのものとする

と、仙台藩を揶揄する俗謡を唄って、勝手放題である。竹に雀というのは、仙台藩の紋所である。仙台藩は徹底的に見くびられた。仙台藩の若手藩士のなかには、宿舎の養賢堂を襲い、薩長兵を殺害しようとする動きもでた。但木は必死に抑えたが、奥羽鎮撫総督府と仙台藩の亀裂は深まるばかりであった。

救会の使者

慶邦の肚は救会である。奥羽同志が争う理由など何一つない。誰が薩長の走狗《そうく》となるものか。世良らの行動を眼のあたりにした藩士たちも、反薩長の血気に燃えた。藩校養賢堂統取、玉虫左太夫もその一人である。

結婚して一女をもうけたが、井のなかの蛙にあきたらず、二十四歳のとき、脱藩して江戸にでた。江戸は広い、天下の英才が集っている。玉虫は大学頭林復斉《はやしふくさい》の門に入り、外国事情に目覚める。努力して幕府外国方に仕え、万延元（一八六〇）年遣米使節正使、新見正興の従者に抜擢されて渡米する。そのときの日記『航米日録』全八冊は、船中での出来事、アメリカでの見聞等、観察力、表現力は極めて秀れており、驚嘆に値する。たとえば、アメリカの政治について、玉虫は次のように記している。

会盟（同盟を結ぶこと）、戦伐（戦争）、黜陟《ちゅっちょく》（人事）、賞罰等のこと、衆と会議して、その見るところ、多きをもって決す。たとえ、大統領といえども、必ず一意をもって、私を行なうを得ず。

玉虫はアメリカの議会制度を理解し、正しく評価する能力を持っていた。また、身分制度についてもふれ、暴風雨の際に船長が自ら甲板にでて、水兵とともに必死に働く姿に感動、「かくあるべき」と論じた。

その豊かな感受性、学問の深さには舌を巻く。すでに四十六歳となっていたが、慶邦は玉虫の緻密な頭脳と稀有な体験に期待を寄せていた。その玉虫が世良に罵倒されたのである。

仙台藩では討会の命令を受けるや、玉虫左太夫と若手の若生文十郎の二人を会津に派遣し、

「この際、涙をのんで、朝廷に帰順してはどうか。仙台藩が仲介の労をとる」

と和平を説いた。

会津藩主松平容保は、玉虫らを歓迎し、切々と自らの心境を述べた。玉虫は容保公と初めての対面である。

（どのような人物か）

あれこれ、おもいをめぐらせた。重臣たちが、この難局をどのように捉えているのか、ということにも興味があった。眼の前の容保はいく分憔悴し、老けて見えたが、一つひとつの言葉に虚飾がない。孝明天皇の御宸翰を手に切々と会津の忠誠を語った。重臣たちも礼儀正しく、かつ一徹だった。重臣たちは鳥羽、伏見の敗戦の模様を語り、

「悪夢としか、いいようがない」

と、悲惨な数々の場面を披瀝した。首席家老梶原平馬がいないのは残念だったが、居並ぶ重臣のなかでは、山川大蔵《おおくら》がひときわ目立った。

「諸藩連合こそ、日本の歩むべき道だ。旧幕府も奥羽も越後も新しい政体に加わらなければならない。私は薩長に恭順はしない。武力には武力で対決する」

山川は自信と確信に満ちていた。

会津は幕末の日本を左右した佐幕派の代表である。一時は薩摩と手を組んで政局を握った。鳥羽、伏見でも決死の奮戦をした。それだけに自負心は強い。兵制を改革し、旧幕府主戦派と呼応して、強力な武力を持っている。

いまの仙台の兵力では、とても会津にかなうまい。

玉虫は心のなかで呟いた。

夜、酒宴が催された。会津藩の人材がずらりと顔をそろえた。京都で日夜、外交を繰り広げて来ただけに秋月悌次郎、手代木直右衛門、南摩綱紀、柴太一郎ら広く諸藩に知られた人物がいる。

「大山、世良が奥羽鎮撫の下参謀なそうだが、世良など聞かん男だ」

彼らは薩長の人物を一人ひとり論評して見せた。玉虫に随行した若生文十郎も眼を輝かせて聞き入っている。若生は二十八歳。仙台藩佐幕派の熱血漢である。

仙台にも国体を論じる血潮がほしい。

若生も感動した。話は外国事情にも及んだ。会津には山川大蔵をはじめ田中茂手木、横山主税、海老名郡治らのヨーロッパ派遣組がいる。玉虫はアメリカの旅をおもいだし、ときがたつのも忘れた。

「フランスはどうか」

玉虫がいうと、

「だめだ」

と、今度は横山主税が否定した。

フランスはナポレオン三世の専制国家であり、その対日政策は積極的なものがあった。

幕府はフランスと提携し、陸海軍の改革、製鉄所の建設などを進めたが、何分にも国力が弱い。それにフランス国内事情によって、対日積極策を推進した外務大臣ドウ・ルイが失脚し、新外相ドウ・ムーティエは極東の眼を日本からインドシナに向けていた。

横山主税はフランスが必ずしも幕府よりではなかった例として、パリの万国博覧会をあげた。

横山と海老名郡治は、慶喜の実弟徳川昭武の随員としてパリに行っている。同じく随員として後の大実業家、渋沢栄一もいた。

パリの万国博覧会は慶応三年三月二十六日からセーヌ河の左岸、シャン・ド・マルスの広場で行なわれた。幕府は二年がかりで出展の準備をし、漆器、陶器、金工品、刀剣、日本画、材木、和紙、昆虫に至るまで百八十九箱、四万七千両を運び込んだ。柳橋の芸者すみ、さと、かねの三人も渡仏した。

ところが、薩摩が画策し、幕府の検閲も受けずに二百二十五箱に及ぶ出品を、長崎のイギリス商人グラバーが手配したイギリス船で積みだした。

「奴らは薩摩大守、琉球国王として幕府とは別の会場に展示し、フランスの新聞に徳川幕府は日本の皇帝ではないと宣伝した。モンブランという曲者がいて薩摩と手を組んで会場を取ったのだ」

横山は舌打ちした。

容保はつきっ切りで玉虫や若生をもてなし、自ら大盃をすすめた。玉虫は、

「外臣、大盃（大敗）を嫌う、小盞《しょうさく》（勝算）を賜わりたい」

というと、容保は声をあげて笑った。容保は玉虫に長光の名刀と定紋付木杯を贈り、

「慶邦公によろしく伝えてほしい」

といった。

世良は三好清房を通じて、玉虫らの会津行きを知った。

「おもった通りだ。仙台も同じ穴の狢か。玉虫を呼べ！」

世良は、但木に命令した。養賢堂に玉虫と若生が出向くと、世良の眼は血走っていた。

「玉虫、君は会津容保に会ったそうだが」

「いかにも。会津の国情を見てまいりました」

「容保はどうしていた」

「容保公は朝敵にあらずと申された。討会は難しいかと存じる」

二人の眼に火花が散った。世良は身を乗りだすや、

「たわけ！」

と叫んだ。

「その方どもは、奥羽の諸藩のなかでは、少しはわけのわかる者ゆえ、使者にも使われたのだろうが、見下げはてた馬鹿者だ！」

世良の言葉は相手の心を無惨なまでに傷つける。

「左様な者どもの主人も知れたものだ。所詮、奥羽には目鼻の効く者は見当たらん！」

玉虫と若生は、怒りのあまり、顔面がひきつった。事、君国にかかわる暴言である。

聞き捨てならぬ。

血が逆流した。

青葉城に戻った玉虫は、但木に迫った。

「討会の命など、即、返上すべきである」

但木は沈思黙考、玉虫を凝視している。

「会津とともに薩長と雌雄を決する」

玉虫はうめくような声でいった。世良の高慢無礼な態度が仙台藩に火をつけた。

苦慮する米沢藩

米沢は会津の隣国である。

会津から猪苗代にでて、嶮しい山塊を越えると、眼下に米沢の盆地が広がる。山塊は二千メートルを越す深い山脈が続き、冬は人間を一歩も近づけない。会津と米沢は天然の要塞《ようさい》で二分されている。

この米沢藩にも激動の嵐が吹いた。

米沢藩ももとより佐幕である。会津とは古い姻戚関係にあった。米沢藩祖上杉景勝の孫、三代藩主綱勝は会津藩祖保科正之の娘を正室に迎えている。会津からは救会の使者が何度も来た。

「私は貴藩の梶原殿には弱い。京都で大変お世話になりました。宜しく伝えてほしい」

米沢藩家老千坂太郎左衛門は、そういって使者の手を握った。

三月に入ると、仙台から玉虫左太夫、安田竹之助が来て「討会不可」を申し入れた。玉虫は藩主慶邦の親書を手渡し、仙台藩の決意を述べた。

「もっともである」

米沢藩主上杉斉憲《なりのり》は答えた。しかし、正直なところ迷いもあった。

斉憲は重臣に問うた。米沢藩には第九代藩主上杉鷹山が定めた憲法がある。

一、国家は先祖より子孫へ伝え候国家にして、我れ私すべき物にこれなく候。
一、人民は国家に属したる人民にして、我れ私すべき物にこれなく候。
一、国家人民のために立てたる君にて、君のために立てたる国家人民はこれなく候。

「日本の政治家でもっとも尊敬するのは上杉鷹山である」

と、アメリカの故ケネディ大統領が答えたのは有名な話である。アメリカのリンカーン大統領の「人民による人民のための人民の政治」に比すべき名訓である。

米沢藩は家訓にそって、会津問題を協議した。

「奥羽の地に無駄な戦いを持ち込まれるのは御免だ」

「仙台、米沢が結集して討会中止を奥羽鎮撫使に働きかける」

「拒否した場合、どうするのか」

「力で認めさせる」

「勝てるのか」

「勝つのだ」

「会津への同情は、米沢を危うくする。会津に出兵すべきだ」

斉憲は一つひとつ頷きながら聞いている。

救会しかあるまい。もし、成功すれば、薩長と対等に話し合える。米沢もこの狭い盆地から広い大海にでることができる。

斉憲にはしたたかな計算もあった。

かくて会津、庄内、仙台、米沢の間で公然と政治折衝が開始された。木滑は仙台に向かった。仙台は奥羽鎮撫使を迎え、騒然としている。応接に当たった仙台の玉虫左太夫は、

「世良は軽薄な男だ。あれが官軍と聞いてあきれる」

と苛立っていた。

「私は奥羽全体で、討会に対処すべきだ、とおもっている。会津は恭順するはずはなく、このまま行けば一戦は避けられない。眼には眼を、歯には歯をと牙をむいている。奥羽の連帯こそが会津を救う唯一の道だ」

玉虫は奥羽同盟による救会論を説いた。

「しかし、薩長の挑発に乗って、軽挙な行動にでるのは慎みたい。薩長は会津を口実に奥羽全体をねらっている」

木滑は斉憲の意向を汲んで、性急な同盟論を危うんだ。

「会津に行こう」

玉虫がいった。

第六章　会津会談

政治折衝開始

三月二十五日、仙台藩玉虫左太夫、若生文十郎、米沢藩木滑《きなめり》要人《やすと》、片山仁一郎は世良の眼をかすめて、会津を目指した。城下で会津藩重臣手代木《てしろぎ》直右衛門《すぐえもん》、小野権之丞との会談が行なわれた。

会津とて有利な政治折衝は望むところである。手代木は容保直臣の一人で、京都では新選組、京都見廻組を配下におき、「会津に手代木あり」と知られた人物である。四十二歳。玉虫と同じ世代の人間である。説得力にも秀れ、幕府との交渉はほとんど手代木が担当、慶喜の信頼も厚かった。

三者会談に寄せる会津の期待がいかに大きいか。手代木の登場がそれを物語った。木滑が最初に口を開いた。

「両藩は京都で会津救済の周旋を尽そうとしたが、御承知のように世良らが仙台に来て、大いに手順が狂ってしまった」

「両藩の御厚情には頭が下がる」

手代木が答えた。

「諸藩の公論は、恭順謝罪の者を討つのは公平にあらず、といっている。我々も同じである。玉虫殿から貴藩の真情は十分に聞いているが、この際、堪えがたきを堪え忍び、恭順されてはどうかと考える」

木滑がいうと、手代木はしばらく沈黙したあと、

「お話はよくわかる。しかし、薩長は主君容保の首を要求している。恭順すれば許す、という保証があるのか」

と、はね返した。そして、言葉を続けた。

「私も京都で長く周旋の職務にあったが、周旋には力がいる。薩長は強大な武力を背景にわが藩に無理難題を押しつけている。

主君の斬首、城、領地の没収などは絶対に受け入れることはできない。徳川家の例にならって、領地の若干の削減、主君の城外謹慎程度であろう」

これでは周旋にならない。

木滑はおもった。

「手代木殿、長州もかって朝敵となった際、国司信濃、福原越後、益田右衛門の三家老と四人の参謀が切腹した。会津もこれに習うべきと考えるが」

木滑がいうと、

「残念ながらそれはできぬ」

手代木は不動である。

会談は三昼夜も続いた。

木滑はなんとかまとめたい、と焦った。玉虫は焦る様子もなく、平然としているのが不思議だった。

壮大な会津城

木滑は、何度か休議を求め、会津の城下を歩いて見た。鶴ヶ城の壮大さは、米沢の比ではない。町は活気にあふれ、郭外には多くの商店が並んでいる。

当時の会津城下は東西一里二丁余（四・二キロ）南北二十八丁（三キロ）の規模を持つ町だった。内部の中心が鶴ケ城である。五層の天守閣が天高くそびえ、白い漆喰があざやかに浮かんでいる。本丸を囲んで二の丸、三の丸、北出丸、西出丸と城壁が続き、濠は満々と水をたたえている。城の正面、大手門からは広い道路が伸び、本一之町、甲賀町通り、大町通りが東西南北に交わっている。家老、組頭、奉行といった上級武士の屋敷が整然と並び、東西一六丁二十間（一・八キロ）南北一〇丁五六間（一・二キロ）の土手の外濠がめぐらされている。

米沢の城は一日で落ちるが、これならば籠城することができる。

木滑は会津の強さをしみじみおもった。郭外は商業、交通の要地で、馬場町、甲賀町、七日町に商店が集中していた。要所要所は十字路ではなく、食い違いに造られている。市街戦の際、敵の進路を食い止めるためだ。

夜は決まって地酒がでた。呑むほどに手代木は本音を語った。

「慶喜公がわが会津を捨てたのだ。すべてをわが殿のせいにして、己れはぬくぬくと生きながらえている。幕臣の腑抜けさもあきれるほどだ」

玉虫も世良の高慢な表情をおもい浮かべながら酒をあおった。

容保に対面

四日目の朝、仙台、米沢藩使節は鶴ケ城に登城した。鉄門を入ると石畳が東に延びて、その正面に玄関があった。

それを入ると、大書院、小書院が並び、その奥に御休息所、御寝所、台所、長局などがある。会津藩家老の内藤介右衛門が案内し、奥羽の間で松平容保父子と対面した。

木滑らは入り口に平伏していると、容保が、

「こちらへ、こちらへ」

といった。

「ご免下さい」

と前に進むと、

「近く、近く」

としきりにいうので、木滑らは容保の面前に進んで、親しく話を聞いた。

「当家、この節、不都合によって朝敵の嫌疑を蒙っているなか、わざわざ御使者を下され、感激に堪え

ない。当家は七年間、及ばずながら朝廷のために忠節を尽した。今回、朝敵の汚名を受けたのは私の不行届のためであり、恐惶至極の至りだが、愁訴の道も途絶え当惑している。よろしく御周旋、御救済を懇願したい」

木滑は、意外な感に打たれた。手代木と折衝して受けた会津の印象は剛直であり、武力を楯に威嚇さえした。

眼の前の容保は、温和であり、女性的でさえある。何度か「謹慎恭順している」とさえいった。幼帝の父君、孝明天皇のために忠節を尽し、いま幼帝に朝敵呼ばわりをされている。尊皇の人、容保の無念をおもい、木滑は眼頭を押えた。容保は、

「これを取らす」

と木滑に脇差を贈った。白鞘の見事な造りである。木滑は、

「ありがたき仕合わせ」

と拝領した。玉虫は、じっと見つめる。

これでいい。間もなく会津、仙台、米沢が手を結ぶ。政宗公が成しえなかった天下取りの夢、慶邦のもとで実現して見せよう。

玉虫は躍る気持ちで、帰途についた。

一転暗雲

　世のなかは刻一刻変化し、流れを止めることはない。

ましてや奥羽激動のときだ。会津国境を越え、二本松から福島、白石と仙台へ急ぐ玉虫左太夫は、妙な胸騒ぎを覚えた。太陽は輝きを増し、日中は暑さを感じる季節になっている。

　仙台に戻ると、城下の空気は一変していた。大山が天童、秋田、津軽の諸藩に庄内征討を命じ、出兵の準備を始めたのだ。世良も会津出兵を火のつくように責めたてている。

「困ったことになった」

　玉虫の顔を見るや、首席家老の但木土佐は溜息をついた。

「というと⁉」

「実は主戦派がお前を斬ると騒いでいる」

　玉虫は愕然とした。

　主戦派というのは討会論者の三好清房、坂本大炊らを指した。

「察するに会津は恭順などすまい。この際、薩長に加担した方が得策だと三好らが騒ぎだした。そんなことはさせないが、世良は江戸に援軍を要請したといっている。このままでは戦争になる」

「世良めが」

　玉虫の頭は錯乱した。

「世良の眼をそらすためにも、仙台が出兵をして時間を稼ぐしかない」

「反対です」

玉虫は色をなした。

「わかっているが、ほかに手はない。やむを得ず出兵する。戦争はしない。会津に仙台の意向を十分に伝えよ」

玉虫の心臓は早鐘を打つように高鳴った。玉虫と若生は、その足で慶邦に接見した。

「大儀であった。会津はどうであった」

慶邦がいった。

「かたくなに恭順を拒みました」

「うむ」

「玉虫、今は出兵やむなしと判断した。両名は再度、会津にまいり、周旋を続けてくれ。藩内の討会論者は斬る。会津が恭順し、薩長がそれを拒んだとき、仙台藩は立つ」

慶邦は断言した。

市民仰天

「出陣、出陣ッ」

仙台城下に触れが回った。商人は色めき、農民は遠く青葉城を仰いだ。城下はにわかに忙しさを増した。武器、弾薬、食糧の調達に藩士たちは駆け回る。藩主の出陣は四月七日と決まり、先鋒隊が次々に桑折、白石方面に向かった。

「これで会津も終わりか。なぜ、仙台が会津を攻める」

市民たちは戦争の噂で持ち切りである。

前日の六日、慶邦は諸隊長を集め、出陣の言葉を述べた。

「このたび会津追討の命令を蒙り、鎮撫使も御下向になった。それについて種々周旋を致して来たが、討ち入りせよ、と厳しい御沙汰があった。よって出陣する。ただし、不同意の者は暇を使わす」

慶邦は気乗りしない表情で一座を見渡した。出兵したくない者は暇をやる、という奇妙な出陣である。

「なお、三好清房、坂本大炊は都合により職を免じた」

万座にどよめきが起こった。

討会論者の首を切る、というおもい切った処置である。

玉虫と若生はにやりと笑った。慶邦はかねて三好清房をにがにがしくおもっていた。三好は大山、世良らとたびたび饗応し、公然と慶邦を批判していた。

三好には事をたくみに処理する才能があった。京都で「薩長の天下となる」と判断したのも三好独特の勘であった。格式の高い仙台藩では微禄の出だが、蝦夷地警備で功績をあげ、抜擢されて若年寄に昇進した。回転のよさが禍をもたらしたともいえた。

三好は生地の東磐井郡黄海《きのみ》村（岩手県）に退居し、切腹した。

世良狂喜

仙台藩出兵は、世良を狂喜させた。

このころ世良は、江戸総督府軍務局に一通の内申書を送っていた。


仙台は大国といえども兵は惰弱、操練は不精、烏合鶏連に過ぎない。米沢もまた同じだ。願わくば在京の雄兵八、九大隊を発して、この巣穴を掃蕩すべきである

それだけに、仙台を動かしたことに得意満面であった。

先乗りは白石城の片倉小十郎の家臣二千余名である。それに足軽五百名、旗本、近習、御小姓が従い、その後ろに慶邦、さらに二千余名の仙台兵が続いた。

仙台藩も軍制の改革が遅れている。伊達政宗以来の甲冑に身を固め、兵士たちのいでたちは戦国時代をおもわせる。銃は火縄が多く、火力戦となれば、とても会津にはかなわない。

これでどれだけ戦えるというのか。

世良は嘲笑《あざわら》って、眺めていた。彼は会津国境に密偵を放ち、会津の総兵力は正規兵三千五百、客兵千八百、農兵五千その他二千の約一万三千名と踏んでいた。農兵の数に過大評価はあるが、適確な数字である。戦争となれば、さすがに鋭い。

慶邦は岩沼を経て白石に入り、ここに仙台藩の本営をおいた。さらに福島に軍事局をおいた。奥羽鎮撫使の一行も兵を進め、十二日に岩沼に着き、ここを総督府の本営とした。世良は兵を率いて福島に入り、会津攻撃の指揮をとることになった。そして、会津に入る土湯峠、石筵、母成峠《ぼなり》、中山口、御霊櫃口《ごれいひつ》、米沢口、仙台領刈田郡関口、湯原口の六か所に兵を配置、会津攻撃を命じた。会津は重大な事態を迎えた。

恭順の勧め

仙台藩、会津国境出へ出陣の知らせは、電雷のように会津城下に響いた。城下に残るのは容保とその側近、わずかばかりの遊撃隊と老兵、年少の白虎隊にすぎない。

そこへ仙台藩使者、若生文十郎、横田官平が着いた。若生は容保に接見し、仙台藩出兵の事情を説明するとともに、会津藩に対し、ひとまず恭順をすすめた。

若生は領土の削減、容保の城外謹慎、首謀者三名の切腹の三条件をだし、回答を求めた。

これに対して、梶原平馬は領土の削減、君主の城外謹慎に同意を示したが、佐川官兵衛が真っ向から反対した。

この夜、若生文十郎の宿舎に檄文が投げ込まれた。

御三藩（仙台、米沢、南部）は当藩の有罪無罪をかねて御下聞されており、今さら、委細を弁ずるまでもない、と存じる。もし、恭順と申せば、自ら罪を認めたことになろう。無実の主人を有罪にすることができようか。このことをよくお考えいただきたい。当藩はもとより、死を決する身であり、成敗を天に付す覚悟である。義をもって死すとも、不義をもって生きることはしない。報恩の二字を骨に刻み、死して鬼となって、奸賊を誅戮し、後世の評価を待とう。これが我々の志である。勢いの強弱により、己れの進退を決め、奸賊に使役されるのは、武士として、もっとも恥とするところである。

同志千二百人連中

若生はこれを読んで背筋が凍るのを覚えた。

会津は本気で死ぬことを考えている。

いい知れぬ感動も覚えた。若生はこの書を持って、白石に戻った。

横田官兵は若松に留まり、さらに休戦協定を煮つめた。休戦といっても彼我の鉄砲が前線で対峙している。

世良が指揮すれば、戦いは避けられない。一発の銃声で、すべてがくずれてしまうのは、火を見るより明らかである。もし、お互いに死傷者がでれば、前線に銃弾の雨が降り、収拾がつかなくなる。

梶原は暗澹たる気持ちで、磐梯山を見つめた。

土湯峠

仙台、会津兵が最初に遭遇したのは土湯峠である。会津の一柳四郎左衛門の陣営に土湯の農民が息せき切って駆けつけた。

仙台兵が攻めて来たと農民はガタガタと体を震わせている。

「来たか」

一柳は軍事方野村監三郎に仙台兵との交渉を命じた。

野村は土湯峠を下り、路傍に潜んで様子をうかがうと、弓矢、鉄砲、刀槍を持った仙台兵が陸続としてやってくる。先頭が通りすぎたところで躍りでた。

「何者、名を名乗れッ」

野村はたちまち仙台兵に取り囲まれた。

「余は会津藩軍事方、野村監三郎である」

「おおー」

仙台兵に安堵の声が起こった。

「余は仙台藩軍監大槻定之進である」

「同じく姉歯武之進」

「内田喜三郎」

三人の兵士が名乗った。

大槻は野村を仙台藩の陣営に案内し、隊長の瀬上主膳に会わせた。

瀬上は反薩長の急先鋒である。何度も養賢堂を襲おうと考えた。今度の出兵も頭から反対だった。

「薩長参謀がわが藩の進撃を促すので、やむを得ずこの地に進軍した。貴藩には心から同情している」

「よろしく願いたい」

野村は頭を下げた。

「ところで、会津藩の守備はどのようになっておりますか」

「厳重に固めておる。もし、仙台藩が国境を破れば、わが兵は撃退するのみである」

「心得ている。仙台兵が国境を越えることはない。しかし、薩長兵が加わればそうは行くまい。戦いになる」

奇妙な会話であった。

お互いに戦争を避けようと話し合っているのだ。

「当方が白旗に小の字を書いて揚げるので、貴藩も同じ旗を揚げてはどうか、小の旗はともに撃たないことにする」

瀬上がいうと、野村は笑った。

翌日、野村が瀬上主膳を会津の陣営に案内した。

「ともに空砲を撃ち合えば、怪我はない」

新たな提案がなされ、土湯における仙台、会津の協定が成立した。しかし、不測の事態は意外に早かった。仙台藩陣営に長州の小隊が乗り込み、戦端を開いた。

会津陣営に知らせる余裕もない。あっという間の出来事だった。会津兵は約束どおり空砲で応戦したが、仙台側からは激しく実弾が撃ちだされる。

「仙台が裏切ったッ」

一柳は激怒し、会津鶴ヶ城に早馬が疾った。

会津にいた仙台藩士横田官平があわてて土湯峠に駆けつけ、事態が明らかになったが、国境は風雲急を告げた。そのときである。一頭の早馬が、城門を駆け上がった。関東での旧幕府陸軍決起の知らせである。

「そうか」

客保は天守閣に駆けのぼり、はるか関東の空を仰いだ。

「弾薬、食糧を土湯口に増援せよ！」

軍事局を指揮する山川大蔵が大声をあげる。城内に喜びと勇気が溢れた。

旧幕府陸軍の決起は、梶原の悲願の一つだった。腹心の垣沢勇記を江戸に残し、旧幕府歩兵奉行大鳥圭介に接触させていたのである。旧幕府陸軍は薩長を凌駕する最精鋭部隊であり、会津の兵力は倍加されることを意味した。

「薩長もあわてているだろうな」

梶原は江戸の狼狽をおもい、胸が躍った。

第七章　旧幕府陸軍参戦

幕臣の意地

江戸の市民は会津国境の緊迫した情勢など知る由もない。しかし、呑気な江戸の市民も、江戸開城を目前に控え、不安な気持ちをかくせない。

「菊」が栄えて「葵」が枯れる。

時の変化をしみじみと感じている。四月十日夜、江戸の市民は旧幕府陸軍の兵士たちが続々集合する姿を見た。あす十一日の江戸開城を不満として、脱走を図ったのである。指揮官は旧幕府歩兵奉行、大鳥圭介《けいすけ》である。

十一日早朝、駿河台の旗本屋敷をでた大鳥が、あらかじめ決めていた報恩寺に行くと、士官、兵士約五百名が参着している。旧幕府伝習歩兵、御料兵、幕府士官隊、土工兵の面々である。

「市川で、会津藩兵、桑名藩兵、新選組隊と合流する」

大鳥は短い挨拶をした。

彼は幕臣ではない。天保四（一八三九）年、播州赤穂の在の医者の家に生まれた。大坂にでて緒方洪庵塾で蘭学を修め、さらに江戸の蘭学者坪井忠益の塾で、数年を過ごした。蘭法医が志望だった。

しかし、医学書よりは兵書に親しむようになり、オランダ陸軍の軍制や戦術を独学で学んだ。その能力が認められ、幕府講武所江川英敏の塾で兵書を講義、慶応二年、幕府直参に取り立てられ、開成所教授となった。

軍の改革を進める幕府にとって、大鳥は貴重だった。勘定奉行小栗忠順《おぐりただまさ》の推薦で、横浜に設けられたフランス士官による仏式操練を伝習、理論派の幕府士官が誕生した。

その後の大鳥の昇進は早い。

小川町伝習隊隊長、大手前大隊長、歩兵差図役頭取、歩兵頭並、歩兵頭、歩兵奉行と出世した。満三十歳。

海軍副総裁榎本武揚、小栗忠順と並ぶ強硬な主戦論者である。大鳥にとって、鳥羽、伏見の敗戦は、青天の霹靂であった。

「無能な指揮官をだすからだ」

大鳥は、自ら育てた幕府陸軍を崩壊させた大坂の幕閣を怒った。

「このままではすまされぬ」

近代戦術を学んだ大鳥の自負心が降伏をこばませた。

翌十二日、大鳥が市川に着くと、町は二千名余の兵士であふれている。駅に近い小さな寺院で軍議が開かれた。

集まったのは次の面々である。

幕臣　土方歳三、吉沢勇四郎、小菅辰之助、山瀬司馬、天野雷四郎、鈴木蕃之助
会津藩士　垣沢勇記、天野精之進、秋月登之助、松井某、工藤某
桑名藩士　立見鑑三郎、杉浦秀人、馬場三九郎

軍議は議論沸騰した。

会津の垣沢勇記は、薩長に恭順した宇都宮城攻撃を主張した。これに対して、大鳥は、

「私は今すぐ兵端を開く考えはない。江戸周辺にとどまり、江戸の情勢を見たい」

といった。土方がすぐ反論した。

「私は会津を支援する。会津のために戦う」

歴戦の強者の発言で軍議はまとまった。

「しからば日光を拠点にし、薩長と戦う」

大鳥は全軍を統轄し、進軍を開始する。彼は全軍を三つに分けた。

前軍は土方歳三、中軍、後軍は大鳥が指揮することになり、まず前軍が出発した。

前軍の伝習第一大隊は、別名大手前大隊といわれた旧幕府の最精鋭部隊である。フランス陸軍士官シャノワン大尉によって訓練を受け、全員軍服をつけ、背嚢を背負っている。

小銃はフランス皇帝ナポレオン三世から寄贈された最新鋭元込め施条銃、シャスポーを持っている。

大砲は四斤山砲二門、射程距離は二千六百メートルもある。しかも、大隊長秋月登之助は会津藩士である。

長身、骨格隆々たる偉丈夫で、濃紺の上着をまとい、緋色のズボンをはき、チョンマゲも切っている。号令はフランス語。

秋月も横浜で歩兵、騎兵、砲術の三術を学んでいる。会津藩士垣沢勇記は、秋月の勇姿に感動した。垣沢は京都で外交方を勤めた有能の士である。

大鳥軍が向かった日光は、徳川家の聖地である。

家康を祀った日光に、薩長軍といえども銃火を向けることができない、という判断がある。日光には旧幕府首席老中板倉勝静もおり、板倉のもとに広く天下に挙兵を呼びかけることができる。大鳥はそう考えて、日光を目指した。彼の率いる中軍、後軍も装備は前軍の第一大隊と同じである。

初　夏

関東はすでに初夏に入っている。

利根川べりを進む大鳥軍に農民たちは驚嘆した。一帯の村々から人馬、食糧が徴発され、関東はにわかに戦場と化した。大鳥軍は下妻城、下館城を攻略し、破竹の勢いで進む。ここで有名な宇都宮城の攻防戦が展開される。宇都宮城を攻略したのは、土方と秋月の前軍である。二人はウマが合った。新選組は会津藩と一心同体である。

「秋月君、奴らにひとあわ吹かせたいものだ。伝習歩兵の鉄砲と新選組の剣があれば、向かうところ敵なしだ」

肩にピストルを下げた土方は、復讐に燃えていた。

新選組は甲府で瓦解し、流山に逃れた土方は、ここで近藤勇と別れた。近藤は降伏し、間もなく斬首される。あれほど京都で武勇を誇った近藤も末路はあわれだった。

江戸に帰った新選組は、慶喜に従って恭順する気などさらさらない。恭順派の勝海舟は、

「新選組が江戸にいては無血開城に支障を来す」

と妙案を考える。近藤を大名に取り立て、甲府鎮撫を命じたのである。名を甲陽鎮撫隊と改め、近藤は若年寄格大久保大和、土方は寄合席格内藤隼人となり、金五千両、大砲二門、小銃五百挺を受け取った。

近藤は二百余名の兵士、従者を率い、第一日は新宿に泊った。

「今宵は無礼講だ」

遊女屋を買い切って遊んだ。

翌日からは甲州街道を進む。生まれ故郷の多摩は街道筋にある。各地で大歓迎を受け、泊まっては呑み、甲府に着いてみると、薩長の東山道鎮撫軍二千名が甲府城に入っている。

兵士たちは逃げだし、戦いは一方的に敗れた。新選組の感覚では、もう戦争にならない。

「秋月とならば戦える」

近藤に比べると、土方の方がはるかに戦略にたけている。

土方は地図を広げながら、宇都宮城攻略を練った。宇都宮は北関東の中心である。宇都宮は初め会津に同情的だった。

しかし、江戸開城と決まるや、会津藩の協力申し入れを断わり、薩長軍の軍監を城内に迎えた。

守備兵は約一千。ただし、装備は旧式である。

宇都宮大混乱

大鳥軍攻撃の知らせに、宇都宮城下は大混乱に陥っていた。

町は家財道具を持ちだす人であふれ、薩長軍総督府大軍監香川敬三は、軍勢の手配、食糧、弾薬の手配に狂奔していた。

十九日早朝、土方の前軍は、宇都宮に向かって突進した。「東照大権現」の旗が初夏の空にへんぽんとひるがえる。秋月の第一大隊は、進軍ラッパを吹き鳴らして、麦畑のなかを散開して進む。宇都宮の城下に入るや秋月は、

「伝習第一大隊、突撃ッ」

と先陣を切った。

砲兵が後方から支援の砲弾を撃ち込み、容赦なく砲弾を浴びせる。

守備兵は武器を捨てて、逃走した。

この戦いに会津藩砲兵隊も駆けつけた。日光口に布陣していた日向内記の砲兵隊である。

土方にとって、宇都宮城攻略は、血湧き、肉躍るおもいだった。土方には指揮官として天性のひらめきがあった。秋月との連係にも才を見せ、何よりも白刃をかざして斬り込む迫力に、味方は勇気百倍、敵は戦慄した。

大鳥軍立つの知らせは、会津藩兵を勇気づけた。会津藩の抗戦論は、旧幕府陸軍の決起で、一段と強さを増す。佐川官兵衛は肩をいからせ、兵士たちへの下知は凄さを加えた。

合わせて、庄内に軍事同盟結成の使者が派遣された。旧幕府軍の決起は奥羽諸藩にも大きな影響を与えた。仙台、米沢の救会派にとっても、またとない朗報となった。

第八章　仙台、米沢、会津会談

舞台は米沢

旧幕府陸軍の決起という新たな事態に仙台、米沢、会津三藩の協議は、舞台を米沢に移して続けられた。

四月十七日、手代木直右衛門、諏訪常吉が米沢を訪れ、米沢藩の周旋に謝意を表し、翌日には梶原平馬、内藤介右衛門、一ノ瀬要人の三家老と書記山田貞助が米沢に入った。

会津、米沢会談は、四月二十一日まで、実に五日間にわたって行なわれた。梶原は二十日に会津に帰り、代わって山川大蔵、倉沢右兵衛が米沢に入り、日夜、長時間に及ぶ詰めが行なわれた。会談に当たり梶原平馬は終始、柔軟な姿勢で臨んだ。

会津藩がかたくなに抗戦を叫んでは奥羽諸藩のコンセンサスは得られない。いずれ、薩長と決戦に及ぶとしても奥羽全体を味方にしなければ勝ち目はない。

旧幕府陸軍の決起という有利な条件のもとに、とりあえず会津が恭順の姿勢を見せる。そうすれば、奥羽はこぞって救会に傾く。あとは薩長の出方次第だ。梶原はそう考え、ねばり強く藩内をまとめた。

梶原がまとめた会津藩の藩論は、領地の削減、藩主の城外謹慎はやむを得ない、とするものである。主謀者の切腹は拒否である。梶原は、主謀者の切腹もやむを得ない、と考えたが、

「我々は朝敵にあらず。したがって責任者の切腹はありえない」

と、佐川官兵衛らは必死に抵抗した。これに対して、西郷頼母や河原善左衛門は、

「おのれが切腹する」

と声を張りあげ、城内は殺気に包まれた。

「予に一任してほしい」

容保はこの問題について、自ら処理することを述べ、その場は治めた。

残るは開城である。武備恭順が会津藩の基本方針である。

「絶対に譲れない」

圧倒的な声であった。梶原は、こうした藩内事情を隠さずに米沢藩に伝えた。会談は意外になごやかに進んだ。米沢藩主上杉斉憲が心よく会津の主張を認めたからである。

斉憲は、

「開城を拒否すれば恭順の歎願書にはならない。歎願書は抽象的な表現にとどめ、受けとり方によっては開城ともとれる、という政治的な文案がよい」

と助言した。激論渦巻く会津藩では、おもいもつかない斉憲の知恵である。〝米沢狐〟の異名の通り、斉憲の政治性は、容保を上回っている。一座にどっと笑いが起こった。

はたして仙台がこれを認めるか。会談の推移を見ていた若生文十郎は、判断に苦しんだが、玉虫の考えもほぼ同じなので、まとまると踏んだ。

米沢の重臣、千坂太郎左衛門、甘糟継成《あまかすつぐしげ》はともに佐幕派の主戦論者である。形式的な会津恭順の会談が終るや、積極的に会津との軍事同盟を語った。千坂は米沢藩軍事総督、甘糟は軍務参謀である。千坂もそうだが、甘糟も京都在勤が二度あり、梶原らと交流があった。

文久二（一八六二）年には斉憲の上洛に従って上京、翌年十月まで滞在したが、この間、会津、備前、因州、阿波の四藩と御所で銃隊の操練を披露した。

孝明天皇を前に晴れの天覧である。米沢藩大砲隊の砲声は轟然と大地をゆるがせ、白煙朦朧、公卿や女官は恐れをなして逃げまどった。

「見事であった」

会津藩家老内藤介右衛門がいった。

「薩長は拒否するでしょう。となればいよいよ実戦です。千坂殿の意のままに私はやるだけです」

甘糟は、腕をさする。仙台藩の会津出兵が、会津、米沢をより強く結びつけた。

恭順嘆願書

四月二十六日、米沢藩経由で、「会津藩降伏謝罪」の連絡を受けた仙台藩は、二日後の二十八日、白石本営に近い仙台国境関宿で、会津の恭順歎願書を受けとることを決めた。その旨は、岩沼の奥羽鎮撫総督府にも届けられた。

会津容保、謝罪歎願のため家来ども別紙名元書の通り、罷り越し候由、米沢より申し入れ候に付き、陣門へ相通し承り申す候間、先ず以って、此の段、御届け申し上げ候。

四月二十六日

仙台中将内　但木土左
米沢中将内　木滑要人

覚

会津容保使者
梶原平馬　伊藤左太夫　河原善左衛門　土屋宗太郎　山田貞助

この日、会津藩からは梶原平馬を筆頭に伊藤左太夫、河原善左衛門、土屋宗太郎、山田貞助、仙台藩からは但木土佐、坂英力、真田喜平太、米沢藩からは木滑要人、片山仁一郎、大滝新蔵が出席した。会見は但木土佐を議長に進められた。

但木には成算があった。

薩長政府総督府から、

「会津容保、悔悟伏罪、御仁慈を仰ぐなら寛典に処する」

という通達が来ていたのである。

岩沼の九条総督は、仙台藩に対し、会津寛典を示唆し、世良とは違った態度を見せ始めている。但木は自信をもって、会見に臨んだ。

「時間がかかりましたな」

「会津もようやく藩論をまとめました」

「何よりです」

お互いの挨拶が終わると、但木と梶原はいった。但木と梶原は初めての対面である。

「梶原殿、厳しいいい方だが、恭順とあれば、第一に会津若松城の開城、第二に容保公の城外御謹慎、第三に謀主の首級差し出し、この三カ条を御覚悟なさるべきである」

梶原の白い顔がぱっと紅潮した。

「それは困る」

梶原は反論し、米沢との協議をおもい浮かべた。

「開城謹慎は覚悟の上だが、謀主の首はだされぬ。その理由は、元来、鳥羽、伏見の一件は慶喜公がすでにその責任をとられている。慶喜公は将卒の誤りにあらず、と申し立て、朝廷もこれを御受けになっている。弊藩に主謀者のあるはずがない」

但木は困った顔をした。

「それでは謝罪の取り継ぎはできない。たとえ、取り継いでも総督府が認めるはずがない。そのとき、貴藩はいかがいたすか」

但木は静かにいった。梶原は腕を組んだまま黙っている。

「一国皆、死をもって守るのみである」

一座に冷たい戦慄が走った。

凄い男だ、と但木はおもった。

一国皆、死をもって守るのと、わずか一両名の首で国命に代えるのでは、あまりにも利害が異なりすぎる。

喜平太に直言

このとき、仙台藩真田喜平太《きへいた》が突然立ち上がり、緊張を破った。

「梶原殿、貴殿の考えは甘い。世の大勢は決まっているのだ。主謀者がない、などという言い訳は、通用しない」

真田は薩長の軍事力にも詳しい人物である。

洋式軍隊の薩長と和洋混然たる奥羽の軍隊がどうして戦えるのか、というのが真田の意見である。

梶原は明らかに不服である、
梶原が反論のそぶりを見せたとき、河原善左衛門が止めた。河原は会津の数少ない恭順派である。

戦えば会津は亡びる。

これが河原の持論である。

国産奉行として、会津の財政事情も知っている。武器、弾薬の調達資金をどうするのか。領内から金、銀を集め、貨幣を鋳造したところで知れている。

商人の資金調達能力も低い。小銃、大砲の生産能力、人的資源にも問題がある。誰れがどこまで会津を助けるというのか。河原は主戦派に白眼視されながら非戦を繰り返して来た。

佐川官兵衛からは「腰抜け」呼ばわりされ、近づく人もいない。

「河原をつれてまいれ」

容保のひとことで、この場に臨んでいる。

真田は軍人として、戦いを危惧し、河原は財政通として、会津を愁えている。

梶原や玉虫、米沢の千坂らが考えている奥羽の結集など夢だ。薩長の奸徒を一掃し、江戸にのぼって君側を清めるなど不可能だとおもっている。

その前に薩長の銃弾で奥羽は血塗られる、と考えていた。

真田はいった。

「もし、貴藩が謀主の首級をだすのを拒むのであれば、速やかに国に帰り、軍備を厳重にして待つしかあるまい。我々は諸君と戦うしかない。元来、君子は君父の過失にとどまる、という。貴藩がもし、君臣の義を正そうとするならば、鳥羽、伏見の一件は、慶喜公の誤りではなく、容保公の罪というべきである。貴殿らにおいては、主君の罪ではなく、拙者らの罪というべきである」

米沢の木滑要人は、事の意外な展開に驚いた。

梶原はひとことも口を開かず、黙ったままである。

梶原は京都で何度か会談の修羅場をくぐり、会津でも連日、徹夜の激論を交わしている。冷静さを欠けば、弁論は敗れる。河原が梶原の顔を見る。まだ動かない。梶原は沈黙の重みを知っている。

皆が梶原を見つめた。

梶原の反論

「誠に貴殿のいうとおりである。しからば首級をだそう。しかしながら、総督府は薩長二藩の参謀によって占められている。謀主の首級をだしても、ただひたすら私怨を晴らそうとする彼らは、さらに、難題を吹きかけよう。これについてはどうお考えか」

梶原は襟を正して答え、鋭く質問した。但木は表情を和らげ、

「誠意悔悟すれば、必ず聞き届けられよう。私どもが保証する」

と笑みを浮かべた。

「それでは帰って主君に報告し、歎願書を持参する」

梶原は一礼して、席を立った。

梶原は政治の不思議さを知っていた。

〝薩賊会奸〟と、あれほど薩摩を憎んでいた長州が一転して薩長同盟をつくり、いまや会津に朝敵の烙印を押している。

いやがる容保に京都守護職を押し付けた越前の松平春嶽は、救会のそぶりすらない。人間はいつ、ど

こで寝返るかわからない。このことは奥羽の諸藩にもあてはまる。

薩長はあらゆる手を使って、梶原の前に立ちはだかるだろう。秋田、津軽の動きは微妙だ、という情報もある。仙台にも真田のような考えがある。リーダーはあらゆる事態を予測し、対処しなければならない。

関宿の会談で、梶原が沈黙し、

「一国皆、死をもって守る」

といい放った背景には、一つの伏線があった。米沢の前に立ちはだかる庄内藩との同盟締結である。庄内藩は石高十六万六千石。米どころ庄内平野をおさめ、日本海の良港、酒田を持っている。米沢の経済は酒田港に依存しているのだ。

米沢や山形藩の御用達をつとめる豪商は紅花商人によって占められている。紅花は古くから藍、茜、紫根などとともに、わが国の代表的な染料植物で、京染めには欠かせないものだった。その産地は置賜《おきたま》、村山地方である。

紅花商人は、青苧《あおそ》（麻の粗皮）、漆、絹糸なども扱い、これらの産物は、最上川を下って、酒田の港に入り、そこから京都に出荷する。会津は庄内と同盟を結ぶことによって、米沢の経済を押えたのである。

梶原の政治

梶原の沈黙や恫喝の裏には、梶原一流の政治があった。

幕末における会津と庄内は、同じ立場であった。会津は京都を守り、庄内は江戸市中警備であった。梶原は、大山格之助が庄内追討に向かうと聞くや、南摩綱紀、佐久間平介の二人を庄内に派遣、会庄同盟の締結に当たらせた。四月九日のことである。

会津藩の使者、南摩綱紀は、会津随一とうたわれた漢学者で、戊辰戦争後、熊本の第五高等学校の教授となった学問の徒である。京都時代、薩摩の西郷隆盛と親しく、会津、薩摩同盟の立役者だった。南摩が五高教授になった背景には、そうした事情がある。

庄内の城下町、鶴岡に来た南摩綱紀は、庄内の豊かな田園と活気ある町なみ、酒田の港に独自の文化と活力を感じた。会津鶴ヶ城に対比すべき城郭は奥羽のどこにもないが、藩校致道館に学ぶ少年たちの姿に心を打たれた。農業、商業、土木、海運など、領内の殖産興業のための人材養成が行なわれている。

会津と違って、庄内には海がある。海は人間の発想を無限に広げる。海運、貿易、冒険、挑戦…。遠い他国との文化の交流。それぞれの藩に未来を築こうとするひたむきな努力がある。それを朝敵という理不尽な汚名のもとに、罵詈雑言を加え、軍隊を差し向ける薩長は、野獣に変わりはてた。

南摩は西郷のおもい上がりに絶望した。庄内は挙国一致の防衛体制を敷いていた。

まず酒田港。港町は有力商人三十六人衆が町の自治を握っており、一番隊から七番隊までの町兵を編制し、小作米三万一千俵を持つ天下の豪商本間家を筆頭とする豊かな財力で、箱館の商人から武器、弾薬を購入、会津を上回る火力を備えていた。

江戸市中で、泣く子も黙る新徴組も鶴岡に来ている。庄内藩重臣松平権十郎の率いる新徴組は、撃剣の強さ、肩で風を切るしゃれた姿恰好が評判だった。隊員は大工、左官、ならず者と多彩だが、新選組と同じように喧嘩は滅法強い。妻子も含めて約四百名がこの庄内で戦いを待っていた。

松平権十郎、三十歳。酒井玄蕃、二十七歳ら若手主戦派が藩の中枢を握り、日夜、洋式訓練が行なわれている。正規兵は四大隊、約千名。その多くは江戸で薩摩の非道を眼のあたりにし、薩摩藩邸の焼き討ちを強行している。士気は高く、藩論は抗戦に燃えている。会見の席上、松平権十郎は、

「薩摩が天皇の軍隊など笑止千万である。江戸における西郷の非道は許せない。会津も同じだが、わが庄内藩も朝敵の汚名を受ける理由はない」

と豪胆に語った。

「会津、庄内が同盟を結び、さらに米沢を説得しようではないか。米沢が同盟に入れば仙台も入る。仙台、米沢、会津、庄内が同盟すれば、奥羽諸藩は一言で、同盟に加わるだろう。そして、速やかに兵を江戸に出し、江戸城を本営として、諸藩の兵を結集して、凶徒を一掃する」

松平の夢も大きい。酒井玄蕃も、

「生を捨て、義を取る。これが武士道です」

と穏和な容貌に似ず、凛とした声で語る。

「貴藩がわが会津の隣藩であれば、とつくづくおもう。いずれ官賊を一掃して江戸で会おう」

「会津の勇猛に幸運あれ。獅子奮迅の戦いを！」

南摩と松平は、固い握手を交わした。

庄内藩は、四月二十四日、庄内征討に向かった大山格之助の薩長軍と東北で最初の戦闘に入る。薩長軍と奥羽越の同盟軍の戦闘開始である。

戊辰戦争は長い間、薩長の官軍と奥羽の朝敵、賊軍の戦いとされてきた。しかし、歴史をつぶさにひもとくと、官軍対賊軍の戦いは、明治維新史がつくり上げた一つの史観に過ぎない。アメリカの南北戦争のように東の同盟軍には同盟軍の論理があった。

庄内に攻め込んだ薩長軍は、奥羽鎮撫総督府副総督沢為量を主将とし、大山格之助の率いる薩摩藩一小隊、桂太郎を隊長とする長州藩兵一小隊の約二百名である。

仙台を発した大山の部隊は笹谷峠を越え、山形、上ノ山、天童、新庄を経て、庄内に迫った。

庄内藩主酒井忠篤は全軍に出動を命じ、迎え撃った。最上川筋の清川口には、家老松平甚三郎を隊長に約二百名の藩兵と数百名の農兵が出陣。大網口には家老酒井玄蕃を隊長に約百六十名、羽黒口には組頭水野藤弥の一隊、海岸線ぞいの吹浦口には家老石原倉右衛門を隊長とする約三百名の藩兵が出撃した。

最初の戦闘は清川口で火ぶたを切った。薩摩隊は戦いに慣れている。地形を見て、すぐ高台を占領し、眼下に庄内兵を見下して、銃撃した。このため庄内兵はたちまち苦戦に陥入り、八名の戦死者を出し、杉林に退いた。

薩摩兵は臼砲二門で杉林に榴弾を撃ち込むと、その破裂音はすさまじい爆音となって響いた。このとき、狩野川の農民数百名が村中の社寺から幕や小旗を持ちだし、敵の背後にでて鬨の声をあげた。

「官賊を殺せッ」

薩摩兵は仰天した。背後を襲われては全滅する。

「全軍、引けッ」

太鼓を鳴らして逃げた。薩摩軍の『征討記録』は、この日の戦闘を次のように記している。

賊兵は徳川の残兵と庄内兵千余名で、最上川をはさんで銃撃戦となった。最上川は水流が多く渡れず、官軍は大いに苦戦したが、ようやく敵陣に迫り、ついに山上の陣地を占領、賊軍は数十名の死傷者を出した。官軍の死傷者は十数名に過ぎない。しかし、追々賊兵が集まり、攻撃が難しくなったので、やむをえず引き揚げた

庄内兵の善戦を薩摩も認めている。会津、庄内同盟が結成され、庄内が初戦に勝利、意気大いにあがるなかで、仙台、米沢など奥羽の諸藩は不気味な恐ろしさを感じ始めていた。

戦争の影である。

第九章　奥羽結集

関宿

会津藩首席家老梶原平馬は、歎願書をしたため関宿《せきじゅく》に向かった。この年は四月が二度あった。太陽暦でいうと、五月二十二日に当たる。

初夏である。

農村は田植えが終わり、稲にとってもっとも大事な成育期に入っている。

「なにとぞ田植、蚕っこ、片づき候まで戦いを止めて下され候」

各地の農民は戦争に反対していた。戦争は農民に大きな犠牲を強いる。人馬、食糧を徴発され、農作業もできなくなる。

掠奪、暴行、放火、あらゆる残虐な行為が加えられる。梶原は国境を越え、関宿に向かう途中、武士はつらいとおもった。

大義に生きねばならぬ。男として理想に燃えねばならぬ。主君のために命を捨てねばならぬ。反面、奥羽諸藩に今後の下駄をあずける、という安堵感もあった。庄内の快勝も心強い。

会津が折れることによって、ひとまず戦火が避けられれば、それに越したことはない。

農民に苦しみをかけずにすむ。戦いは冬がいい。西国の兵は寒さに弱い。厳しい気候こそ奥羽の季節なのだ。駕籠にゆられながら、梶原はのどかさを覚えた。梶原が提示した歎願書は次のようなものだった。


弊藩は山谷の間にあり、気候が厳しく、人心派頑愚《がんぐ》で、古い習慣にとらわれ、世変に暗く、制し難き風俗の地である。

老君容保が京都守護職を申し付けられて以来、及ばずながら天朝を尊び、天子のみ心が安らかであらせられるようにと粉骨砕身、努力して来た。

万端不行届ではあったが、天子のあわれみを蒙り、多年奉職することができた。

臣子の冥加、この上なくありがたく、大きな恵みに対し万分の一も報いたい、と全藩あげて奮励して来た。

朝廷に対し後ろ暗いことは神に誓って毛頭なく、伏見の一件は突然に起ったやむを得ない事であり、異心は毛頭ない。しかし、天朝を驚かせたことに恐れ入り、藩主は帰国のうえ、退隠恭順した。

今度、鎮撫使が東下し、会津征討の命を下したことを知り愕然とした。天朝を悩ましたことについては、申し上げる言葉もなく、このうえ城中に安居していては恐れ入るので、城外に移り、御沙汰を待つことにした。

天朝のお恵みをもって寛大の御沙汰が下されるよう家臣をあげて歎願する。幾重にも厚くお汲みとり下され、御執成のほどをお願い申し上げげる。

松平若狭家来
西郷　頼母
梶原　平馬
一ノ瀬要人

これほどまでに、とおもうほど礼儀正しい文章だったが、朝廷に対し、何も意図するところはないとする主張は、薩長政権のもっとも痛いところをズバリと突いていた。

「多分、世良は拒否するだろう」

と梶原は読んでいた。それはそれでかまわない。会津が歎願書をだした事実が大事なのだ。

玉虫は次の策を練っていた。

奥羽諸藩に呼びかけ、会津の歎願書を協議してもらう。そして、奥羽全体の声として、総督府に会津寛典を要求する。

合わせて平和同盟を結成し、圧力をかける。もし拒否された場合は即、軍事同盟に切り換わる、という戦略である。

九丈（九条）梯子に半鐘かけて　火（非）のない合図（会津）が討たれうか

このころ仙台城下で、盛んにこの唄が歌われた。

九条殿下が仙台に来て、会津を討てと督捉し、世良や大山が会津は天地に容れざる罪人と罵るが、よく聞けば、会津の罪は蛤御門における長州の罪よりも軽いものだ。

その長州藩が官軍である以上、会津が逆賊というのは天皇の思召しともおもえない、という意味の唄だった。

九条総督には戸田主水《もんど》という近侍がいた。京都から監察として同行して来たのだが、ことごとく世良から無視され、総督府の存在は、単なる操り人形にすぎないことに怒った。

「このままでは総督府は危うい」

と一書をしたため戸田は逃亡した。四月二十七日のことである。戸田は江戸にでて、京都に帰ろうとするが、戦乱に巻き込まれ、後にスパイの嫌疑で仙台藩士に斬殺される。

良識派の悲劇である。戸田の書には大要、次のことが書かれていた。


人民を鎮撫するのが殿下の御職掌であり、猥《みだ》りに兵威をもって人民を圧伏すべきではない。

臣主水、殿下御東下以来、大山、世良参謀のなすところを観察するに、殿下のため痛嘆するばかりである。


寒風沢御着港の日、東名浜で大山参謀は、江戸の商船を掠奪して分捕った。

軍旅のことはわからないが、昔、甲斐と駿河が争ったとき、甲斐の人民は、塩を絶たれ、甚だ苦しんだ。これを聞いた上杉氏は、宿敵である甲斐の武田氏に、

「人民を困する。卑怯下策、実に憎むべし」

と塩を送った。武将は雄を争うものとはいえ、人民を撫するというのは、このようなことである。

世人は鎮撫使の行為を見て、官賊と称している。

これでは奥羽の人心を失うばかりである。これ、奥羽の人望を失う第一のことである。薩長の兵士の乱暴は、実に驚くべきものがあり、あるいは路傍で人々を侮辱《ぶじょく》し、あるいは商人を嚇怒《いど》し、あるいは山野に婦女を強姦し、あるいは仙台誹謗の唄を歌う。

両参謀は、これを知りながら放置し、士民の怨みを買っている。これ、殿下の人望を失う第二のことである。

したがって、討会の出兵が遅延するのも当然である。両参謀が人中において、仙台藩の君公老臣を嘲弄しているが、これを見て、家臣たちがどのようにおもっているだろうか。

これ、殿下の人望を失う第三のことである。

庄内のように罪があるとすれば、問罪の使を遣わして、これを責め、罪に服せば、朝廷に具陳するのが当然である。

殿下は十四日に、副総監督を庄内征討に出陣させたが、世人は庄内がなぜ朝敵なのか、理解に苦しんでいる。

大山参謀は庄内藩の薩邸焼き討ちをもって、朝敵としているが、これは私怨である。これ、殿下が

奥羽の人望を失う最大のものである。

世良は討会出陣と称して、福島周辺の妓楼におり、昼夜の別なく、酔いしれている。しかも大藩の重臣、隊長を奴僕《ぬぼく》のように駆使し、討会を督戦している。

故に、諸隊長より兵卒に至るまで、世良を憎んでいる。これ、殿下の人望を失う第五のことである。

会津はもとより罪がある。しかし、罪を謝している。

世良がそれを拒んでいることは殿下も御存知である。京都での怨みを晴らそうとしているにすぎない。

会庄と戦いを開くなど、甚だしい軽挙である。

会津が罪を謝して、降伏すれば、殿下はこれを認めることである。このままでは、薩長の私怨、私闘に朝廷が利用されている、という嫌疑を受ける。

臣主水、殿下のために日夜、痛哭する。速やかに鎮撫の御成功あらんことをお願い申し上げる。

誠恐誠惶頓主泣血再拝《せいきょうせいこうとんしゅきゅうけつさいはい》

この文は、主水が逃亡前に総督府付きの仙台藩士矢野順治に見せたものだった。

後年、長州側は、「これは仙台藩の偽作」と批難したが、仙台藩は本物と断言している。

奥羽鎮撫総督府は、薩長政権の傀儡にしか過ぎなかった。。

一通の回章

閏四月四日、白石の仙台藩本営より、一通の回章が奥羽諸藩に送られた。

　手紙を以って啓達致し候。陸奥守並びに弾正大弼儀、会津容保御追討の先鋒仰せ付けられ、陸奥守出陣致され候処、今般、容保家来共、陣門に相起し、降伏、謝罪の儀、歎願申し出で候に付き、御評議致し度く候間、御重役の内、白石陣所へ御出張相成り候様致し度く候。以上。

上杉弾正大弼家老
竹股美作
千坂太郎左衛門
伊達陸奥守家老
但木土佐
坂英　力

というもので、これは東北に新しい一ページを飾る歴史的回章だった。

上杉弾正大弼は米沢藩主上杉斉憲、伊達陸奥守は仙台藩主伊達慶邦である。

白石城に続々と諸藩の重臣が駆け参じた。この会議によせる上杉斉憲の決意は並々ならぬものがあった。上杉謙信から伝わる紺地に日の丸の旗を立て、自ら三千七百の兵を率いて米沢を出発した。会津、米沢会談によって準備された入念な示威行動だった。

斉憲は第十一代米沢藩主斉定の長男として文政三（一八二〇）年米沢に生まれた。このとき四十八歳。江戸、京都在勤が長く、世事にたけている。千坂や木滑とこの日が来るのを待ち望んでいた。

米沢城は、戦いには向かない小さな城である。したがって、戦いは領内に持ち込まず、国境で敵を撃退するしかない。このためか、石高の割には藩士の数が多く、六千七百名を擁し、小銃隊、大砲隊が秀れていた。

斉憲は途中の福島、瀬上、桑折《こおり》、藤田、貝田、越河《こすごう》、斎川の要地に一隊ずつを宿陣させ、残る千五百余名の兵を率いて十一日夕、白石の「外人屋旅館」に着いた。旅装を解くや、白石城に登城し、慶邦と対面した。

「世良が拒否すれば立つまででござる」

と二人は呵々《かか》と大笑し、終って御座の間で、酒宴があった。

両藩の家老、若年寄も陪席した。斉憲は、上機嫌で杯を重ね、酔った。

「あー、愉快なり、愉快なり」

自ら謡い、夜四つ（十時）すぎまで城に留まり、やがて宿舎に帰った。

酒は甘美な夢を抱かせる。時代が違うといえばそれまでだが、海のある越後への進出こそ、斉憲の悲願なのだ。

「千坂、ときは来たぞ！」

斉憲は宿舎に帰っても上機嫌である。米沢は米沢、仙台は仙台のおもいを浮かべ、白石の夜はふけた。このとき、白石の会議所に集まったのは二十五藩の重臣たちで、宿舎には各藩の定紋が飾られ、白石の人々は眼を丸くして見入った。

全員が十一日にそろったわけではない。新庄、平、本荘、泉、湯長谷《ゆながや》、下手渡《しもつど》、米沢新田、弘前、八戸等は遅れて着いた。諸藩の内情は必ずしも一様ではない。

受け取り方は各様だが、仙台、米沢からの呼びだしとあっては、欠席は許されない。会津藩梶原平馬は国境の湯の原で待機した。会議は白石城主片倉小十郎邸で行われた。会議をリードしたのは仙台藩家老但木土佐と玉虫左太夫、若生文十郎である。但木が、

「これが会津の降伏謝罪書である」

といって読みあげた。読み終わると、

「仙台、米沢両藩が会津の国情を探索したが、降伏謝罪に相違ないことを確認した。よって、仙台、米沢両藩が奥羽鎮撫総督府に会津の歎願書を通達したい。各藩の御同意を得たい」

但木は全員の顔を見た。

各藩とも異議をさしはさむ余地はない。仙台、米沢の努力で戦争が避けられれば、奥羽は安泰であり、無駄な出費も体制の変革もない。その点では利害が一致した。

「それでは、仙台、米沢藩が作成した歎願書を回覧する」

但木がいうと、若生文十郎が歎願書の写しを配り、二、三の藩の質問に答えた。書類は二通あった。仙台、米沢両藩主連名による次の「会津藩寛典処分歎願」と「諸藩重臣副歎願書」である。

容保儀は帰邑退穏《きゆうたいいん》のうえ、当時城外に於て、恭順謹慎相尽し、すこぶる前非を悔悟罷りあり、寛大の御処置を成し下され様別紙歎願書の通り、家来ども申し出候間、天朝の御仁徳を益し、感戴奉る様御所置、仰ぎ望み奉り候。

会津の国情等の儀は委細演説をもって、申し上げ候通りに御座候間、深く御汲とり、寛典の御沙汰成し下され候様、一同懇願奉り候以上。

仙台中将

米沢中将

とあった。奥羽列藩が強く主張したのは、

「鳥羽、伏見の戦いをもって、会津を朝敵とするのは適当ではない」

「王制御一新のおり、理由なく戦争に訴えるべきではない」

「民心の荒廃を招く」

の三点である。どれをとっても正論であった。

会議のあと重臣たちは、時代の世明けを感じた。こうして奥羽の諸藩が集まるのは初めてのことである。会議を開いて衆議する、という新しさに時代の変化を見た。

奥羽平和同盟は、いつでも軍事同盟に変わることができるのだ。

玉虫左太夫、若生文十郎、千坂太郎左衛門、木滑要人らは、各藩重臣が署名した歎願書を感慨深く眺めた。

「いずれ薩長の奸賊を除き、真の王師を確立する」

但木が乾杯の音頭をとり、

「会津の梶原に知らせよ」

と叫んだ。

梶原は白石の西北、白石川が流れる関宿にいた。

蔵王が背後にそびえる山間の小さな農村である。粗末な旅人宿で、梶原は朝から耳を澄している。川の流れは水かさを増し、川岸に野草が花を咲かせている。どこにでもある田舎の風景である。薄汚れた夜具のなかで、昨夜はまんじりともせず、眠っては起き、起きては眠った。

会津は依然、朝敵の立場であり、白石の城には一歩も入れない。じっと、ここで待つしかない。胃がキリキリ痛んだ。

俺にしては珍しい。

梶原は、胃のあたりに手をやった。やがて、朝が来た。

遠くで犬が吠え、人の足音がすると、耳を傾け、緊張した。

待つことのつらさは、待たせる人の非ではない。あきらめて横になり眼をつむる。京都や横浜、函館、新潟が鮮明に浮かんでくる。

なんという変わりようだ。

梶原は自嘲した。

太陽が奥羽山系の山間に沈み、また暗い夜が来た。そのとき、

「会津藩、梶原殿！　成功でござる」

と躍るような声がした。使者は、

「詳細は後日」

といった。それから三日間、梶原は、この宿にいた。

恐ろしいほどの、退屈の日々だった。十五日夜、米沢の千坂が梶原を訪ねた。

「九条総督が歎願書を受け取った」

と大声で伝えた。

梶原と千坂は京都以来の同志である。

ともに二十、梶原は会津藩外交方の長であり、千坂も米沢藩の情報探索方の責任者として京都にいた。

各藩は京都に有能な人材を送り、必死に情勢を探った。

当時、会津藩の情報探索力は、薩長を震えあがらせていた。梶原は奥羽諸藩の探索方と定期的に会い、会津の持つ情報を提供した。内情は火の車とはいえ、梶原の金の使い方はきれいだった。

「梶原殿は金を使い過ぎる」

老臣は裏で愚痴ったが、外交には金がいる、と一向に気にしない肚の太さがあった。会津藩のなかで、京都のよさをもっとも知っているのも梶原だった。

京都における会津藩は初め東山の麓の金戒光明寺を本陣とした。境内は五万坪。法然上人の開基と伝えられる浄土宗の大本山である。その後、御所の近くに巨大な守護職屋敷を建設し、京都の軍事、警察、

治安を統括した。

梶原は京都の優雅さが好きだった。京都守護職松平容保家来—会津藩家老、といういかめしい肩書きをはずせば、梶原も一人の男であった。

京のおんなに惹かれぬ東男《あずま》はいない。

梶原は、いつもおもっていた。梶原は江戸も結構詳しい。しかし、江戸のおんなに比べると、京おんなの魅力は、自然の美しさだけではなく、磨きあげられた香りにあった。

祇園の舞妓は白いえり足と、だらりと下った帯に情緒があった。また、守護職屋敷の周辺を売り歩く、白川女の花売り姿も健康な美しさがあった。

「お花どうですえ」

甘い声が、会津藩士たちの心をどれほど慰めたことだろうか。頭に白手拭、白い脚絆、かすりの着物がよく似合った。

梶原は寺社もよく散策した。兄の内藤介右衛門が、

「用心しろ」

といったが、本人はいたって呑気に歩き回った。もっとも、京都の侠客、会津小鉄がいつもぴったりとガードしていた。

しかし会津は不運だった。鳥羽、伏見で敗れ、梶原は江戸、横浜で策を練り、会津に戻ったが、情勢は厳しいものだった。

単に国を残すだけなら、初めから降伏し、二、三の重臣の首をだせばよい。しかし、そこにあるのは、

理不尽な薩長の軍門に下った情けない敗者の姿であり、屈辱に満ちた人生でしかない。開城は絶対に譲れない。梶原はそう決心していた。

「奥羽列藩同盟か。これには薩長も驚くな」

千坂がいうと、梶原は、

「白河の関が試金石になる。米沢は長岡の河井と越後を守ってほしい」

と述べた。

閏四月十二日、白石をでた両藩主は、岩沼の奥羽鎮撫総督府で九条総督と向かい合った。大山は庄内に向かい、世良は白河で会津攻撃を督戦している。九条総督は心細いおもいで岩沼にいた。

仙台、米沢藩主が兵を率いて総督府を取り囲んだとき、九条道孝は気も動顛した。

体が震え、顔が引き攣《つ》った。伊達慶邦のいつになく穏和な表情を見て、道孝は溜息をついて、安堵した。両藩主が型どおりの挨拶をし、慶邦が、

「会津藩が降伏謝罪を申しでた。封土の削減は勿論、謀主の首級もだす、といっている。この二条をもって罪を御免されたく歎願申しあげる」

と二通の歎願書を差しだした。

「さらば会津は開城に及ばないのか」

九条総督がたずねた。慶邦がすかさず説明した。

「追って開城の運びとなるが、会津の家臣のなかの激徒が疑いを抱いている。開城となれば、内乱を起こし、官軍に対し、いかなる不法をするかも知れぬ。右の二ヵ条で宥罪を願いたい。強いて御征伐にな

れば、会津のみならず、奥羽全体が塗炭の苦しみに陥り、乱民蜂起して、鎮撫謝罪がますます難しくなろう。民情をとくと御諒察下されたい」

と諸藩の要望を訴えた。九条総督はしばらく考えたあと、

「もっともである」

と認め、

「なお、大山と世良の意見を聞いて回答する」

といって歎願書を受けとった。この時、九条総督は、意外なことをいった。

「御承知のとおり、下参謀などは何分難しき者ども故、必ず異論が生じ、同意は致すまい。そのときは三条実美となって、生きて再び京都には戻らぬ覚悟である。御両藩の御厄介になり、戦雲の晴れるのを待つことにしたい」

慶邦と斉憲は顔を見合せた。

あまりにも重大な発言なのだ。

九条総督がいわんとしたことは、自分も本心は薩長と相入れないものである。仙台、米沢に身を寄せてもよい、という意味になる。

岩沼で孤立無縁の九条総督は、仙台、米沢に迫られ、気をもたせる発言をしたのかも知れない。

「公卿ほどあてにならないものはない」

薩長も会津もこのことはいやというほど知っている。ときの権力者につくしか生きる術がない。悲しい習性があった。だが、実態はどうあれ、九条道孝は奥羽鎮撫総督である。

「奥羽こそ真の王師だ」

総督がそう認めたも同然である。

仙台、米沢藩主は九条総督から〝正義〟のお墨付きをもらい意気揚々と引き揚げた。

世良修蔵が九条総督から白河で三通の歎願書を受けとったのは十五日である。世良は、奥羽鎮撫府を白河城に移すべく準備にかかっていた。

世良は仙台、米沢を見限っている。三通の歎願書を見るや世良は烈火のごとく怒り、歎願書を仙台、米沢に突き返すよう命じた。

仙台、米沢は会津の武力に屈した。

世良はすべてを会津のせいにし、いまいましそうに会津の国境を見やった。九条総督はあくまで世良の傀儡に過ぎない。世良を拒否することはできず、一転して拒否の回答書を仙台藩に送った。

今般、会津謝罪降伏歎願書、並びに奥羽各藩添書差し出され、熟覧のところ、朝敵天地に入るべからざる罪人につき、御沙汰及ばざれ難く、早々に討ち入り成功を奉すべき者なり。
閏四月　鎮撫総督

仙台藩首席家老但木土佐は、手をぶるぶると震わせた。世良が拒否した以上、残された道は戦いしかない。

「世良めが」

と低く呻いた。

このころ、会津藩家老梶原平馬は、白石に近い米沢国境の湯の原に移動していた。庄屋の軒先きに数丁の駕籠をおき、なかで休息していると、米沢藩の木滑要人が、

「もういかん、もういかん」

と駕籠を飛ばして来た。

「歎願書が却下された。もはや、戦争以外に道はない」

木滑は喘ぎながら叫んだ。

覚悟していたとはいえ、衝撃は大きい。

やはり戦か。梶原は低く呟いた。

「一刻も早く、殿に知らせなければ」

木滑の駕籠はあっという間に山頂に消えた。

梶原は会津の国境に眼をやった。そこへ、仙台藩士横田官平が駕籠にも乗らず、息を切らして駆け込んだ。怒気満面、眼が血走っている。

「ちくしょう」

横田は、そういってばったりとあおむけに倒れた。

梶原は奥羽人の連帯の強さをひしと感じた。仙台、米沢をここまで引きずり込んだ会津の責任も頭をかすめた。

「今度の戦いは、会津の命運を賭けた最後の死闘だ。何千という戦士の血が奥羽の地に流れる。一国皆、死を決して守るのみだ」

梶原は空を見上げた。間もなく梅雨に入る。空はどんよりと曇り、いまにも雨が降りそうだった。

梶原は悲痛な気持ちで、湯の原を立った。一方、仙台藩は会津国境に出陣している仙台藩兵に撤退を指示した。

会津に帰った梶原は、直ちに白河城攻撃を命じた。仙台兵が白河城を撤退し、それに代わって、会津兵が攻め入るという会津、仙台の共同作戦である。

合わせて、世良誅殺のため何人かの藩兵が国境を越えて、二本松方面に潜伏した。

世良誅殺

世良は相変らず会津攻撃の準備に明け暮れていた。

夜になると、本宮《もとみや》まで戻り、本宮の宿陣、大内屋藤左衛門宅に泊っていた。本宮は奥州街道の宿場町である。大内屋は本宮きっての富豪で、酒屋、旅館のほかに妓楼も兼ねている。遊女が二十人もいて、世良好みの宿だった。

部屋は阿武隈の清流に臨み、眺望絶景である。眼を閉じると、川のせせらぎが聞こえる。すると、長州の海が脳裡をかすめ、なぜか故郷が甦るのだった。宿の若主人、力治は怜悧《れいり》で、ソツがない。その妻は二本松藩士の娘で、武士の扱いに慣れている。

「世良様はどんな娘がお好みですか」

と調子がいい。

世良はおんなたちを見回し、十九歳のお駒を選んだ。

色白の肉感的なおんなである。奥羽に来て、おもうように進まぬ討会に苛立っている。西国と奥羽では、違うことが多すぎた。言葉、食事、風俗、習慣、世界観、すべてがあまりにも違いすぎる。

安達太良山の美しい稜線を眺めながら、

「ここは異国だ」

と世良はおもっいた。

お駒を抱くとき、世良はすべてから解放された。

お駒はあどけないしぐさで、世良の胸に顔を埋める。幼い表情と豊かな乳房が奇妙に交錯し、世良を陶酔の世界に導いた。

ひとしきり愛欲のときがすぎると、世良は死んだように眠りこむのだが、夜中に胸をかきむしられて、跳び起きることがあった。

場面はいつも血塗られた戦場であった。

阿鼻叫喚《あびきょうかん》の悲鳴が渦巻き、手や足がバラバラに散乱している。かたわらで若いおんなが凌辱され、虚ろな眼が天井を凝視している。あちこちに火が放たれ、断末魔の叫びが聞こえる。

世良は奇妙な叫び声を発して眼を醒まし、お駒にしがみつく。そんな夜が何日かあった。

傲慢な態度とは裏腹に世良の内面は病んでいた。

参謀の醍醐忠敬が中山峠の仙台兵を督戦するため出張してきたときも、「病気だ」と称してお駒の部屋から一歩もでようとしなかった。

こんな男に奥羽はキリキリ舞いさせられている。この世良の姿を見ている仙台藩兵が世良誅殺に立ち上がったとしても不思議はない。

世良の誅殺計画がいつの時点から進行したのかは不明だが、白河口の仙台藩大隊長佐藤宮内が、会津国境の一つ、勢至堂《せいしどう》峠の長沼で、会津藩守備隊長木村熊之進に会ったとき、期せずして、〝世良誅殺〟の話がでた。

佐藤は白石の仙台藩本営に戻り、但木土佐に断を仰いだ。

「やむをえぬ」

但木は認めた。しかし、何はともあれ世良は薩長軍参謀である。下手に殺しては後々面倒なことになる……

会津が白河城を襲い、仙台兵が戦いに紛れて世良を殺す、世良のいるところに旗を立て、会津兵がここに討ち入り、世良を斬る、白河から移動の際に待ち伏せて斬る、いくつかの方法が練られた。

大義名分はある。あとはチャンスだ。

仙台藩兵は注意深く、世良の行動を監視した。このころになると、世良も妙な胸騒ぎを覚えた。密偵や仙台藩の内報者によって、不穏な空気が伝わってくる。

「おかしい」

と世良が気づいたのは、九条総督の白河転陣が福島周辺で阻止されたときである。

激しい農民一揆が起こって白河に向かえない、というのである。世良は漁師の出なのだが、農民など眼中にない。

奇兵隊の兵士は概してそうだった。奇兵隊の高杉晋作が、総督の赤根武人《あかねたけと》を追放して、自らその指揮権を握ったとき、言い放った言葉がある。

「赤根は大島郡の土百姓ではないか。晋作は毛利家譜代恩顧の士である。武人のごとき匹夫ではないッ」

隊員たちは高杉の意識を受け継いでいる。

この地の百姓が九条総督の行列を阻止するはずはない。世良は本能的に背後にいる仙台藩の裏切りを察知した。

事実、仙台藩が福島近郊の農民を扇動、九条総督の白河転陣を阻止、総督府を岩沼から仙台に移し、軟禁したのである。

九条総督は薩長流にいえば、大事な玉なのだ。世良は身の危険を感じ、白河から福島へ引き返した。

途中の松川で参謀の醍醐忠敬と長時間、密議した世良は、醍醐からの報告で、仙台藩離反を知った。

仙台、米沢による討会はいまや完全に失敗し、九条総督は仙台に囚われている。

「先般、総督府が却下した会津の降伏歎願書を持参せよ」

世良は突然、同行している仙台藩の大越文五郎にいった。

「今夜は福島に泊り、あす歎願書をもって江戸にのぼる」

大越は世良の態度が急変しているのに驚いた。世良は陰鬱《いんうつ》な気分になっていた。

容保の恭順を認めてやる手もあったろう。しかし、おれの使命は朝敵会津の攻撃である。これを実行し、容保の首を斬らねば、己れの栄達もない。世良は臍《ほぞ》を噬《か》みながら駕籠かきに福島への道を急がせた。

世良が福島の金沢屋に着いたのは十九日の八つ時（午後二時）である。金沢屋も世良の定宿の一つで、本宮と同じように妓楼兼旅人宿である。裏二階の一室が「世良様の間」で通っていた。

世良と同行している仙台藩士大越文五郎は、ここで世良と別れて、福島の長楽寺にある仙台藩軍事局へ行った。軍事局をいくと、常詰めの泉田志摩は不在で、土湯峠の軍目付、姉歯武之進《あねばたけのしん》が来ている。

「なに、世良が来た」

姉歯が眼を剝いた。土湯峠の仙台藩隊長瀬上主膳も福島に来ており、北裏通りの鰻「各自軒」で休んでいた。

「やるか」

姉歯は血相変えて立ち上がるや「各自軒」へ疾《はし》った。姉歯の知らせに瀬上も全身に殺気が湧き上がるのを感じた。

そこへ大越文五郎が息せき切って駆けつけてきた。

「連れは何人いる？」

「従者が一人だ」

「馬鹿な男だ。たった一人とはな」

「飛んで火に入る夏の虫だ。斬りましょう」

姉歯が刀に手をかけた。

「待て」

大越がいった。

「世良の様子が変だ。醍醐参謀と話し合い、会津の降伏を受け入れるそぶりを見せている」

「世良が　あいつはそんな男じゃない」

瀬上は信じない。

宿に入った世良は、福島藩に使いをだし、福島藩用人鈴木六太郎を呼んだ。

「新庄にいる大山参謀に至急の用状を差し出すので、飛脚を手配してくれ。ただし、これは内密のことなので、仙台藩にはくれぐれも伝えないように」

世良はそういうと、部屋にこもった。

世良の失敗は、福島藩に飛脚を依頼し「内密にせよ」といったことだった。

鈴木が福島藩に戻り、重臣の斉藤十太夫に報告すると、

「仙台藩に断った方がよかろう」

と答えたので、鈴木は長楽寺に向かい、仙台藩軍事局に世良の依頼を伝えた。これを聞いた瀬上は大山あての手紙の内容いかんでは斬ることもない、とおもった。

世良の手紙は、同夜、瀬上の手に渡った。手紙を読むや、

「あの野郎」

瀬上は怒鳴った。長文の手紙であった。手紙には、

「奥羽皆敵、逆撃の大策を立てたい」

とあり、

「そのために江戸へ行く」

と書いてある。

大越は連絡のため白石の仙台藩本営に向かい、戻らない。瀬上は大越の帰りを待つまでもなく「世良を斬る」と速断した。

瀬上は福島藩に世良誅殺を通告し、応援を求めた。瀬上は何度も世良の手紙を読み、唖然とするばかりだった。

世良の手紙には、

「総督は、いったん、この歎願書を返したが、夕七つ時（午後四時）から九つ時（午後十一時）まで詰め寄られ、やむを得ず、お取り上げになった。

この上は、京師に奥羽の実情を申し入れ、奥羽皆敵と見て、逆撃の大策を立てたい。

これから急いで、江戸に行き、大総督府の西郷様に相談し、さらに京都、大坂にのぼり、奥羽に天皇の威光を知らしめるようにしたい。

仙台、米沢も朝廷を軽んじており、いざとなれば酒田沖へ軍艦二、三艘を回し、人数も増やして挟撃するほかはない。

仙台、米沢は弱国なのでとるに足らないが、会津が加わると難しくなってくる。なるたけ仙台、米沢は穏便に図るべきだ。

もっとも両藩とも賊徒は三人程で、主人は好人物のようだ。小生、出立の後は平坂信八郎、中村小治郎に頼みおいたので、よろしく願いしたい」

という内容のない内容だった。

早々頓首
四月十九日八つ半時。
途中を恐れ、福島藩足軽に持参を頼んだが、御覧のうえは、速やかに火に投じて下され候。

世良の手紙は、乱れてはいない。むしろ整然と主張を貫いていた。

世良は初め表情を硬くしていたが、手紙を書き終え、飛脚に托すと、福島藩の接待を受けた。酒が入ると、警戒心も解ける。いつものように気炎をあげ、夜半に、なじみの娼婦を連れて、二階に上がった。従者勝見善太郎も同じ二階に寝た。世良は執拗におんなを弄び、やがて高いびきをかいて眠りこけた。


世良召捕りの人々が金沢屋に忍び寄ったのは丑の刻（午前二時）である。

仙台藩姉歯武之進、田辺覧吉、赤坂幸太夫、松川豊之進、末永縫殿之允、大槻定之進。福島藩遠藤條之助、杉沢覚右衛門、鈴木六太郎。目明し浅草宇一郎、同人手先の者ども。

目明しの浅草は仙台領大河原生まれの博徒で、二十人近い子分を擁し、福島の町を仕切っている。十数人の人影が、金沢屋を取り巻いた。

「世良はピストルを持っている。寝込みを襲え」

姉歯は全員に指示し、金沢屋の玄関に立った。浅草が中に入り、金沢屋の主人を起こした。

「世良を召し捕る。二階のおんなを呼びだせ」

といった。

金沢屋の後家ツルが二階に上がり、おんなを揺り動かし、おんなが床を抜けだしたとき、

「世良ッ！」

大声をあげながら仙台藩士赤坂幸太夫と福島藩士遠藤條之助が白刃をかざして踏み込んだ。世良はしたたか酒を呑み、熟睡していた。

「何者ッ！」

世良は跳ね起きた。動物のような敏捷さで床の下からピストルを取りだし、構えた。さすがは奇兵隊の出身だ。

「だぁー！」

赤坂の白刃をさっとかわした世良は、

「おのれッ」

ピストルの引き金を引いた。

「カチッ」

「カチッ」

不運にも二回とも不発である。

「うぬ」

世良の顔が歪んだ。

「やあー」

赤坂は横なぐりに世良のピストルを叩き落し、世良が襖に寄りかかって倒れたところを、斬りつけた。

「うわぁー」

世良が絶叫し、逃げ回る。そこへ、姉歯が飛び込んだ。

行燈を照らすと、世良は額を割られ、鮮血のなかでうめいている。世良はぶざまな姿で捕縛された。

従者の勝見は、障子を蹴破って、庭先に飛び下りた。

たちまち浅草の子分に取り囲まれ、金沢屋の土蔵に逃げ込んだところを取り押さえられた。

重傷の世良は、瀬上主膳のいる「各自軒」へ引き立てられ、庭先にころがされた。

この夜、偶然にも会津藩猪苗代口守備隊の中根監物、辰野勇の二人が仙台藩軍事局に来ていた。

二人は奥羽諸藩が解兵に及んだのは、ひとえに仙台藩の尽力による、とお礼に来たのである。そこへ、世良捕縛の知らせが入った。二人は狂喜し、感極まって泣いた。

世良は翌朝、町裏の河原で、一刀のもとに斬首された。頭髪の一部は、中根が切りとって、会津へ持ち帰った。

世良の首は、白石の仙台藩本営に運ばれた。これを聞いた但木は、

「なぜ、そんなものを持ってきたのか」

と吐きだすようにいった。

世良誅殺を指示はしたが、何も運んでくることはない、うまく始末できないのかと、すこぶる不機嫌だった。

但木にすれば、世良誅殺の下手人は、本来会津が受け持つべきだった。それをあえて仙台藩が受け持ったのは、やむを得ないとしても、瀬上が福島藩の応援も受け、公然と首を斬ったことに腹をたてた。暗殺は穏密でなければならない。

「どうもやり方が下手だ」

但木は舌を鳴らしたが、世良誅殺の知らせに仙台藩本営はどっと湧いた。

攻守同盟の結成

世良誅殺によって、仙台、米沢、会津の取るべき道は明確となった。

世良誅殺は仙台藩の並々ならぬ決断であり、会津に代わって薩長政権に宣戦布告をしたのである。

異論もあった。米沢藩宮島誠一郎に代表される慎重論である。

宮島は閏四月十日まで京都にいた。宮島は政府参与の広沢真臣《さねおみ》に親しく会い、会津追討の収拾策について話し合っていた。

広沢は長州藩の実力者である。広沢は、

「何も会津を討つことはない。会津藩の恭順が最善の道だ」

と主張し、宮島に周旋を依頼した。

長州にも広沢のような人物がいたのである。

「ありがたいことだ」

宮島は大いに喜び、早駕籠で京をでて、富山、柿崎、柏崎を経て、九日目に米沢に着いた。

直ちに米沢城に登城、色部長門、千坂太郎左衛門に京都の事情、広沢参与の意向を伝えた。家老たちは、一様に広沢の考えに感動した。

「すぐ白石へ参れ」

色部長門の命令で、白石に向かった宮島は、途中で木滑要人や仙台の横田官平に会い、会津の歎願書が拒否されたことを知った。

「遅かったか」

焦る気持ちを必死に抑え、白石城に駆け込み、首席家老竹股美作、参政大滝新蔵、参謀片山仁一郎に会い、京都の模様を報告した。

問題は西郷がどうでるか、今一つ不透明だったが、翌日、仙台藩但木土佐、坂英力、真田喜平太らに会い、広沢の説を説明した。

「信じられん」

但木がじろりと宮島を見た。

いわれてみれば宮島の話には、説得力がなかった。世良や大山が会津、庄内追討を督戦し、傍若無人の振る舞いを続けている。

「おぬしは、甘言怠人の策にのせられたのだ」

「長州の間諜ではあるまいな」

罵声も飛んだ。

「間諜とはなんだ。だいたい仙台藩の交渉は、乳臭い。出先出張の公卿だけを相手にし、ただの一度も京都政府と交渉していない。こんな交渉があるか！」

宮島が激昂して、机を叩いた。そのとき、世良誅殺の知らせが入り、宮島の話など聞く人はもういない。

「愉快、愉快」

と万座人皆、万歳を唱えた。

間髪を入れず、会津藩は白河城を攻略し、占領した。白河城は仙台、二本松、棚倉、三春、泉、湯長谷藩兵が守っていたが、世良誅殺と前後して、続々、城を退き、そこへ会津兵が攻め込み、占領した。

奥羽の関門、白河は会津藩によってぴたりと閉じられた。

薩長政府に対する奥羽諸藩の戦いが、事実上、始まったのだ。

会津藩檜舞台に登場

仙台藩主伊達慶邦は、仙台の青葉城に戻り、再び奥羽各藩に白石集合を連絡した。

これまで表立った動きはできず、もっぱら水面下で同盟結成を画策していた会津藩も堂々と檜舞台に登場した。

梶原平馬は、手代木直右衛門、小林平角を仙台に常駐させた。手代木の知識、経験は同盟の戦略策定に大きな戦力となった。二度目の奥羽列藩会議を控え、玉虫左太夫、若生文十郎は、寝食を忘れて、奥羽諸藩の独立宣言文の起草に当たった。

王制復古となり、どのような新しい政治になるか、と奥羽諸藩の人民は期待し、はるかに朝廷をあがめ奉った。ところが、九条殿下が仙台にお着きになるや即日、会津征討を命ぜられ、列藩は愕然としたと書き、以下、九条総督への歎願、総督府の拒否、長州と会津の罪状の軽重、奥羽列藩の人心の向背、庄内追討の不当を書き連ねた。

そして陪臣が愚見を申し述べるのは恐縮だが、徳川家の家名が立ち、官位、封土とも人心が納得し、旧幕臣が等しく感服するよう偏らない御処置をなされば、奥羽諸藩も安堵し、王制復古は蝦夷樺太までも貫徹すると存ずる。と記述した。

閏四月二十三日。奥羽列藩の首脳は白石に集合し、仙台藩主伊達慶邦を盟主とする攻守同盟を結成した。玉虫が起草した奥羽独立宣言文と奥羽列藩の盟約は全面的に支持され、五月三日に仙台城下で調印式を行なうことを申し合わせた。

仙台に戻った玉虫は、会津藩仙台駐在の手代木直右衛門と連日連夜、同盟の戦略を練った。戦いとなれば、会津が中核になる。手代木直右衛門は京都で積み上げた全智全能を傾けて、次のような列藩同盟の理念を作成した。

一、フランス、アメリカ、ロシアとの間に外交交渉を進め、武器、弾薬、艦船の援助を受ける。

一、西南諸藩に外交方を潜入させ、反薩長の内部攪乱を図る。
一、旧幕臣、幕府海軍に呼びかけ、同時蜂起を図る。
一、京都、江戸に駐在する奥羽諸藩の藩士を仙台に集め、作戦参謀とする。
一、秋田に同盟離脱の動きがあるので、米沢が説得に当たる。八戸にも不穏の動きがあるので、南部藩が説得する。

そして諸外国との交渉、旧幕臣、海軍との同時蜂起は、会津藩が担当することを確約した。

「あとは奥羽にも天皇を迎えることだ」

と皆が顔を見合わせた。

鳥羽、伏見の戦いを決定づけたのは錦旗だった。天皇を奪った者が正義となり、天皇を奪われた幕府、会津は朝敵となった。

列藩同盟はこの時点で一つの玉を抱いていた。ひとりは奥羽鎮撫総督九条道孝である。世良修蔵の誅殺で、仙台に取り残された九条は、いまや仙台藩の意のままに動く操り人形だった。しかし天皇にはなりえない。

会津藩が考えた玉は、上野寛永寺の輪王寺宮公現親王《りんのうじのみやこうげんほっしんのう》だった。

伏見宮邦家親王の第九王子。生母は堀内信子。幕末に活躍した山階宮晃《やましなのみやあきら》親王と久邇宮朝彦《くじのみやあさひこ》親王の弟で、仁孝天皇の猶子《ゆうし》にもなっているため、孝明天皇の義弟、明治天皇の義理の叔父に当たる人物だった。

輪王寺宮は毒殺された孝明天皇の弟君であり、佐幕派の象徴として、十分な資格があった。

明治以降は北白川宮能久親王となり、近衛師団長を務めた。

猶子とは、兄弟・親類や他人の子と親子関係を結ぶ制度で、養子との違いは、家督や財産などの相続を必ずしも目的の第一義とはしない関係だった。

会津藩の考えは名を東部天皇とし、年号も大政と改元する。九条道孝は太政大臣、沢為量、醍醐忠敬は太政官とする。征夷大将軍に仙台藩主伊達慶邦、副将軍に会津藩主松平容保を当てる。という構想である。

輪王寺は上野を脱出、仙台に向かっていた。

東西大戦争

世良斬殺に続く、奥羽越列藩同盟の結成は薩長軍に深刻な動揺を与えた。西郷や大久保も事の意外な展開に驚愕し、薩長軍内部には止戦を唱える声も出始めた。越前の松平春嶽は、この期に乗じ、「戦いが長びけば天下大瓦解になる」と止戦を主張した。しかし、もう誰も止めることはできない。両軍は、国内を二分する激烈な戦争に向かって突き進む。

かつて南北朝のころ「奥羽五十四郡恰日本の半国」と強大な力を誇った奥羽地方が、いまや徳川慶喜を乗り越え、薩長と雌雄を決するのだ。

手代木直右衛門から詳細な報告を受けた会津藩主松平容保は、考明天皇の御宸翰を握りしめ、眼に涙

を浮かべて、

「梶原、予は人々の温情をこれほど強く感じたことはない」

といって絶句した。

梶原も声をあげて泣いた。

正月以来、会津藩は孤立無縁、断腸の苦しみにあえいで来た。いわれなき汚名に泣き、罵詈雑言も浴びた。藩士たちは死を決し、若い梶原平馬に全権を托した。

いま、会津の志誠が東国の魂をゆさぶったのだ。この五か月間、大海を渡り、また夜を徹して、白石、米沢を往復し、あらゆる声に耳を傾け、己れの態度を貫いて来た梶原平馬。

我ながらよくやった。

梶原は、天守閣に上って、会津の四辺を見渡した。初夏の会津は濃い緑に包まれ、心地よい風が頬に当たる。そのとき、一頭の早馬が砂塵を舞いあげて城門を駆け上ってくるのが見えた。

「長岡が立ったぞ」

城内に歓声が走り、梶原はさっと越後の山脈を凝視した。

第十章　決裂小千谷会談

会津、越後に出兵

越後は信濃川、阿賀野川の二つの大河が大きく蛇行し、満々と水をたたえ、新潟港に注いでいる。山国で育った会津藩兵は、越後に来ると、その広さに驚く。

京都守護職就任とともに、会津藩は越後の各地に領地をもっていた。前線基地を会津国境に近い阿賀野川の下流、水原《すいばら》に置き、一ノ瀬要人《かなめ》を総督とする約一千の兵を派遣していた。

会津藩の軍需物資は、新潟港から阿賀野川を上って、会津若松に運ばれており、物資の重要供給基地が越後だった。

会津追討を強硬にすすめる薩長軍は、北陸道鎮撫総督に公家の高倉永祜《ながさち》、副総督に同じ四条隆平を任じ、参謀の広島藩士小林柔吉、同じく参謀の熊本藩士津田山三郎以下二百五十名の兵を越後高田に進めていた。奥羽鎮撫総督府の仙台入りより三日早い。

召集を受けた北越諸藩は翌十六日、高田に集合した。参謀の小林柔吉、津田山三郎は、

「各藩の藩主は五十日以内に京都に上がり、朝命を奉戴せよ。高田、長岡、新発田の諸藩は官軍本営に兵を差し出すこと」

「出兵に応じない場合は三万両の軍資金を献納せよ」

と厳命を下した。高田藩は出兵に応じ、長岡藩はこれを無視した。

知らせを受けた会津藩は薩長軍の動きを直ちに索制するため、井深宅右衛門の遊撃隊五百を小千谷《おじや》に向かわせ、柏崎の桑名藩雷神隊と防衛線を張った。

閏四月二十一日、約四千名にふくれ上がった薩長軍は二手に分かれて、小千谷、柏崎を攻撃し、会津、桑名兵を蹴散らし占領した。

この知らせに水原駐留の会津藩は佐川官兵衛を司令官とする朱雀《すじゃく》四番士中隊、朱雀二番寄合組隊、青竜《せいりゅう》三番士中隊、第二砲兵隊の約六百名を小千谷方面に派遣、古屋作左衛門の衝鋒隊と呼応して、防戦に入った。

米沢藩も五月一日、家老色部長門を越後総督に任じ、新潟港防衛のため千二百の兵を送った。

長岡中立を宣言

問題は長岡藩の去就である。長岡藩家老河井継之助は梶原平馬と軍事同盟の密約を結んではいたが、また抗戦に踏み切ってはいない。佐川官兵衛が兵を率いて長岡城下に入り、奥羽同盟への参加を求めた

が、河井は、

「長岡はどちらにも与しない。武装中立でござる。もし、長岡が欲しいのなら腕づくでとられてはどうか」

と拒絶した。

「話が違う」

佐川官兵衛は怒ったが、会津藩の軍事参謀秋月悌次郎は、長岡参戦は時間の問題と読んでいた。

薩長軍の会津征討越後口総督軍は、黒田清隆、山県有朋を参謀とし、四月十八日に江戸を出発、閏四月十七日、高田に着いていた。

さらに信州から岩村精一郎の率いる一軍が到着、全軍を海道軍と山道軍の二手に分け、岩村の指揮する山道軍は会津の前線基地小千谷へ、黒田、山県の指揮する海道軍は桑名藩兵の固める柏崎に向かった。薩長軍の戦略は長岡、新潟を占領し、同盟軍を越後から一掃、阿賀野川ぞいに会津攻めに向かうことにあった。

長岡藩は両軍に前に立ちはだかった。

河井継之助の本心はもとより佐幕である。だが怒濤の勢いで進軍して来た薩長軍を前に迷いがあった。はたして、会津、米沢が最後まで戦える力を持っているのだろうか、という不安である。

戦いはときの運だ。長岡の秀れた火力で西軍にぶつかれば、勝つチャンスもある。長岡が薩長軍を阻止すれば、会津、米沢の士気はますます高まる。

長岡藩は山本帯刀の一大隊、牧野図書の一大隊、ともに元込め銃と大砲で固めた六百の精鋭を持ち、なかでも国境ぞいに布陣した牧野図書の大隊には十五インチホイッスル砲一門、フランスホイッスル砲二門、施条砲三門、元込め砲二門など八門の大砲を持っていた。いつでも戦える態勢にあった。薩長にひとあわ吹かせることなどわけないことだ。いずれにせよ、長岡がすべてのカギを握っている。

河井はそうおもっていた。

河井は武将というよりは政治家だった。会津の梶原と気が合うのも、梶原が会津には珍しく、政治性を持っているからである。

奥羽越を結集して新生日本をつくる、という梶原の理想には、異論がないのだが、河井にはもう一つの計算があった。

長岡の武力を背景に、薩長と政治的な交渉を進め、会津を恭順に導くことができれば、長岡の地位はゆるぎないものとなる。

戦えば、すべてを失う危険がある。戦いの姿勢を見せながら、有利に交渉を展開する。それが政治なのだ、と河井はおもっていた。

しかし、何が何でも会津を屠《ほふ》る、と一歩も引かない薩長軍を前にして、長岡の和平交渉が通じるだろうか。

「ぶつかってみるか」

河井は用人の花輪彦左衛門を小千谷の薩長軍本営に残した。出頭の根回しである。彼らは花輪を歓待し、

「河井殿の来訪を歓迎する」

といった。

あるいは、事がなるかも知れぬ。

河井は翌日、長岡から小千谷に向かった。しかし、河井は少々、短絡的に物事を考えたきらいがあった。いたるところに張りめぐらされている会津の情報網を計算に入れていなかったことである。

会津にとって、河井の動向は、越後戦略のすべてを決める重大問題である。河井の周辺に密偵を放ち、会津藩の前線基地に逐一、河井の動静を報告させていたのである。戦いは会津の方が優れている。

「長岡藩、薩長に接触」

この知らせに、佐川官兵衛は、

「面白い」

にやりと笑った。

長岡藩がいくら洋式部隊を編制し、大小砲を備えて見ても、中立などありえない。薩長は長岡に対し、会津につくか、薩長につくか、の二者択一を迫るだろう。

世良のような男がでて来て、居丈高に怒鳴り散らされれば、河井は憤然と席を蹴るだろう。

河井は理想家すぎる。この際、一気に長岡を同盟に引きずり込むしかあるまい。

佐川は作戦を練った。河井が小千谷の本営に向かう日に、長岡藩の藩旗「五間梯子」をかかげて、薩長の前線基地を攻撃する、という策である。

「河井に引導をわたしてやるわ」

佐川官兵衛は、われながら上出来の策に相好をくずした。

河井は、佐川の策など知る由もない。長岡から小千谷までは四里（十六キロ）の距離である。

二丁の早駕籠が信濃川の川岸を急いだ。

駕籠かきは一丁に二十人、屈強な若者ぞろいだ。前の駕籠に河井が乗り、後ろに軍目付の二見虎三郎が乗った。供は河井の従僕松蔵一人である。すでに梅雨に入っており、信濃川は水かさを増し、浅瀬は泥流が渦巻いていた。

河井がつぶやいた。

「松蔵、ばっさりやられたら、これでおしまいだなあ」

その割には深刻な表情もしていない。でたとこ勝負、河井は肚を固めていた。

河井継之助四十一歳。決して若くはない。会津の梶原に比べればひと回り違う。それだけ人生の経験がある。

門閥の出でもない。

父は長岡藩勘定頭。家禄百二十石。中級武士である。

幼児から向う気が強く、周囲を手こずらせた。歌がうまくて、遊びも大好き。盆踊りの時期になると、妹の浴衣をかりて、変装し、夜どおし踊った。しかし、学問に対する情熱は長岡藩随一といわれた。

二十歳のころ頼山陽の『日本楽府』や太宰春台の『経済録』などを盛んに写本した。現在十九部、三十九冊の写本が残っている。二十七歳のとき、江戸に遊学、さらに四国、九州へ巡遊し、鳥羽、伏見の戦いの際は大坂にいた。

河井の才能は財政に強く、旧弊を打破する革新性にあった。

慶応二年、町奉行になるや賭博を禁止した。当時、長岡藩は博徒の親分を目明しに採用していた。しかし、生活の保障がない。収入はもっぱら賭博のテラ銭に頼っていた。河井は目明しに玄米二十五表の年手当を施す代わりに賭博を禁止した。

それだけなら普通の話だが、河井の特異性はその後の行動にある。

変装して博徒になり、博奕打ちを尋ねては賭博を申し込み、相手になった親分をたちまち御用にした。博徒だろうがヤクザだろうが、どこにでも乗り込んで物事を解決する。胆力があるのだ。

また遊廓も禁止した。幼い娘が金に縛られて体を売るなど道理にあわん、というわけである。若いころ自らも遊んだため、

河井（可愛い）可愛いと　今朝までおもい　いまは愛想も継之助

と皮肉られたが、断固敢行した。好気心が強く、一流好みでもあった。

わが国に三門しかない機関砲、ガットリング砲二門を買い求め、自ら操作したことによく表われている。すべての面で、激動の長岡を指導するのは河井をおいて外になかった。「北越の雄」といわれる由縁である。

アメリカの汽船で長岡に戻った河井は、十四歳から六十五歳までの藩士にミニエー銃を持たせ、信濃川ぞいに射撃場を設けて、連日、猛訓練させた。

「刃や槍など役に立たん」

槍剣の使用も禁止した。

兵の携行食に食パンを取り入れたのもわが国最初のことである。こう見ると、生まれながらの卓越したリーダーにおもえるが、随分、回り道もしている。

革新的な行動が多いため若いころは事あるごとに老臣に排斥された。それにひるむ河井ではない。門閥弾劾、藩政改革に立ち上がり、藩内抗争を引き起こしたこともたびたびであった。その都度、責任を負って身を退き、野に下って過ごした。

自ら「蒼龍窟《そうりゅうくつ》」と号し、花鳥を友にし、あるいは奥羽各地を周遊し、見聞を広めた。必ずしもエリートではない。挫折を味わいながら不屈の反発心で闘い抜いて来た男なのだ。

河井はときおり駕籠の引き戸をあけ、あたりを見渡しながら、物おもいにふけっている。

(会津か。死ぬことだけが能でもあるまい。彼らはただの一度も薩長と接触はしていない。それも一つのやり方だが、相手も人間だ。奴らだって死ぬのは怖い。おれが立てば、黒田や山形だって生きては帰れまい。そこに談判があり、政治が生まれる。会津は武骨すぎる。梶原もまだ若い。苦労が眼に浮かぶ。しかし、梶原はいい男だ)

河井はぶつぶつ呟いた。

エイホー・エイホー。

駕籠は小千谷に向かって進んだ。

「何者ッ」

河井の駕籠が着剣した数十人の兵士たちに取り囲まれた。駕籠かきは顔面蒼白である。着いたか。

河井は引き戸をあけ、

「長岡藩河井継之助」

と名乗った。兵士たちはさっと身を引き、

「どうぞ」

といった。

花輪のいうとおりだ。

河井は笑みをもらした。河井は本営に案内され、座敷で休息した。本営に駐留する兵士は元込め銃を手に、いかにも精悍な顔付きをしている。

薩長兵だろう。

河井はさりげなく観察する。そのときである。

「会津兵二千、渋海川に舟橋を架け、片貝村を攻撃！」

伝令の知らせに薩長軍本営は騒然となった。バタバタと兵士たちが駆けだして行く。

小千谷の薩長軍は薩摩、長州を主力とする松代、上田、飯山、尾張、加賀、高田藩兵千六百名である。

会見は延期された。

河井は信濃川に面した旅館「野七」で休息をとり、待つことにした。

「最先が悪いな」

河井は供の二見虎三郎にいった。砲声が小千谷まで轟き、やがて煙が上がった。

「まさか官兵衛の奴、知ったわけでもあるまいに」

河井は妙な不安を覚えた。

あまりにもタイミングがよすぎたからだ。戦争は一段落したと見え、昼すぎになって本営から使いが来た。

会見の場所は慈眼寺だという。大きな山門のある禅宗の古刹である。

山門をくぐると広い庭があり、本堂にたどり着く。普段なら静寂な境内だが、西軍の軍需品が山と積み上げられ、着剣した兵士が本堂の玄関を警護している。

薄暗い本堂の右に奥座敷があり、そこが会見の場であった。河井が一人で入ると、四人の薩長軍代表がづかづかと入って来た。会津藩の奇襲で殺気立っている。

四人は薩長軍軍監土佐藩士岩村精一郎、薩摩藩士淵辺直右衛門、長州藩士白井小助、杉山荘一である。

黒田や山県の姿は見えない。

「あてが外れた」

と河井はおもった。上座に座った男はあまりにも若すぎる。

「長岡藩家老河井継之助でござる」

河井が挨拶すると、上座の男が、

「軍監岩村精一郎」

と名乗った。

御しやすいかも知れぬ。

河井はじろりと岩村を睨んだ。しかし、交渉は強面では成功しない。

まして河井は歎願する立場である。河井は長岡藩の立場を縷々説明した。最初に薩長政府からの出兵、献金を拒否したことを詫び、

「願わくば時日を借していただきたい、そうすれば会津、桑名、米沢を説得し、無事に結末をつけて見せましょう。いま、兵を進めれば、たちまち大乱を引き起こし、人民は水火の苦しみを受けることになる。詳細はこの歎願書にしたためてござる」

と一気に述べた。

なにもへつらうことはない。河井はいつもの豪胆さを取り戻している。黙って聞いていた岩村の顔に怒気が走った。

「これまで一度も朝命を奉せずして、いまさら何を言い訳されるか。歎願書など取り次ぐ必要はないッ」

一喝のもとに拒絶した。

「わが殿はもとより勤皇でござる」

「くどい。長岡が兵備を増強し、会津に加担しているのは明白だ。時日をかせぐ詭弁にすぎん」

とりつくしまがない。

河井などどこにでもいる門閥の馬鹿家老にすぎない。家老など時代遅れもはなはだしい。

岩村は先入観をもって河井を見下している。

「もはや兵馬の間《あいま》で相見えるの他はない。早々に立ち帰って出陣の準備をせよ！」

岩村の眼は激昂している。岩村が席を立とうとするのを河井が制し、

「もう一度、長岡藩の願いを聞いて下さらぬか」

語気鋭く迫ったが、岩村は河井の手を払い退けて、奥に消えた。

会見は無残な形で終わった。河井はなおもあきらめず、本営に詰めている兵士たちに仲介を頼んだが、誰も相手にしてくれない。山門の周りを徘徊し、夜に入ってもなおねばり続けた。

「だんな様、帰りましょう」

松蔵が不安げな顔でいった。

「あきらめるのは早い」

河井は二見に命じて、各藩の宿舎を回らせ、なおも歎願の取り次ぎを依頼した。しかし、すべては無駄だった。宿に戻った河井は酒を注文し、ごくりと呑んだ。

「松蔵、今日は疲れたな」

「ハイ、だんなさま」

松蔵はあれほど短気の主人が、我慢に我慢をしている姿を不思議におもった。長岡藩兵は「なぜ戦わないのか」と騒いでいる。この日のために訓練し、会津があれほど援軍を要請しているではないか。だんなさまのことだから何か深いワケがあるのだろう。

松蔵はそうおもって酒をついだ。

酒がはいると、いつもの継之助に戻った。穏和な眼である。

「歌うぞ」

河井がいった。

四海波でも切れるときや切れる　三味線枕に　二世三世

小千谷会見の場所、慈眼寺はいま観光コースの一つになっている。観光客は山門で写真をとり会見の座敷を見ることができる。部屋に河井継之助の写真と岩村精一郎の肖像画がある。河井の重厚さに比べると、岩村は線の細い神経質な眼をしている。無理もない。わずか二十二歳の青年である。

土佐の宿毛《すくも》に生まれた岩村は中岡慎太郎や坂本竜馬にあこがれて京都にでる。

京都に着くと竜馬は暗殺されていた。復讐を誓った岩村は竜馬暗殺を手引きしたと噂が立った紀州藩士三浦久太郎を宿舎に襲い、三浦を斬りつけた。

岩村はしたたか斬ったとおもったが、三浦は額を斬られた程度ですんでいる。

さほどの戦闘経歴もない、一介の若者を軍監に選ばなければならないほど薩長軍も人材が払底していた。仙台の世良修蔵、小千谷の岩村精一郎、ともに共通点が多い。

戦闘が始まると、岩村は軍監から軍曹に格下げになる。河井との談判の不手際で山県有朋の怒りを買ったのである。

長岡に戻る途中、河井は何度も罵声を浴びた。

「河井ッ、早く帰って戦《いくさ》の準備をしろッ、」

兵士たちはあざけった。

「松蔵、おれを縛らないとは馬鹿な奴らだ」

河井がいった。

ゆれる駕籠のなかで、河井は佐川官兵衛の獰猛《ねいもう》な顔をおもい浮かべた。

戦になるか。これも運命か。しかし、会津のために戦うのではない。長岡のためにだ。

河井は思った。

自分の国は自分で守る。

独立独行、長岡の意地を見せてやる。

奥羽に越後が加われば、奥羽越列藩同盟になる。領民には悪いが、やむを得ない。河井は、はっきりと決断した。

長岡藩兵千五百名、会津藩兵千名、米沢藩兵千五百名、旧幕府衝鋒隊五百名、桑名藩兵三百名…約五千の兵力である。

敵は二倍、三倍、いや数倍はいる。戦いを泥沼に持ち込めば、いずれ政治が登場する。

それまで死守するのだ。

長岡藩の使者が隣接諸藩、そして、会津、仙台、米沢に疾《はし》った。

北越の雄、河井継之助立つ。

会津の梶原はもとより、仙台の玉虫左太夫、若生文十郎、米沢の千坂太郎左衛門、奥羽列藩首脳は狂喜した。

第十一章　奥羽越列藩同盟

連帯

長州藩士世良修蔵の傍若無人の振舞いに激怒した仙台藩士は、福島で世良を誅殺、ついに仙台が立った。上杉謙信を藩祖とする米沢藩も反旗を翻した。北越の雄、河井継之助の長岡藩も戦いを決意した。会津藩士たちが放った小さな焔は、仙台、米沢、長岡に燃え広がり、やがて野火のように奥羽越を包んだ。東北、越後は一つ、という画期的な連帯である。

彼薩長、猥《みだ》りに朝廷を籠絡《ろうらく》し、兵をだして王師《おうし》と仮称し、以て暴威を天下に振わんとするの野心ならずんばあらず。然らずんば、何ぞ事情を察せず、只管戦を好み、民を苦しめ、国を擾《みだ》さんとするや。

奥羽越の正義が決起したのだ。同盟は実に三十一藩に上った。

同盟諸藩

伊達陸奥守慶邦《よしくに》　仙台六十五万石
佐竹右京太夫義堯《よしたか》　秋田二十五万五千石
南部美濃守利剛《としひさ》　盛岡二十万石
上杉弾正大弼斉憲《なりのり》　米沢十五万石
丹羽左京太夫長国《ながくに》　二本松十万七百石
津軽越中守承昭《つぐあきら》　弘前十万石
戸沢中務太輔正実《まさざね》　新庄六万八千二百石
阿部美濃守正静《まさきよ》　棚倉六万四百石
相馬因幡守季胤《としたね》　相馬六万石
秋田万之助映季《あきすえ》　三春五万石
水野真次郎忠弘《ただひろ》　山形五万石
松平山城守信庸《のぶつね》　上ノ山三万石
安藤理三郎信勇《のぶいたけ》　平三万石
田村右京太夫邦《くに》栄《え》　一ノ関三万石
板倉甲斐守勝尚《かつひさ》　福島三万石
松前志摩守徳宏《のりひろ》　松前三万石
六郷兵庫頭政鑑《まさあきら》　本庄二万石

松平大学頭頼升《よります》　守山二万石
本多能登守忠紀《ただのり》　泉二万石
岩城左京太夫隆邦《たかくに》　亀田二万石
南部遠江守信順《のぶゆき》　七戸二万石
織田兵部太輔信敏《のぶとし》　天童二万石
内藤長寿丸政養《まさやす》　湯長谷一万五千石
立花出雲守種恭《たねゆき》　下手渡一万石
生駒大内蔵親敬《ちかたか》　矢島八千石
溝口誠之進直正《なおまさ》　新発田十万石
牧野備中守忠訓《ただくに》　長岡七万四千石
内藤紀伊守信民《のぶたみ》　村上五万九千石
堀右京之亮直賀《なおよし》　村松三万石
牧野伊勢守忠泰《ただひろ》　三根山一万一千石
柳沢伊勢守光邦《みつくに》　黒川一万石

盟主についた仙台藩は青葉城に同盟本部を置き、首席家老但木土佐が兵器、弾薬、糧食、軍資を担当、福島に軍事局を置き、坂英力が指揮を執った。

本格的な戦いは、白河で始まった。

白河惨敗

白河は勿来《なこそ》の関と並ぶ奥州の二大関門である。

西は勢至堂《せいしどう》峠を経て会津若松に通じ、東は棚倉《たなくら》を経て海岸の平に通じる。北は須賀川、郡山、二本松、福島を経て仙台、米に通じる要衝である。

白河に仙台、会津を主力とする二千五百の同盟軍が集結した。白河城に翩翻《へんぽん》と仙台、会津の藩旗が翻った。

会津軍総督西郷頼母《たのも》、副総督横山主税《ちから》、仙台藩参謀坂本大炊《おおい》、副参謀今村鷲之助《わしのすけ》、大隊長瀬上主膳《せのうえしゅぜん》らが作戦を練った。会津藩主松平容保は西郷頼母に、絶対死守の厳命を下した。梶原平馬も祈る気持ちで西郷の出陣を見送った。

西郷はごく最近まで恭順論者であった。

容保と不仲でことごとく対立した。今回は会津の浮沈を担う大役である。いや、奥羽越の命運を握る責務が課せられている。しかし、梶原は一抹の不安を抱いていた。

西郷には実戦の経験がない。副総督の横山主税もまだ軍将ではない。旧幕府純義隊長小池周吾、新選組山口次郎、軍事奉行海老名衛門や隊長の小森一貫斉、鈴木作右衛門、日向茂太郎らに託すしかない。はたして、仙台藩と一糸乱れぬ共同作戦ができるのか。

「官兵衛がいれば」

梶原はおもった。

頼みの佐川官兵衛は、越後に出兵し、会津を離れている。

五月一日早朝、激戦の火蓋が切って落とされた。薩長軍は伊地知正治《いじちまさはる》の率いる薩摩、長州、大垣、忍の正規兵千四百である。伊地知は手に入れた白河の地図を広げて、作戦を指示した。

「会仙同盟はいまだ日が浅く、動きは鈍重である。そこで、三方から包囲作戦をとる。正面に砲を集め、正面攻撃を装い、敵を正面に牽制し、両翼から包囲攻撃にでる」

命令一下、敏捷に動く兵は強い。

これに対して西郷頼母は同盟軍の兵数を兵力と過信した。積極的な攻撃体制をとらずに、兵の多くを白河城に留めている。

寅の上刻（午前四時）。薩長軍は三道から白河を襲った。薩摩五番隊、長州三番隊、大垣一中隊、忍一小隊は砲三門をもって本道から進撃した。東の間道からは薩摩二番隊、四番隊、大垣一中隊が押し寄せた。

正面の守備隊は仙台藩佐藤宮内《くない》の三小隊と砲六門である。小高に稲荷山に砲を据えた仙台兵は薩長軍に向かって轟然と発砲した。

敵ははニ十ドイム臼砲で応酬する。稲荷山に数発の砲弾を撃ち込み、仙台藩砲兵隊をたちまち制圧した。

大小砲が間断なく白河の山々に響いた。

この砲声を聞くや、棚倉口を守備していた仙台、会津藩兵が急遽正面に回り、防衛する。ここで薩長軍を食い止めたかに見えたが、卯の上刻（午前六時）、今度は棚倉口に敵の右翼部隊が奇襲攻撃をかけてきた。

白河城を見下す雷神山（標高四二三メートル）攻略を目ざす薩摩兵である。

正面攻撃に気をとられた同盟軍はたちまち苦戦に陥った。そこで仙台藩瀬上主膳が防戦に向かい、仙台兵四小隊と砲六門で必死に砲撃、薩摩兵に手痛い打撃を与えた。しかし、敵の攻撃は執拗をきわめた。

伊地知は攻撃隊の左右の森に必ず伏兵をひそませ、同盟軍が攻め込むとたちまち銃火を浴びせた。鳥羽、伏見の戦いと同じである。霰のように銃弾が撃ち込まれ、瀬上主膳の兵は、次々に朱に染まっていった。

右翼の原方口方面は、薩摩五番隊、長州一中隊、大垣一中隊が立石山に布陣する会津藩兵に戦いを挑んだ。

白河城は前面に雷神山、稲荷山、立石山の三つの丘がある。同盟軍はここに大砲を据え、迎撃したが、伊地知は、正面の稲荷山を二十ドイム臼砲で粉砕し、両翼の陣地を奇襲した。しかも作戦は巧妙だ。攻撃隊の左右には狙撃兵をひそませている。

最初の正面攻撃は少数精鋭の兵で行う。立石山の場合もそうだ。会津藩兵が必死の戦いで正面の敵を撃退し、山を下って追撃するや、左右の森林から強烈な乱射を浴びてしまう。

隊長の日向茂太郎はあっという間に撃ち抜かれ、守備兵は大混乱に陥った。仙台、会津の指揮官は狼狽し、冷静さを失った。これが敗戦に拍車をかけた。仙台藩参謀坂本大炊は、前後の見境もなく、兵数名を率いて飛び出した。阿武隈川を渡り、敵の後方にでて援護しようとして、頭を撃ち抜かれた。

従者の知らせで副参謀の今村鷲之介が単身阿武隈川を渡り、坂本のそばに行くと、まだかすかに息がある。今村を見つけた狙撃兵が激しく小銃を撃ちまくる。

今村は腹這いになったまま、身動きできない。ようやく従者が駆けつけ、坂本を抱えながら田のなかを匍匐《ほふく》して、阿武隈川に飛び込み、坂本を収容したが、すでに息絶えていた。仙台藩兵にとって初めての火力戦であり、伊地知の作戦に翻弄され尽した。

会津軍副総督横山主税の死も哀れだった。

横山は幕末の多難な時期に江戸家老を勤め、藩内の俊英を集めて公用局を設けた横山主税常徳の嗣子である。海老名郡治とともに徳川昭武に随行、フランスに修学した前途ある青年だった。パリで撮影した写真を見ると、理智的で、端正な顔をしている。

両翼を敵に占領され、正面の稲荷山に敵兵が攻め登るのを見た横山は自ら采配を揮って、稲荷山に駆け登った。

稲荷山は右下りで、西北に斜面が流れている。

すでに斜面の上には長州兵が登っており、横山の突撃隊は両翼と上から十字火にさらされた。前方からは霰のように弾丸が撃ち込まれる。横山は数発の銃弾を浴びて、もんどり打って倒れた。即死である。後続の会津藩兵は顔色を失った。

沈痛な叫びが、斜面に響く。

しかし、収容することもできない。辛うじて従者が横山の首を刎ね、持ち帰った。いまや三つの砦が落ちた。

敵は占領した稲荷山、雷神山、立石山に携臼砲を運び上げ、城内から突進してくる仙台、会津藩兵に砲撃を加え、両翼から火を放って城下に侵入した。

仙台藩軍監姉歯武之進は抜刀して侵入してくる敵兵に立ち向かい、数人を斬り、血路を開いて白河城中までたどり着き、そのまま絶命した。姉歯は世良修蔵を斬った仙台藩の勇士である。全身血だらけ、壮絶な戦死だった。

会津軍事奉行海老名衛門、寄合組中隊頭一柳四郎左衛門、軍事方小松十太夫らの将校も相前後して戦死、逃げ遅れた兵は、容赦なく銃殺された。

会津軍総督西郷頼母は、無惨な敗退に呆然自失、単騎、敵陣に斬り込もうとしたが、朱雀一番士中隊の飯沼時衛に諌められ、北方に逃れた。

西郷を責めるよりは会津藩主松平容保の用兵の失敗ともいえた。作戦の欠除、消極的な戦法が、会津、仙台の共同作戦を大きく傷つけた。それは近代戦を指揮できる人材の欠除であり、奥羽越列藩同盟のもっとも弱い部分でもあった。

戦死者は、会津藩三百余名、仙台藩八十一名、棚倉藩十九名を数えた。しかし、薩長軍の記録には敵屍七百十二、七百八十余、六百八十二などが報告されており、痛恨の一語につきた。傷者もこれに匹敵する数字になるとおもわれ、戊辰戦争上、空前の惨敗だった。

これに対して、薩長軍は死者十、傷者三十八と報告されている。この数字は疑わしいが、一方的な戦いに終わったことは事実である。白河の町は、死屍累々たる有様で、白河城には錦旗が立ち、薩長軍の兵士たちは、捕虜をなぶり殺して凱歌をあげた。

『仙台戊辰史』にその残虐が記されている。

この日の戦争で捕えられた会津藩兵と仙台藩兵白石某は、松の木に縛られた。薩摩兵が取り巻いて、「会賊より殺せ！」とわめいている。万座がどっと笑うと、一人が抜刀して耳を斬り落した。次に鼻をそいだ。

会津藩兵が断末魔の声をあげるや、一刀のもとに胸を割った。そのとき、兵士集合の笛が鳴り、仙台藩兵は取り残された。夜に入って近くの農民に助けられ、脱走した。


白河の敗戦は会津、仙台に衝撃を与えた。

梶原平馬は悄然としてこの知らせを聞いた。

白河の防衛こそが彼の描く奥羽越列藩同盟、北部日本連合政権樹立の根幹だった。横山の死も無念だった。白河から傷者を乗せた戸板が日新館の軍事病院に運ばれてくる。いずれも火器による重傷者で、手足が打ち砕かれ、弾丸が体にめり込んでいる。化膿が早く、あたりに悪臭を放っている。

病院には旧幕府の西洋医松本良順（初代陸軍軍医総監）が数名の弟子を率いて来ており、外科手術を施していたが、医薬品の不足はおおうべくもない。病院は白河出兵の兵士の安否を気づかう家族たちで混雑し、いたるところで嗚咽《おえつ》がもれている。

戦争は悲惨だ。しかし、もはや、後には退けないのだ。

梶原は眼をおおった。横山主税の首も運ばれて来た。腐敗が始まっている。容保も呆然と横山の首を見据えた。

横山には若い妻と幼い子がいる。

梶原は横山のあまりにも正直すぎる死に慟哭した。

会津を墓場と化してはならない。

梶原は城に戻り、胸の震えを必死に抑えた。しかし、考えてみれば、敗戦は十分に予想されるものだった。まず火力の差がある。下士官、将校のキャリアも違う。共同作戦の難しさもあった。

梶原はただちに白河城奪回を決意し、奥羽越列藩同盟の福島軍事局に使者を送るとともに、武器、弾薬の補給、作戦面での指導体制の確立に立ち上がった。

白河の敗戦を乗り越えなければ……梶原は懸命だった。

「シュネルを呼べ」

梶原は従者に命じた。

横浜で固い契を結んだ、あのヘンリー・シュネルが、会津に来ていた。シュネルが会津に入ったのは四月下旬である。シュネルは梶原とともに横浜から汽船に乗り、函館を経て、四月二十三日、新潟港に入り、しばらく新潟に滞在したあと、会津に駆けつけた。日本人の妻も一緒だった。松平容保はシュネルを会津藩の軍事顧問に委嘱、平松武兵衛の名を与え、城下に住まわせた。

シュネルは日夜、梶原らと作戦を練った。

「そもそも平松年ごろ三十歳前後、眉目清秀、会老侯（松平容保）より賜わりし、小脇差を帯し来る。実に一個の美男子なり」

シュネルに会った米沢藩士甘糟継成はこのように記している。

鶴ヶ城に登城したシュネルは、白河の敗戦を聞いて、失望の色を浮かべたが、勝算は十分にあると、力強く梶原を励ました。シュネルの献策は、同盟軍の火急な近代化である。

「カジワラ、私ハ、新潟ニユク」

シュネルはいった。

新潟に米沢、長岡、庄内の重臣を集め、新潟港の本格的な防衛案を練るとともに、奥羽越の特産品、漆器、絹などの輸出を図り、武器、弾薬を購入する、というのである。新潟には弟のエドワードが来ているはずである。また、領内の鉱山調査も行ない、金の鋳造に当たることも提案し、自ら探索することも申しでた。

海軍が鍵

「カジワラ、戦争ハ、海軍ガ鍵ヲ握ル。榎本ノ艦隊ハ、ソノ後、ドウナッテイルノカ」

シュネルは榎本艦隊の動向も気づかった。

「あらゆる手を尽して、救援を依頼している。榎本艦隊を二つに分け、一隊を新潟、一隊を仙台湾に配置すれば、同盟軍は完全に制海権を握ることができる。敵は兵員、武器、弾薬の補給ができなくなる」

梶原は答えた。

「カジワラ、軍艦、輸送船ヲ独自デ購入スル必要モアル。将来、兵力が足リナクナル。サイゴンヤ、インドニ外人部隊ガイル。援軍ヲ求メル事モ大事ダ」

シュネルの構想は大きい。

「ともあれ榎本が動いてくれさえすれば」

梶原は唇を嚙む。同盟軍の勝算はまさしく榎本艦隊の動向にかかっていた。

榎本武揚。旧幕府海軍副総裁、三十二歳。

品川沖に開陽、回天、蟠竜《ばんりゅう》、千代田形、長鯨《ちょうげい》、神速《しんそく》、美賀保《みかほ》、咸臨《かんりん》の八隻の軍艦を浮かべ、薩長政権に抵抗していた。その周囲には旧幕府陸軍奉行松平太郎、若年寄永井尚志、軍事顧問団のフランス陸軍士官ブリューネ、カズヌーブらが加わり、約二千の兵で江戸湾を制圧していた。

榎本艦隊がもし、南下して、大坂を攻めれば薩長軍の後方は攪乱され、戦局は再び全国に広がる危険があった。また奥羽越列藩同盟に参画すれば、わが国の制海権は同盟側が握ることになる。

陸軍は薩長が有利だが、海軍力は一気に同盟軍が上回る。

榎本艦隊は、戦いのキャスティングボートを握っていた。榎本自身もこのことは十分承知していた。

だが榎本には一つの夢があった。蝦夷《えぞ》共和国の建設である。

榎本は徳川幕府の無惨な崩壊に憤激し、路頭に迷う多くの徳川家家臣とともに新たな国家を建設しようと秘かに画策していた。

自信もあった。十九歳のとき、榎本は幕府外国方の一員として蝦夷から樺太に渡り、北辺を視察し、北海道の地形や気象を知っていた。のちにオランダに渡り、海軍士官として修学するが、オランダの農業や産業の開発を眼のあたりにし、期すところがあった。それだけではない。

六年間のオランダ留学中、砲術、船具、運用、化学などを学んだだけではなく、法律、経済、国際関係にも興味を示し、オランダ語は勿論、英語、ドイツ語も修得した超一流の国際人であった。しかも激しい情熱家であり、企画立案に秀れたアイデアマンでもあった。

梶原は、榎本が奥羽越に深い同情を示していることを知っていた。半面、榎本ほどの人物が単純に動くはずがないことも知っていた。しかし、榎本艦隊が品川にいることが奥羽越にとって、希望の星であることに変わりはない。

梶原は海軍と聞くと、いまさらのように悔むことがあった。主君容保が京都守護職として京に上る際、軍艦をチャーターして、江戸から大阪に向かう案が検討された。梶原もこの案を主張したが、老臣たちに一蹴された。海は危険だ、というのだ。

あのとき、軍艦で上洛すれば、会津にも海軍ができていた。

梶原はいまさらのように臍を噬んだ。

「シュネル殿、新潟を頼む」

梶原は、きっと越後の空を見た。

第十二章　長岡城陥ちる

雨の戦争

戊辰戦争は雨の戦争といわれた。

五月、六月と欝陶《うっとう》しい梅雨が続き、道路は泥土と化した。特に越後の戦線は、連日の降雨で、信濃川は濁流が渦巻き、兵士たちを苦しめた。

『河井継之助伝』に、次の日記がある。


五日から九日までは、六日を除いて来る日も来る日も雨だった。特に五日はひどかった。雨などという生易しいものではない。黒く厚い雲が空いっぱいに広がり、猛烈な雨が地面を叩きつける。烈風が樹木をなぎ倒した。まさに嵐であった。

六日に太陽がちらりと顔をだしたが、翌日からは再びバケツをひっくり返したような大雨が間断なく降り注ぎ、すべてを水びたしにした。

水田は水に没し、小川という小川は、水であふれ、ゴーゴーと音を立てて、信濃川に注ぐ。信濃川は、いまにも決壊しそうな濁流である。巨木が流れ、牛馬の死骸が押し流されてゆく。兵士たちは、ずぶ濡れになって、荒れ狂う信濃川を見つめた。

とても戦争はできない。時おり大砲を放ったが、むなしく雨の空に吸い込まれる。兵士たちは農家の片隅で暖をとり、黙りこくって握り飯を食った。

「こうなれば寝るしかないわ」

会津の佐川官兵衛は、ひっくり返って、あばら屋の天井を睨みつけた。さしもの雨も十日にはあがった。太陽が眩しい。ギラギラと水滴に反射する。

「戦いだ！」

両軍の兵士たちは一斉に外にでた。

薩長軍は、一日も早い会津攻撃を目指して、薩長が先陣を競い、同盟軍は、狂暴な薩長兵を一人でも多く撃ち殺そうと、銃身を磨いた。侵略する側と、祖国を防衛する同盟側との決死の対決である。

越後戦争は、いままさに火蓋を切ろうとしていた。

小千谷に本営をおいた薩長軍の狙いは、長岡城である。長岡攻略には、信濃川を渡河し、敵前上陸をしなければならない。だが、この増水では舟を出せない。

戦闘は信濃川を挟んでの砲撃戦となった。河井継之助は、信濃川を見下す榎峠に砲台を築き、長岡を目指す薩長軍と対峙した。

薩長軍参謀山県有朋は、親友の長州藩士時山直八に榎峠の攻撃を依頼した。

榎峠の中心、朝日山の古戦場は、いま車で頂上まで行ける。眼下に信濃川が雄大に流れ、対岸までは相当の距離がある。この川を挟んで砲撃戦が繰り広げられた。

長岡藩は、同盟軍のなかではもっとも近代化が進んでいた。会津の梶原平馬とともに、横浜や函館から大砲、小銃を運び、砲十四門、銃隊二大隊を持っていた。しかし、その兵力は農兵も入れて千名強であり、会津、桑名、旧幕府を加えても五千に満たない。

二万を越える薩長軍の前に、はたして何日耐えられるか、決戦を前に河井の胸には悲壮なものがあった。出撃に当たり河井は、

「薩長の鼠どもは、王師の名を借り、わが領土を蹂躪し、私憤を晴らそうとしている。なんらなすところなく、これを見逃すのは男子の恥だ。公論を百年後に托し、われらは玉砕せんのみである」

と声涙《せいるい》下る演説をした。

会津の佐川官兵衛、桑名藩雷神隊長立見鑑三郎も感動して、これを聞いた。

桑名藩主松平定敬は会津藩主松平容保の実弟である。定敬はすでに会津に入っていたが、雷神隊の精鋭は越後に留まり、決戦のときを待っていた。立見はわずか二十一歳。激動の京都で青春時代を過ごし、藩主とともに故郷へ帰った。佐川官兵衛とも気が合った。後年、立見は陸軍に身を投じ、弘前第八師団長として日露戦争に参戦、勇猛な戦いを見せた。薩長閥の陸軍のなかにあって、陸軍大将まで上りつめた有能の士である。

「おい立見、われわれ三人が手を組めば、向かうところ敵なしだ」

佐川官兵衛が立見の肩を叩いた。

そのころ山県と時山直八は、増水の信濃川に小舟を出し、二百余名の兵士と弾薬の輸送を開始していた。

「金はいくらでも出す。舟を出せ」

時山はいやがる農民たちを金で釣り、濁流の信濃川を強引に渡った。山県は援軍を連れに小千谷に戻り、時山らは朝日山の山麓に夜営して夜明けを待った。

五月十三日、朝日山は濃い霧に包まれていた。

時山は最精鋭の奇兵隊を率い、西の山麓の会津軍陣地を奇襲した。朝日山の同盟軍は、濁流の信濃川を時山が渡河したことを知らない。朝もやの立ち込める砦に枯れ木を集め、朝食の準備をしている。最初の砦を守るのは会津藩萱野右兵衛の隊である。

「ガサ、ガサ」

藪をかき分ける音がした。

「敵兵か」

気づいたときはすでに遅かった。小銃の乱射を浴び、たちまち周りは血の海だ。

萱野は白刃をかざして斬り込んだが、会津の精鋭も奇襲にはひとたまりもない。右往左往に散乱し、「谷底に転び落ちる者。数知れず」という惨敗を喫した。

命知らずの奇兵隊はさすがに強い。歴戦の会津藩兵も一方的に敗れ、朝日山の一角が崩れた。

時山は、

「一気に攻め落せ！」

と山の下に向かって、空砲を撃たせながら、桑名雷神隊が守る頂上に攻め上がった。これを見た長岡藩の安田隊が槍を振って、飛び込もうとするのを雷神隊長立見鑑三郎が止めた。

「待て、この霧では同志討ちの危険がある。われに一策がある」

というや、大声で、

「敵兵十数人を斃した。分捕り品も多い。わが軍は勝ったぞ　皆の者、一層奮発して、敵を一人残らず討ち取れッ」

と叫んだ。

霧のなかに突然湧き起った立見の声に、奇兵隊員が一瞬たじろいだ。

接近戦は、一瞬の気合いで決まる。見えない敵に向かっての突撃は、一対一の斬り合いの修練を積んだ武士の方が強い。

「いまだ。斬り込めッ」

立見を先頭に雷神隊と安田隊が、奇兵隊を目がけて山を駆け下りた。

このとき、さっと霧が晴れた。兵を立て直した会津藩兵の眼にまさに斬り合おうとする奇兵隊と雷神隊の姿が映った。

会津藩萱野隊の鈴木勝弥と柳下武蔵が、狙いをすまして引き金を引いた。

奇兵隊員がもんどり打って斃れる。時山は意外な展開に顔が引きつった。側面からの乱射は、奇兵隊がもっとも得意とする戦法だ。蹴散らしたはずの会津から側面攻撃を受けたのだ。

時山にとって、奇兵隊は不死身のはずだった。下級武士、農民、漁民によって組織された奇兵隊は、あらゆる戦いを通じて絶えず勝利者であり、いまや神話にさえなろうとしている。この北越の戦いも、当然のことながら勝利者でなければならなかった。

時山は、信じられない表情で立ちすくんだ。しかし、退却は許されない。奇兵隊にあるのは勝利か、死か、の二つしかない。

そもそも、この日の攻撃は、山県の援軍を待って、二人で頂上を目指す手はずになっていた。山県の援軍が遅れ、時山は独自の判断で、一気に奇襲をかけたのである。

「ひるむなッ」

時山は、隊員を叱咤し、山上に駆け登ったとき、顔面を一発の銃弾が撃ち抜いた。

時山はもんどりうって倒れた。即死だった。

時山を狙撃した同盟軍の兵士は、桑名雷神隊の三木重左衛門とされている。会津藩兵に射殺されたともいう。いずれにせよ、北越の戦いは、無敵奇兵隊の神話が崩れるという壮絶な戦いで幕をあけた。参謀を失った奇兵隊は逃げまどい、三十九名の死傷者をだして敗れた。

小千谷から戻った山県が激しい銃声を聞きながら山頂を目指すと、血だらけになった味方の兵が、よろけるように下りて来る。

「どうしたッ」

山県が声を掛けると、

「時山参謀がやられた」

悲痛な声で叫んだ。

山県は、河井を敵に回したことを悔んだ。

若造の岩村精一郎に交渉をまかせたのが失敗のもとだった。

あのとき、河井を捕えておけば、こんなことにはならなかった。

山県は己《おのれ》を責めた。

「ああああ」

山県は泣きわめき、兵士たちを怒鳴り散らした。

越後の長州軍は、山県と時山が指揮を執っていた。

山県は後の陸軍大将、総理大臣である。山県と時山は、萩の松下村塾でともに学んだ同志だった。

参謀を失ったことで、長州兵は事の重大さを初めて認識した。戦いは、いったん敗れると、もう止めようがない。ひるんだところを乱射され、撃たれた兵士が「ウ、ウー」ところげ回り、鮮血がほとばしりでる。

それを見た兵士の足がすくむ。そこを槍隊が突きかける。

小銃を構えるひまもなく、心臓にぐさりと槍が突きささる。

戦場は半狂乱の修羅場となった。

誰しも死ぬのは怖い。

小銃も弾薬もかなぐり捨てて逃げる。膝がガクガク震え、千仞《せんじん》の谷底に転落する。追う方は強い。

すさまじい迫力で引き金を引く。武器、弾薬に乏しい同盟軍には敵兵の遺留品は貴重だ。手当たり次第にかき集める。斃した敵兵の懐から一通の手紙がでて来た。奇兵隊と書いてある。

「あの奇兵隊」

手紙を読んだ長岡藩兵は勝利をかみしめた。一方、濁流の信濃川を渡り、小千谷に戻った長州兵は、ガタガタと震え、戦おうとするそぶりすらない。

負けた、と山県有朋はおもった。

いま長岡、会津兵に攻め込まれたらわが軍は崩壊する。

山県は焦った。

「大砲を撃ち続けるのだ。撃って撃って、撃ちまくるのだッ」

山県は砲隊を叱咤した。敵の突撃を食い止めるには、大砲を撃ち続けるしかない。両軍は、信濃川を挟んで再び激しい砲撃戦となった。同盟軍も火力に勝る薩長軍にうかつに斬り込むことはできない。薩長軍もまた強力な同盟軍の攻撃に一歩も進軍できない。

彼我の大砲が周囲に炸裂し、樹木が吹き飛んだ。河井継之助は、

「いつ小千谷に攻撃をかけるかだ。奴らが長岡を攻める前に、こちらから攻めるしか勝利の道はない」

そう断言し、雨が降り続く暗い空を睨んだ。

越後の戦いは両軍睨み合いのまま三日が過ぎた。どちらが先に敵の本営を急襲するかが勝敗の分かれ道になっていた。

長岡の前方、摂田屋《せったや》に本営を構えた河井継之助は、小千谷攻撃のタイミングを思案していた。

一度は晴れたが再び雨となり、信濃川は一層増水し、とても渡河できる状況ではない。大砲、弾薬を

運搬しなければ、戦いにはならない。もし川舟が転覆し、貴重な大砲が失われれば、元も子もなくなる。敵も同じおもいだろう。

河井は山県を甘く見ていた。日ごろ攻撃一本槍の会津の佐川官兵衛も今度ばかりは持久戦にでている。佐川も水は苦手らしい。

河井は笑った。

小千谷の薩長軍本営も、じりじりとした気持ちで濁流の信濃川を眺めていた。

「朝日山にかかわっていたのでは、いつ長岡が取れるかわからん。誰か信濃川を渡って、長岡城を奇襲する者はおらんか」

山県は、兵士を叱咤していた。

「吾輩が参りましょう」

三好軍太郎が名乗りでた。

五月十八日、雨が止み、川の流れがゆるやかになった。月夜である。

三好の兵は川岸で仮眠し、翌朝、長岡を目指して、渡河作戦にでた。川岸からは援護の大砲が、間断なく撃ちだされ、長岡藩兵は飛び起きた。

「敵が来る！　撃て！」

堤防を守る二個小隊が舟を目がけて一斉に撃ったが、舟は矢のような早さで、川岸に乗りあげ、攻めて来た。河井は大砲の音で飛びだした。

「まさか」

河井は意表を突かれ、慌てた。

急いで摂田屋から長岡城に疾った。

「機関砲をだせッ」

と叫び、ガットリング砲を中島の兵学所に曳かせた。平城の長岡城は大砲の攻撃にはひとたまりもあるまい。

外の兵学所に立て籠り、ひとまず防戦するしかない。薩長軍はすでに大砲も渡河を終えた。その兵力は約千五百。主力を朝日山にだしている長岡軍の防衛は手薄だ。

大砲を据えた三好軍太郎は、

「撃て！」

と兵学所の攻撃を開始した。木造の兵学所はひとたまりもない。たちまち蜂の巣だ。

河井は兵学所に火を放ち、自らガットリング砲を操って、薩長軍兵士を撃ち斃した。

「バリ、バリ、バリ」

機関砲は凄じい音を立てて、火を噴いた。敵兵がバタバタと斃れる。

「機関砲が十丁もあればな」

河井は余裕綽綽《よゆうしゃくしゃく》、狙いをすませて撃ちまくる。

「あれはなんだ!?」

長州の三好軍太郎が仰天した。これまで見たこともない新式の大砲だ。

「散れ、散れ！」

三好は、兵を物陰にひそませた。

ガットリング砲。恐るべき殺人マシーンだった。

アメリカの医師、リチャード・J・ガットリングが発明した速射砲で、ハンドルを回すと六本の銃身が回転し、一分間に百五十発から二百発もの弾が撃てるのだ。南北戦争で北軍のバトラー将軍がこれを採用、リッチモンドの攻防戦で使ったという。しかし、驚異的な弾薬の消費で、実用にはならなかった。

当時、銃隊が使用する弾薬の量はせいぜい一人一日二百発であり、それ以上の補給は無理なのだ。

ものの数分で、河井のガットリング砲は沈黙した。

「あの男を狙え！」

三好は、兵士たちに河井の狙撃を命じた。

一発の銃弾が河井の肩をかすめた。強烈な痛みが走ると、鮮血がしたたり落ちた。

「やられた。退け、退けッ」

河井は、ガットリング砲を曳いて、退却した。数時間後、長岡の町は、黒煙を上げて燃え、長岡城は落城した。

魔の五月

戦争には、運、不運がつきまとう。長岡城が一気に攻め込まれたとき、佐川官兵衛の率いる会津藩の精鋭は、朝日山を目指していた。山頂にたどり着いたとき、長岡からモクモクと黒煙が上るのを見た。

激しい砲声が聞える。

「あれはなんだ?」

一瞬、佐川官兵衛はとまどった。濁流の信濃川を渡河するはずはない、とおもい込んでいた。越後救援の米沢藩兵も重大なミスを犯していた。越後で戦闘が始まったというのに、米沢藩兵は、越後国境近くで、足留めを食っていた。

雨がすべてを狂わせたのだ。薩長軍は、雨を気力で突破し、同盟軍は、空を見上げて、陽光を待った。わずか二、三日の違いが、とり返しのつかない長岡落城に結びついた。


米沢藩は、第一陣出兵の日を五月一日と決めた。

どんなに遅くても十日までには長岡に着けると踏んだ。続いて第二陣、第三陣と兵を出し、越後から西軍を一掃すると意気込んだ。越後は、同盟軍の武器、弾薬の補給基地である。越後を頑強に守ることが、同盟軍の勝利への道なのだ。

五月一日。米沢城下は、朝から混雑を極めた。

城下の人口は三万人余。このうち半数強は武士とその家族である。生活は決して楽ではない。大半の武士は二十石から五十石で、下級武士は五人扶持から七人扶持だった。一人扶持というのは、一人一日米五合を食べるとして一年分、一石八斗が支給された。食べるだけの生活である。下級武士は、農耕地を与えられ、自給自足をしている。領土の狭い貧乏藩にとって、越後への領土拡大は、藩祖謙信以来の夢である。

米沢城大手前に武備を固めた十三小隊、六百名の精鋭が並んだ。黒山の市民が取り囲むなか、米沢藩主上杉斉憲《なりのり》が閲兵し、軍事総督千坂太郎左衛門が、激しく演説した。

「一統奮発し、累代の君恩に報いよ。戦場に臨んでは、米沢藩の名を汚さぬよう死を恐れず戦え！」

会津との固い約束を守り、長岡の救援に向かうのだ。この日も雨だった。雨が兵士たちの顔を濡らし、冷気が肌を刺した。兵士たちは、どの顔も異常に緊張している。昨夜は興奮して、ほとんど眠れず、うつらうつらとまどろむうちに夜が明けた。家族とのつらい別れがあった。

これが最後かも知れない。という切羽つまった感情である。出陣に涙は禁物というが、溢れでる涙を抑えることはできない。

「大隊、右向け、前へ進めッ」

大隊長、中条豊前が号令した。出発である。子供たちがどこまでも追い駆けた。

米沢と越後を結ぶ道は、西へ向かう越後街道である。現在、国道一一三号線と国鉄米坂線が通っている。当時は、山また山の険しい難路で、十三峠とも呼ばれた。戦後は遠い彼方にあった。

米沢藩兵は、八幡神社に身の安全を祈り、諏訪峠を越えて、手の子に一泊した。

翌朝、宇津峠（四九一メートル）に登り、はるかに米沢をあおぐが、小雨がパラつき、なにも見えない。晴れていれば長井、米沢の二つの盆地が見下せる。このころから雨は、音を立てて降り注いだ。空は漆黒の闇となり、大きな灌木に身を寄せて雨をしのぎ、ようやく小国までたどり着いた。

六百名の兵士は、山中の民家に分宿するが、貯えの薪もなくなり、濡れた木を運んでいぶす始末だった。雨は激しく屋根を叩き、滝のように流れ落ちる。四方は何も見えず、一行はここで六日間も足留めを食ってしまう。ここまでは米沢領で、米沢からは西北十五里（六十キロ）の距離にある。小さな支城もあり、鉄砲三十挺が常備されている。情報を閉ざされてしまった米沢藩兵は、退屈のあまり将棋や碁を指し、歌を詠んで気をまぎらわせた。

五月九日、小雨となったため、兵糧、草鞋《わらじ》を腰に、雨合羽を身にまとい出発、足をすべらせながら大関峠を越え、越後領に入り、新発田《しばた》から新津に着いたのは、五月十八日になっていた。実に十八日間もかかって、戦場に着いたのだ。

新津から長岡までは、約十二里（四六キロ）の距離である。十九日早朝、一里半ほど前に進むと、猛火天をこがし、砲声が聞える。

「遅かったか？」

米沢藩兵は、動揺した。同盟軍の行動は、概して敏捷さを欠いている。探索方を出すのも遅い。騎兵による斥候《せっこう》をだし、いち早く情報を集め、伝令する機敏さがない。ここに来て、中条豊前は、初めて探索方をだした。その結果、十九日、長岡城が西軍の奇襲を受け、町屋は一切残らず焼き尽されたことがわかる。

家財道具を背負った難民が続々と下ってくる。

老人、子供、恐怖におびえた眼が、射すように痛い。傷ついた兵士が戸板に乗せられて退却してくる。呆然自失、生死の境をさまよっている。

逃げる避難民は痛々しい。町人も商人も農民も着のみ着のままの姿で、夢遊病者のようにやってくる。荷車を曳いて来る人もいる。家財道具を積み、その上に猫がちょこんとすわっている。鶏を背負った農民もいる。知り合いを頼って逃げのびて来たのだ。妊婦が足から血を流し、裸足のまま歩いている。幼い子供が焼きつくように泣いている。地獄絵だ。砲声が遠雷のように聞えてくる。そのたびに人々は、ハッと驚いて足を早める。

硝煙と汗と血にまみれた兵士が通り過ぎてゆく。顔は恐怖におののき蒼ざめている。田園のたんぼ道をよろめきながら逃げてゆく敗残兵の姿は、鬼気迫るものがあった。

これが戦争か。

米沢藩兵は、身の毛もよだつ光景に立ち竦《すく》んだ。

「会津藩は、官賊をたやすく討てると、油断していた」

「長岡藩は、十年もかかって貯えた軍用金二十万両と、大砲、弾薬すべてを賊軍に奪われた」

敗惨の兵や難民たちは、口々に恨みごとをいった。長岡城近くまで潜入した探索方が見たのは焦土と化した長岡の町だった。薩長軍は、電光石火の早さで長岡城に攻め入り、瞬時にして全市は火の海となった。

弾丸雨飛のなか、市民は老人や子供を助けて逃げまどい、血まみれの長岡藩兵は悲憤慷慨し、何人もが身を火薬庫に投じて憤死した。

また、米沢藩探索方は、村松藩や新発田藩の内部に不穏な動きがある、という情報をつかみ、大隊長の中条をギクリとさせた。

奥羽越列藩同盟には、複雑な内部事情があった。会津、米沢、仙台、長岡、庄内等の大藩は、もはや後には退けない。だが、小藩の内部は、日和見《ひよりみ》である。勝つ方につけば、傷が少ない。油断も隙もないのだ。

越後には、居之《きょし》隊、北辰隊、金革隊など地元民兵によるゲリラ部隊がいた。薩長は、あらゆるルートを通じ、越後に間者を送り、後方攪乱にでていた。不平、不満、あるいは時代の流れに乗って、一旗上げようとする輩は多い。官軍という錦の御旗を得れば、その日から正義の兵士になれる。経済力を持ち始めた名主層のエネルギーを十分に取り込まなかった同盟側の非もあるが、自らの領土を敵に売り渡す恐るべき危険分子がいたるところにいた。

小藩の力では、これらのゲリラを取り締ることもできない。むしろ、農民層を巻き込んだゲリラの作戦に翻弄されている。米沢藩兵は慄然とした。

このゲリラ部隊が、後に越後の戦いを大きく左右することを、同盟側はまだ知らない。見える敵は、攻撃を掛けることができる。しかし、見えざる敵は、いつ、どこで、どこから奇襲をかけてくるか予測がつかない。

長岡藩兵は、自らの領土を蹂躙された屈辱がある。死を決して薩長軍に立ち向かう勇気がある。会津藩兵も同じだ。長岡が敗れれば、薩長軍は会津を目指して、攻め上る。しかし、米沢藩兵には、燃えるような闘志がない。軍事総督の千坂太郎左衛門や軍務参謀の甘糟継成が火の玉と燃えても、一般の兵にはたじろぐ姿があった。

彰義隊敗走

長岡落城に先だつ四日前、上野の彰義隊が潰滅した。

「上野に彰義隊がいる限り、薩長は余分な兵力を白河に割《さ》けまい。幕府はまだ亡んではいないのだ」

板倉勝静は、自信ありげに自慢していたが、戦闘はたった一日で惨敗した。

彰義隊は江戸開城の直前から一橋家を中心とした旧幕臣が同志を集めて結成し、頭取に渋沢成一郎、副頭取に天野八郎を選び、上野の寛永寺に屯所を置いて、一大勢力をなしていた。会津から梶原の実弟、内藤信臣を中心に数十名が信意隊を結成して加わっていた。

彼らは薩長なにするものぞ、という覇気に満ち、一時は四千名を越える隊士が集まり、昼夜、江戸市中を巡邏《じゅんら》し、薩長兵と見るや喧嘩を吹きかけ、斬り合っていた。

西郷や大久保にとって、彰義隊は早晩、叩き潰さなければならない眼の上の瘤だった。

五月十五日、総督府は薩長軍に彰義隊攻撃の命令が下った。

大村益次郎は二万の軍勢を動員し、上野の山を包囲した。本郷の加賀屋敷には肥前藩のアームストロング砲が備え付けられ、轟然と火を噴いた。

守る彰義隊は千名弱。戦いになるや一時は四千名もいた隊員はいつの間にか姿を消し、四分の一に減っていた。

大村のやり方は卑劣だった、

会津藩の旗をかざした一団を上野の山に混入させ、内部を攪乱した。

彰義隊士は必死に斬り込むが、怒濤のような大軍の前に上野の山は一日で占領された。

会津鶴ヶ城にこの悲報が入ったとき、梶原平馬は、予感が適中したことを知った。兄の介右衛門が沈痛な顔で姿を見せた。

「あいつのことだ。斬り込んで討ち死にしたに違いない」

そういうと、座り込んで黙った。

涙を見せることはできない。

内藤介右衛門は、梶原と異なり、寡黙な武将である。学問が好きで、じっと読書にふけっているときがある。

外交は下手で、人前での演説などはもっとも苦手である。弟の信臣は、二人の兄のいい面を受け継いだ好青年で、江戸に残り、彰義隊に入った。

佐々木只三郎の弟の源四郎と仲が良く、梶原が「会津に戻れ」といったが、「おれは江戸で戦う」と拒否した。

何百という藩士がすでに斃れている。弟の死をむしろ誇りにおもうしかないのだ。

梶原は立ち上がって外にでた。

梅雨の空は、厚い雲におおわれ、冷気が体を震わせる。いまにも雨が降りそうな暗い空だ。空の彼方に弟の顔が浮かんだ。信臣《のぶおみ》は兄の平馬を慕っていた。子供のころからいつも離れず、まとわりついた。

「可愛い奴だった」

梶原はつぶやいた。

梶原の弟信臣は巧みに逃れ、幕臣の佐々木源四郎宅に潜伏していた。そこを鳥取藩兵に踏み込まれ、捕えられた。伝馬町獄舎で凄まじい拷問の日々が続き、十月になってから斬首された。

なにも殺す必要はない。が、会津藩重臣の弟だというだけで首を刎《は》ねられた。


君と親の重き恵みにくらぶれば　千引の石の責めもものかは

二十四歳。青年武士、武川信臣の辞世の句である。

戦争とは一体なんなのか。殺し合い、傷つけ合い、奪い合い、その後になにが残る、というのか。この戦争を仕掛け、理不尽にわれらの祖国を土足で踏みにじろうとする薩長。奴らは卑劣だ。梶原は怒りをあらわにした。

長岡の河井、米沢の千坂、仙台の玉虫らはいまごろなにを考えているのだろうか。梶原は激しい怒りと、もはや一歩も退けない責任の重大さをひしと感じていた。

会津藩軍事局は、相次ぐ悲報に落胆した。このころ会津は、旧幕府首席老中板倉勝静、老中小笠原長《なが》行《みち》ら旧幕府首脳が駆けつけ、さながら江戸のような活況を呈していた。

板倉は備中松山藩主である。老中として一橋慶喜の将軍就任に尽力、幕末における幕府閣僚の最高責任者としての地位にあったが、将軍慶喜が恭順すると、日光山南照院に謹慎していたが薩長軍に捕えられ、宇都宮の寺院に幽閉された。

そこを大鳥圭介に救出され、会津に迎えられた。

同盟軍にとって、上野の彰義隊は、唯一の後方攪乱部隊だった。彰義隊は、奥羽越に散った旧幕府兵の寄りどころだった。彰義隊がいる限り、いつかは江戸に帰れる、という希望があった。その夢は、いまや絶望となったのだ。

薩長政権にとって、上野の戦いの勝利は、ゆるぎない自信となった。江戸は完全に薩長の天下となり、白河、越後に援軍を派遣することができるのだ。

魔の季節

同盟軍にとって、五月は魔の月だった。

このころ会津藩軍事局は、仙台藩と共同で白河城の奪回作戦を練っていた。白河城の薩長軍を撃破しなければ、奥羽越列藩同盟が掲げた江戸進攻はありえない。会津、仙台を主力とする四千の大部隊を結集、一気に白河城を占領し、西軍を東北から一掃する一大作戦である。

第一次攻撃は五月二十六日と決まっていた。

会津の興廃はまさにこの一戦にある。

梶原平馬は、祈るような気持ちで、白河に兵を送った。そこへ、米沢藩軍事総督千坂太郎左衛門が来城した。

「おお、来たか」

梶原は、飛び上って、千坂を迎えた。千坂は同盟軍越後口軍事総督として、ヘンリー・シュネルと越後に向かうためにやって来たのだ。

「梶原殿、いよいよ越後に行くぞ。戦況は厳しいが、わが軍は全力で薩長を阻止する」

と千坂は叫んだ。

「頼む、白河も近日中に総攻撃にでる。それにしても小銃が足りない。まだまだ火縄に頼らざるを得ない。この雨だ、火縄は不利だ。新式が欲しい」

梶原は、うめくようにいった。

梶原には一つの希望があった。海軍である。

梶原は、よく鶴ヶ城天守閣にのぼり、飯豊《いいで》連峰を眺めた。すると、雲の間から越後の海が浮かぶのだ。黒煙をあげて、軍艦が白波を切る。甲板にずらりと大砲が並び、水兵たちが操練をしている姿であった。

海軍こそが、この戦いを勝利に導く神なのだ。梶原は信じていた。

それは、夢ではなかった。会津に来ているヘンリー・シュネルの弟、エドワード・シュネルとの男の約束があった。

「必ズ、軍艦ヲ手ニ入レテ見セル」

というエドワードの言葉を信じていた。

その日のために、梶原は旧幕府の軍船「順動丸」を押え、神尾《かみお》鉄之丞《てつのじょう》らに航海訓練をさせていた。軍船というよりは、輸送船だったが、大砲も積み、佐渡や酒田を往復し、軍需物資の輸送に当たっている。「會」の旗が船尾に翻《ひるがえ》り、新生会津の意気、天を衝くものがあった。

梶原と千坂は、京都以来、お互いに東北の未来を賭けて奔走して来た同志である。

奥羽越列藩同盟も二人の友情がなければ、実を結ぶことは難しかった。いま、二人は、運命共同体の深い絆で結ばれている。東北の夜明けをつくる覇気に満ちあふれている。薩長なにするものぞ、という青年の闘争心に燃えている。

「すべてはこれからだ」

久しぶりに会った二人は、堰を切ったように心情を吐露した。

「どうだ。共同で軍艦を買い、海軍を造ろうではないか。海は雄大だ。世界とつながっている。俺は函館への航海で、つくづくそれを感じた」

梶原は、長岡の河井継之助とともに横浜からアメリカの汽船で航海した船旅のことを語った。千坂も旧幕府の順動丸に乗った経験がある。

軍艦の購入は、シュネル兄弟が当たることとし、兄弟を同盟軍の軍事顧問とすることも、梶原は熱っぽく説いた。彼の本質は、情熱的なロマンチストであった。どんな場合でも男としてのベストを尽す責任感と、果てしなく広がる夢がある。ヘンリー・シュネルの会津入りも、梶原がいればこそ実現したのであった。

梶原は人を魅きつける男だ。千坂は、改めてそれを感じた。

碧眼に会津武士

五月二十六日、降りしきる雨のなか、千坂とヘンリー・シュネルは、屈強な会津、米沢藩兵に護られて新潟へ向かった。シュネルは腰に大小を差し、れっきとした武士の姿である。

会津に入ったヘンリー・シュネルは松平容保から破格の待遇を受けた。無理もない。会津に縁もゆかりもない一人の外国人が、この会津に救援に駆けつけたのだ。シュネルは、日本人の妻ようと二人の子供とともに絵高町に住んだ。

人々は初めて見る外国人を恐る恐る取り囲んだ。間もなく「会津のためになんでもする異人」として、人気を集めるようになった。

出発の朝、梶原は城門まで千坂とヘンリーを見送った。

「弟ノエドワードニ一日モ早ク会イタイ。ソシテ、庄内、米沢、長岡トトモニ越後ヲ守ル」

ヘンリーは、そういって城門をでた。

城門の外には、ヘンリーの妻子が来ており、一家は抱き合って、別れを惜しんだ。

「あれだけはどうもできん」

梶原は、微笑んでこの光景を眺めた。

もともと新潟港は奥羽越の商業港として早くから諸外国の注目を集めていた。特にイタリアが新潟開港に熱心だった。

当時、イタリアには蚕の病気が漫延し、日本からの蚕種に大きく依存していた。奥羽には良質の蚕があるというので、イタリア公使デ・ラ・トゥルは執拗に開港を迫っていた。そこへ今回の政変が起こった。交渉相手は薩長政府に代わった。薩長政府は、

「新潟は戦地であり、生命の安全は保証できない」

と渋ったが、フランスやオランダも開港を迫った。その背後にエドワード・シュネルがいた。エドワードの戦略は、蚕の貿易という商業上の観点から新潟開港を迫り、諸外国は奥羽越列藩同盟とも商取引をすることを薩長政府に認知させることにあった。

「新潟ニ武器、弾薬ヲ運ブノデハナイ。アクマデモ蚕ノ貿易ノタメニ新潟ニ寄港スルノダ」

イタリア公使は強引に薩長政府にねじ込み、横浜から船をだした。エドワードの外交上の勝利である。

「私ノ肩書ハオランダ国ノ領事ダ。薩長ハ手ガ出セナイ」

エドワードは、胸を張った。

彼は、兄のいる会津藩との約束を守るべく、汽船をチャーターし、小銃、弾薬を積んで、太平洋を北上、下北半島を回って、五月十二日新潟に入っていた。

エドワードの心も東北のサムライたちにあった。

不思議な兄弟であった。

勿論、武器、弾薬の取り引きという商売はある。しかし、それだけではない。アラビアのローレンスのように誠に生きる東北のサムライに魅かれた。奥羽越が勝てば、兄弟の未来は燦然と輝く。だが、それはあまりにも危険な賭けだ。

江戸、大阪を押えられ、イギリスは完全に薩長政府を支持している。どう見ても勝つチャンスは少ない。

だからこそ自分たちが応援しなければ。兄弟には、強い義侠心がある。判官びいきは、何も日本人だけの特性ではない。兄弟の冒険心が、東北を選択させた。

シュネルを見送った梶原は、人生の深さを感じた。世のなかはいつ、どこで、どのように変わるかわからない。仮に、アメリカ、フランスが中立を守れば、この戦いもどう転ぶか予測はつかない。

東北は常に敗者の歴史だった。蝦夷が大和朝廷に亡ぼされ、黄金に輝く平泉政権も源頼朝に敗れた。今度もまた西の勢力が、この奥羽越の地に攻め込んだ。なぜなのか。西と東の宿命なのだろうか。歴史はいつかは逆転する。いや、逆転させて見せる。色白の顔に赤味が射し、内なる心が燃えた。

白虎隊出陣

戦いは、随所に広がっていた。越後はシュネル兄弟と米沢の千坂太郎左衛門にまかせるしかない。佐川官兵衛がいる限り、むざむざ敗れることはあるまい。河井も必ずや長岡城の奪回を図るに違いない。それよりも焦眉の急は、白河である。白河城を奪回し、関東に攻め上ることが奥羽越列藩同盟の勝利への道なのだ。

ヘンリー・シュネルは越後に向かい、白河では、西軍と同盟軍の死闘が始まろうとしている。

白河の奪回がすべてだ。梶原は、白河の方角を見た。

「戦いは、予断を許さない。総力をあげて勝つのだ。白虎隊にも出動命令を下す」

兄の内藤介右衛門がいった。

「白虎隊か」

梶原は、白虎隊が訓練している三の丸に足を向けた。

「撃てッ」

「突撃ッ」

黄色い声が耳に入った。まだ十六、七才の少年たちだ。

この子供たちもついに戦場にでるのか。

梶原は、雨のなかで立ちつくした。白虎隊は、総員約三百四十名で編成されていた。士中一番隊、二番隊、寄合一番隊、二番隊、足軽隊の五隊に分かれ、日夜、訓練に励んでいた。

「薩長の芋武士奴《いもざむらいめ》！　眼にもの見せてやる」

少年たちは、一日も早い出兵を望んでいる。梶原の姿を見ると、少年たちは、驚いて訓練をやめた。

「御家老様、私たちを戦いに出して下さい」

一人の少年がいうと、周りの少年たちが、バラバラと梶原のもとに駆け寄り、

「もう子供ではない」

と、元気な声を張りあげた。

「わかっている」

梶原は一人ひとりの顔を見た。

どの顔もあどけない、純粋さがあった。父や兄を戦場で失ない、必死に悲しみをこらえながら、国のために戦場に向かおうとする、いたいけな姿に胸がつまった。

会津藩軍事局の戦闘作戦は、梶原の兄、内藤介右衛門と、若年寄の倉沢右兵衛が執っていた。梶原の任務は、政務であり、大所高所からすべてを判断し、戦略の展望を練ることにある。兄から白虎隊出動を聞いたとき、梶原は内心ギクリとした。子供を戦場に出してはならない。それは最後のときなのだ、と梶原はおもっていた。しかし、いまや少年までも戦争に狩り出さなければならない、ぎりぎりのところに来ていることも事実だった。

翌二十七日、白河城攻撃を督戦するため容保の養子、喜徳《のぶのり》が出陣した。雨が止んで、太陽が雲間から鋭い光を放った。晴れた空に磐梯山が見え、会津の山塊は、濃い緑のなかにあった。

白虎隊のラッパが鳴った。喜徳の前後に白虎士中一番隊、二番隊の少年たちがいる。上は詰襟の洋服、下は黒ズボンか義経袴で、脚絆をつけて、草鞋ばきの姿である。刀を白木綿で肩に下げ、脇差をさし、短いヤーゲル銃をかついでいる。

喜徳は、ヘンリー・シュネルが献上した肩章、胸に金モール入りの上着、金筋入りの赤ズボンというあでやかな軍装に身をまとい、白馬にまたがっている。

家老内藤介右衛門、砲兵隊頭小原宇右衛門が喜徳のそばにいる。

「敬礼ッ」

白虎隊が容保に敬礼し、進軍ラッパを鳴らしながら城門をでた。初陣とあって、西出丸から滝沢峠まで市民総出の人垣ができた。少年たちの母や姉は、涙を流して、じっと見詰め、幼い子供たちが、ワッと歓声をあげて、白虎隊の後を追う。

滝沢峠まで来ると、白河からの伝令が人馬一体となって駆けより、内藤介右衛門にあえぎながら戦況を報告した。

喜徳の一隊は、滝沢峠を下って、赤井から原駅に宿陣。翌日は、湖南の福良《ふくら》に進み、ここを前線基地とし、白河攻撃を督戦した。

ここから御霊櫃《ごれいひつ》、諏訪、勢至堂《せいしどう》、大平《おおだいら》の四つの峠があり、白河、須賀川、郡山方面に続いている。薩長軍、同盟軍の撃ちだす砲声が聞こえ、少年たちは、身を震わせた。

福良の前線基地からは、ひっきりなしに伝令が疾り、白河からも馬上の伝令が息せき切って飛ばしてくる。少年たちは六月下旬まで、ここに滞在したが、その間、日夜、戦闘訓練に励み、白河の戦況に一喜一憂した。

会津藩の教育水準の高さは、全国諸藩のなかでも際立っていた。

城下にそびえる藩校日新館《にっしんかん》のすばらしさは、見る人の眼を奪った。壮大である。広さは東西百二十間（二・一六キロ）、南北六十間（一・〇八キロ）もあり、そこに千数百名の生徒が学んでいた。南門をくぐると、右手に刀術場、師範舎、柔術、居合場が並び、左には学科役所、刀術場、槍術場があった。真っすぐ進んで戟門《げきもん》をくぐると、左右に素読所、書学寮があり、正面に大成殿が現われる。

儒学の祖、孔子を祀った霊場であり、なかには孔子像が安置されている。左の中庭には、兵学を講義する武講、水馬水練所、馬術場、刀術場があった。水馬水練所はプールである。大成殿の左右には学校奉行所、講釈所、数学方、天文方、礼式方、和学、神道方の建物があった。その奥に図書館である御文庫や印刷工場の開版所が並んだ。左の端には天文台と砲術場があり、砲術場では大砲の実弾がこめられ、轟然と火を放った。日新館の復元で、いまその全容を眼のあたりにすることができる。

白虎隊の少年たちは、この学校で十歳から学んでいる。小学部の素読所に入り、漢学を学び、武技に励んだ。

また館内には、本道科（内科）、外科、小児科、痘瘡科、本草科（薬学）の五学科からなる医学寮、西欧の文明を学ぶ蘭学科もあり、少年たちは、人体を描いた医学書や世界地図、西欧の軍事教練の図に好奇の眼差しを向けた。

少年たちは十六歳までここで学び、五百石以上の上級武士の子弟や成績優秀な生徒は、大学部の講釈所に進学する。このなかから江戸の昌平黌《しょうへいこう》に留学する者も多かった。

このころの日新館は、戦傷者のための病院に変わり、同盟軍の負傷兵を収容していた。学校は無論、閉館である。

少年とはいえ、これだけの学校で、切磋琢磨して来た子供たちである。国を守る気持ちは、同年代の少年たちをはるかに越えている。

内藤介右衛門は、福良《ふくら》で日夜、少年たちを鍛えた。

戊辰戦争後、内藤は青森県五戸に移る。ここで私塾を開き、五戸の少年たちに漢学を教え、幾多の人材を育てるが、内藤は厳しさのなかにも愛情あふれる人徳の士であった。梶原が縦横無尽の活躍ができるのも兄の内藤がいればこそである。

そのころ新選組の土方歳三が、福良を訪れ少年たちを驚かせた。土方は、宇都宮の攻防戦で足を負傷し、新選組兵数人を連れて、会津に入り、東山《ひがしやま》温泉で湯治していた。白河口で戦っている新選組の督戦のため福良に駆けつけたのだ。

新選組副長土方歳三と聞いて、少年たちの眼はキラキラと光った。土方の周囲には、いつも少年たちが集まり、鳥羽、伏見の戦いや日光口の奮戦の模様を聞いて、胸をときめかせた。


鶴ヶ城に残った梶原平馬は、主君容保と、日夜、戦況の分析に当たっていた。

伝令の報告は、一向にはかばかしくなく、火力の増強を訴える沈痛な声があいついだ。新潟から細々と送られてくる小銃、弾薬のほかは、補給の術はないのだ。しかも、肝心の仙台兵が懦弱《だじゃく》で、ひどい損害をだしていた。

梶原は仙台に急使を飛ばし、白河城の攻防が東北の死命を制すると訴え続けた。

夜の鶴ヶ城は、日中の喧噪が嘘のように消え、月が昼のように樹木を照らしていた。時おり雷鳴が響く。

梶原はいい知れぬ孤独感に襲われた。戦線を拡大しすぎたのではなかろうか。越後、日光、白河、三方部に大部隊を派遣し、城下に残るのは、老兵やわずかの客兵に過ぎない。兄の内藤は白河口を督戦し、右腕の山川大蔵は日光口で戦い、佐川官兵衛の精鋭は越後で血を流している。

日々、貴重な人命が失われ、農兵の採用も限度に来ている。白虎隊までも出陣し、この城は孤城と化している。

恐ろしい、とおもった。

戦いが始まるまでは、果てしない夢があった。東北を結集し、越後を同志に迎え、まさに天を衝くおもいだった。城下には死を決する数千の精鋭がおり、会津の力は奥羽越に君臨した。長岡の河井、仙台の玉虫、米沢の千坂、奥羽越の男たちが蜂起し、怒れる獅子となって薩長に戦いを挑んだ。

そこまでは、凄まじい早さで進んだ。歴史上、かつてない、壮大な決起だった。だが、勝てないのだ。白河城を奪い返せないのだ。白河の薩長軍の兵力は約二千と聞く。同盟軍は、倍以上の兵力を投入している。敵に勝る兵力を投入して、なぜ勝てないのだ。

一陣の風が吹いて、樹木が揺れた。雲が月を横切った。漆黒の闇が鶴ヶ城を包み、沈着冷静な梶原の顔に淋しげな影が疾った。

鴉組

白河は硝煙弾雨のなかにあった。いつ晴れるとも知れない雨のなか、兵士たちは、ずぶ濡れになって、大砲を撃った。

「ズシーン」

轟音が大地をゆるがせ、鉛色の空に火花が散る。道路は膝まで没する泥土と化し、兵士たちは重い大砲を曳いて、高台を捜した。自然の条件は、両軍に同じだった。白河の地形は、南に立石山、稲荷山、雷神山があり、北に阿武隈川が流れ、東に富士見山、西に金勝寺山と、四百メートル前後の山に囲まれている。

この山々に薩長軍は砲台を築き、白河城を守っている。この砲台を一気に攻めなければ、同盟軍の勝利はない。

五月二十六日、仙台、会津、二本松、棚倉、相馬兵が矢吹から白河に向けて進撃した。同盟軍の兵力は、約四千。仙台口、会津口、棚倉口、湯本口、白坂駅、石川口など白河に入る諸道から一斉に攻撃する作戦にでた。主力は、会津、仙台藩兵で、仙台は二千余の兵力を投入、白河奪回にでた。

仙台兵は、陣服の左右の袖に白木綿を縫いつけ、指揮官は懐中に軍令状を入れた。

「今度、白河を攻め立てれば、必ず落城する。その節、市中に入った際は、敵の食物に手をつけてはならない。毒が入っている恐れがある。また、白河城は一日で落ちなくても二日、三日と攻め立てれば必ず落城する」

だが、主力の仙台兵に戦意がない。白河防衛戦で、西軍の銃火を浴び、惨敗を喫したショックが尾をひいている。仙台藩大隊長瀬上主膳は、

「白河は回復の見込みがない」

と退却し、攻撃に加わっていない。これに代わって、細谷十太夫の鴉《からす》組が参戦する、という奇妙な形であった。

細谷は、江戸探索を命ぜられ、郡山まで来ると、白河口の大敗を知った。仙台藩は、参謀坂本大炊を失い、藩兵は、意気消沈して退却してくる。

「仙台藩の火縄銃では勝負にならない」

というのだ。豪放大胆、度胸のよさでは、その名が知られた細谷は、

「こうなれば探索もクソもあるものか」

と憤慨し、郡山で兵を募った。

「腹が減っては戦にならんな」

蕎麦屋に入ると、掛田《かけだ》の善兵衛、桑折《こおり》の和三郎など顔見知りの博徒が蕎麦を食っている。

「おい、おれと一緒に戦わんか、武士の真似も面白いぞ！」

「薩長にひとあわ吹かせてやるか。それにしても仙台兵は弱い。会津が可愛相だ」

三人は郡山の無頼の徒をかき集め、須賀川に行った。

「ここが俺たちの本陣だ」

細谷は妓楼「柏木屋」に飛び込み、

「本日より、仙台藩細谷十太夫が店を借り切る」

と銭をばらまいた。

「仙台藩細谷十太夫本陣」と、表に大書し、各地に飛脚を差し立て、侠客を募った。あっという間に五十七名の博徒やヤクザが細谷の門をくぐり、衝撃隊を編成した。命知らずの無頼者だ。勝てば金になるというのが魅力だった。

「わが隊の戦法は夜襲だ」

細谷は、隊員たちに黒の筒袖、黒の小袴、紺の股引脚絆、紺の足袋をはかせ、きりりと紺の鉢巻をしめさせた。異様な集団だった。忍者のように見える。

「さあー、出撃だ」

細谷は、疾風のように白河に飛んだ。手には小銃、刀、槍、ドス、実に様々のものを持っている。まさしく、ゲリラ部隊だ。人はこの部隊を鴉組と呼んだ。

五月十八日には、白河近郊に迫り、農家にひそんで、食糧を強奪に来る薩長軍兵士を待ち伏せした。物陰に息を殺して待っていると、夜の明りのなかを数名の薩長軍兵士が来る。

「コケ、コケコッコー」

鶏小屋に入り、数羽の鶏を盗んだところを一斉に斬りかかって捕える。

「この野郎ッ」

長ドスを腹に突き立てる。

「ああー」

雑兵が、のたうち回って、息絶える。

「逃がすなッ」

あわてふためく敵兵を横から飛びかかって押えつける。闇のなかから、現われて、キラリとドスが光った瞬間、首から血を吹いて斃れる。必殺仕置人だ。

会津藩軍事奉行小森一貫斉も、

「これは面白い」

と細谷の度胸に感心した。

小森は、鳥羽、伏見以来の歴戦の士で、梶原平馬の部下として、外交方を勤めた。精鋭の朱雀一番士中隊を率い、白河攻略を練っている。旧来の戦法では、もはや勝てない。長州の奇兵隊、薩摩の銃隊に対抗するためにはゲリラしかない。幸い、同盟軍は地理に明るい。言葉もわかる。小森は、細谷の参戦に喝采した。

五月二十六日、いよいよ総攻撃である。同盟軍は、白河城を包囲する形で攻撃を開始した。この日も朝から雨だった。雨は一向に降りやまず、一層強く注ぐ。ただでさえ、行動の遅い同盟軍は、攻撃時間もマチマチで、バラバラに発砲する。

作戦では、夜の明け切らない払暁、細谷のゲリラ部隊が、東方の富士見山を急襲、大垣兵の砲台を占領する手はずになっていたが、仙台藩の本隊の到着が遅れ、空は次第に明るさを増している。

「なにをしているのか」

細谷はくやしがる。白昼正面攻撃となってしまったからたまらない。高地に陣地を構築し、大砲、小銃で固めた大垣兵が猛然と撃ちだした。銃弾が雨霰と降り注ぎ、仙台兵の攻撃はたちまち頓挫《とんざ》した。

会津兵はさすがに強い。白河城の北西約千メートルにある金勝寺山の山頂に一気に登り、占領したが、前装のゲベール銃では、城までとどかない。大砲も一、二門程度で、薩長軍を撹乱することはできない。たちまち薩摩の銃隊に攻められ、山伝いに退却した。

平坦部でも、激しい銃撃戦となった。米村日、原方口、棚倉口、石川口とあらゆる道路ぞいに仙台、会津兵が攻め込む。

「戦闘は密集ではダメだ。散開して進め！」

会津の小森一貫斉や新選組の山口次郎らは声を枯らして叫ぶが、同盟軍の多くは、不規則な密集の集団をとり、旗指物を立てて進軍するので、薩長軍の兵士にすぐ見つかってしまう。

「あそこだ、撃てッ」
頭上に砲弾が破裂し、小銃の集中攻撃を受けてしまう。昼ごろには各地で敗退し、白河城の第一次攻撃は失敗した。白河城の攻防戦は、両軍ともに様々の記録を残している。薩長軍の記録は、いずれも赫々たる戦果を記している。

五月二十六日払暁。砲声、白河四方に起こり、戦いは激烈を極め、特に金勝寺は、賊兵が強く、大いに苦戦した。このため三番分隊の応援を得て、山を登り、左翼にでて、横から射撃し、賊を潰散させた。賊兵は一万余と想像される。『伊集院兼寛年記』（薩摩藩）

この日、襲来の賊は四千五百人余で、討取った賊は百九十人だった。賊の屍体を一つ、一つ検分すると、会津兵、仙台兵、旧幕府歩兵が多く、なかでも仙台兵が大半を占めていた。『東山道戦記』（大垣藩）

大小砲の音は、さながら天地も崩れるような凄さで、城は落城するかとおもえた。しかし、官軍は鳴りをひそめて騒がず、城外の小山に残らず分隊を散開し、大小砲を配置し、群がる敵を間近かに引き寄せて狙い撃った。『東山新聞』（大垣藩）

賊兵数千襲来、弊藩持ち場の棚倉道は、砲弾烈しく撃ち出し、苦戦に陥った。このため野戦小銃で厳しく防戦、追々、敗走させた。この日の戦争は、当方も苦戦したが、賊兵は多大の死傷者をだした。

白坂に布陣していたが、山林のなかから砲撃を受け、大いに驚いて、防戦した。賊は砲銃を乱発し、人家に火を放ち、山上から銃撃して来た。わが軍は死戦して、ようやく賊を退却させたが、もし、敵に智略があれば、わが軍は危うかった。味方討死一人。手負い六人。賊兵討取十一人。

『松平忠敬家記』（忍藩）

『黒羽藩記』

これを読むと、同盟軍は、金勝寺や棚倉口、白坂駅で奮戦したが、結局、小銃戦で敗れたことがわかる。また雨のため弾薬が湿り、「砲発、意の如くならず」といった記述が二本松藩や棚倉藩の記録に見られる。

同盟軍は、五月二十七日、二十八日、六月十二日と四回にわたる総攻撃を行なうが、ことごとく敗れた。福良の前線基地にいる会津藩家老内藤介右衛門は、相次ぐ敗報に憂色を濃くした。

同盟軍の小銃は火縄銃や丸玉のゲベール銃で、百メートルも離れると著しく弾着が悪い。これに対して、薩長軍のミニエー銃は二百メートルの射程距離がある。この差が大きかった。同盟軍は接近戦にならなければ敵を斃せない。薩長軍は、これを知って、相手を呑んで応戦する。特に仙台兵の訓練の悪さが、同盟軍を一層悲惨なものにした。恐怖が先に立ち、遠くからやたらに発砲する。敵に所在を教えてしまうのだ。このため大砲の集中攻撃を受け、おびただしい戦死者をだした。

六月十二日には、仙台兵の戦死者は実に六十名を数え、二十三名が瀕死の重傷を負った。仙台藩首脳は、改めて近代戦の恐ろしさを知った。

首席家老但木土佐は、激怒し、仙台藩大隊長瀬上主膳を指揮不行届きで、譴責処分とし、洋式部隊の編成に取り組むが、白河城の薩長軍は、増援部隊を迎え、もはや、攻略は不可能に近かった。

梶原平馬は、一刻の猶予もないことを知った。同盟軍の兵力は、日々、失われてゆく一方なのだ。幸い、越後の戦いは、シュネル兄弟のおかげで、薩長軍を長岡で釘づけにしている。同盟軍の武備の近代化が進み、戦闘の技術も薩長軍を上回っている。

新潟の武器、弾薬を一日も早く白河に送らねばならない。

梶原の心は新潟に飛んだ。

炎の海

新潟は華やかな町である。会津にはない港町の文化があった。港には全国から千石船が寄港し、港の周辺には大問屋がずらりと屋敷を構えている。船が入ると、何艘もの小船が千石船を取り巻き、積み荷を下す。積み荷は小麦、大麦、木綿、紅茶、瀬戸物、たばこ、油、塗物、鰊、昆布、木材……、なんでもあった。瀬戸内海や函館、松前から運ばれてくるのだ。

板子一枚下は地獄……。船乗りたちは入港すると、どっと遊郭に繰り出す。古町通りには遊女屋が並び、遊女たちは新潟美人として有名だった。

新潟の人口は二万四千余人。商人の町らしい活況が、梶原の心を奪った。

戦争には金がいる。新潟の商人と手を組まなければ、兵備の増強はできない。

梶原は、そうおもっていた。かつて、新潟は長岡藩領だったが、天明年間に天領となり、幕府の直轄地になっていたことも、会津にとって幸いだった。

会津から新潟までは、どんなに急いでも三日はかかる。

「殿、新潟へ立ちます」

「頼む」

主君容保は短くいった。会津から新潟への道程は、なかなか旅情がある。坂下《ばんげ》から阿賀川ぞいに山また山の狭い峠路を登る。会津から外の世界にでるのは、容易ではない。いくつもの峠を越えて、歩き続けなければならない。会津盆地それ自体が天然の要塞なのだ。

七折《ななおり》峠を越えると、阿賀川ぞいの平担な道にでる。ところどころに大きな平底船をつないだ橋があり、片門《かたかど》の集落にたどり着く。新潟から会津に向かう駄馬でごった返している。白河口や日光口に補給する武器、弾薬の積み荷でいっぱいなのだ。

ああー、戦争が行われているのだ。

旅のおもいは、いっぺんに吹き飛んだが、屏風岩が屹立する光景は、会津盆地には見られない怪奇さがある。

野尻《のじり》に一泊した。夕暮れの空に黒雲が湧き上ると、巨大な稲妻が遠くの山塊に落ちた。

梶原は旅をすると、いつもおもうことがあった。自然と人間の対比である。太陽が昇って朝が来る。やがて陽が山麓に沈んで、暗黒の夜が来る。太古の昔から宇宙の節理は変わることはない。その自然の雄大な歩みに比べれば、人間とはいかに矮小《わいしょう》であるか、ということだ。戦争など所詮は、小さな器のなかの醜い争いでしかないのかも知れない。人間というのは、永遠に愚かな存在なのだろうか。

「酒だ」

梶原は、宿の主人に、冷酒を注文した。酒が梶原の研ぎすまされた心を癒した。

朝、鶏のけたたましい鳴き声で眼を醒まし、津川への道を急ぐ。このあたりの村落は貧しく、農夫たちは、異様な眼で梶原を見つめた。津川に一泊し、翌朝、いよいよ船下りである。激しい急流の阿賀川は、ゆったりとした流れの阿賀野川に変わり、初夏の太陽が、水辺に照りつける。爽やかな風が吹き、旅の疲れもいっぺんに消えてしまう。

会津藩家老の一行というので、船頭も緊張している。二人の船頭が見事な操作で、船を下らせる。川は高い断崖を曲りくねって走り、時おり、激しい急流にぶつかる。やがて川は大河となり、広々とした新潟平野が眼前に広がってきた。

新潟の町は、戦場の匂いに満ちあふれていた。大小の船で賑わう堀と柳と美人の町、新潟に人の気配がしないのだ。ごくわずかの者が、鉄砲の弾丸よけに筵を下げたり、蚊屋をつったりして、家に潜んでいるだけで、いまや無住の町と化している。

これはまずい。

梶原は、呟いた。

戦いは、兵士だけでできるものではない。武器、弾薬の運搬、怪我人の看護、米、味噌、梅干し、漬物など食料の調達、町民会をあげての協力がなければ、とても敵とは戦えない。戦争は総力戦なのだ。

梶原は不安を抑えながら港へ急いだ。

港は、大きく広がっていた。久しぶりに見る海である。沖合いに汽船が碇泊し、艀《はしけ》が周りを取り巻いている。会津藩の兵士たちの姿が見える。

どうやら間に合ったか。梶原は安堵した。

艀は積み荷を満載して、岸壁に横づけする。赤銅色の船頭が、

「気をつけろッ」

と水夫を怒鳴る。ここだけは、いつもの活気にあふれていた。積み荷のなかに最新式のミニエー銃があった。これまでのゲベール銃は、先込めなので、膝を立てないと、弾丸を込めることができない。また銃身に施条がないので遠くまで飛ばず、命中率も悪い。同盟軍は、薩長のミニエー銃に泣かされてきた。薩長兵はまるで獣でも撃つように同盟軍の兵士を撃ち殺した。ミニエー銃は、発火装置に雷管を使い、弾丸も椎の実型をしていて、狙い通りに命中するのだ。しかも、元込めなので、伏せたまま、撃てるのだ。

「御家老ではございませんか！」

一人の青年が駆け寄った。会津藩士田中茂手木《もてぎ》ある。田中も会津藩ヨーロッパ研修生の一人で、フランス語に強く、ここ新潟に派遣されていた。

「おー、元気か」

梶原は田中の手を握った。

「あの汽船が入港したときは、夢かとおもいました。これさえあれば、長岡は取り戻せます」

田中は、眼を輝かせて小銃を説明した。

「見事な銃だ」

梶原は微笑んだ。

「ところで、わが順動丸はどうした」

梶原が聞いた。田中の顔に翳りが疾った。

「なにかあったのか」

梶原は重ねて聞いた。

「二十四日早朝、敵軍艦の砲撃を受け、寺泊海岸で座礁、自爆してはてました」

田中は、無念の表情でいった。

「自爆か」

梶原は眼を閉じた。心に炎に包まれる順動丸が見える。

なんということだ。虎の子の会津海軍を失ったとは。

梶原は言葉もない。熱風が吹きつけ、梶原の体から流れるように汗が吹きでる。蒼く澄んだ新潟の海は、一瞬にして、真っ赤に燃える火の海に変わった。

順動丸は、寺泊海岸に碇泊中、二隻の敵軍艦に遭遇した。薩摩の乾行丸（一六四トン、砲六門）と長州の丁卯丸《ていぼう》（一二三六トン、砲四門）である。

気づいたとき、二隻の軍艦は至近距離に来ていた。たちまち砲弾が船首と外輪に命中し、順動丸は激しくゆれた。直ちに応戦したが、十字砲火を浴びて苦戦に陥った。もはや逃げるしかない。暗礁を縫って、接岸しようとして座礁した。

万事休すであった。

梶原は、呆然と立ちつくしている。心に平静が戻ると、海の匂いがした。胸いっぱいに磯の香りを吸った。悔んで見ても、失われた順動丸は帰っては来ない。白い波が大きく砕けて、岸壁に散った。

「戻る」

梶原は、さっと踵を返し、港を去った。

シュネル商会

シュネル兄弟は、港に近い西堀勝栄寺で店を開いていた。寺の境内は、同盟軍の兵士で、足の踏み場もない混雑を呈している。

ヘンリー・シュネルが駆け寄った。エドワードも飛びついて来る。

「オー、カジワラ!」

「カジワラ、港ヲ見タカ、私ハ約束ヲ守ッタ」

エドワードは固く太い手を差しだした。握手をすると、手がしびれるほど痛い。三人は抱き合って、再会を喜んだ。混雑のなかに長岡藩士鬼頭平四郎がいた。鬼頭は、梶原が会津藩家老と知るや、自ら名乗りでて、戦況を報告した。

「シュネル兄弟のおかげで、当藩の火器は、薩長と十分に対応できるまでになっている。いずれ長岡を奪回する」

鬼頭は、毅然といい放った。鬼頭の汗臭い体臭が戦場を感じさせた。

「ヘンリー殿の度胸のよさには、つくづく敬服する」

鬼頭は、そういって、ヘンリーとの出会いを梶原に説明した。

朝日山の死闘で、銃弾を撃ち尽した長岡藩は、鬼頭に弾薬の調達を命じた。

「金はない。なんとかせい！」

河井継之助の命令を受けた鬼頭は、水原《すいばら》の会津藩陣屋に疾った。会津藩も弾薬は底をついている。

「シュネルに頼め」

鬼頭を西堀勝栄寺に向かわせた。水原から新潟まで馬を飛ばした鬼頭は、寺の境内に馬を乗り捨てるや、大声で怒鳴った。

「予は、長岡藩河井継之助の使者である。シュネル殿に面会したい」

これを聞いたヘンリーは「カワイ先生」といって、扉を開けた。

「長岡藩苦戦。銃器弾薬を買いたい。ただし、金は一銭もない」

ヘンリーは、埃にまみれた長岡藩兵をしげしげと見つめた。

戦いに敗れれば、シュネル兄弟の未来もないのだ。マネーは欲しい。マネーがなければ小銃を手に入れることもできないし、汽船もチャーターすることはできない。薩長軍の眼をごまかし、波濤を越えて、ここまで運んで来たのだ。「ノー」といいたい。しかし、勝てばマネーは、いくらでも入ってくる。ヘンリーは、即座に決断した。

「私ハ、カワイヲ信用シマス」

ヘンリーは、黒人の召使いに命じた。

「武器ヲワタセ」

鬼頭は、硝煙二千斤と後装銃四十五挺を受けとった。以来、鬼頭は、シュネル兄弟の虜になった。いまや二人の兄弟は、同盟軍の神であり、魔法の商人であり、すべての面での最高顧問であった。長岡も米沢も庄内も兄弟を頼りにした。ヘンリーは、ヘルメット帽に葵の紋付、羽織、ドンスの野袴に革靴をはき、総指揮官の威厳にあふれている。

梶原は、新潟港を管理する米沢藩家老色部《いろべ》長門《ながと》と、早速、軍議を開いた。勿論、シュネル兄弟も一緒である。

「梶原殿、大儀でござった」

色部が挨拶し、梶原が、

「お役目、ご苦労でござる」

といった。シュネル兄弟は、白河の戦いを心配し、梶原に詳しく戦況を聞いた。

「新潟港ニ小銃、弾薬ヲドンドン運ビ、ソレヲ白河ニ送ルノダ。ソレニシテモ、新潟ノ防備ハ弱イ」

ヘンリーが顔を曇らせた。シュネル兄弟は、新潟港の周辺に砲台を築くことを提案した。いまのままでは、敵艦の来襲にひとたまりもない。梶原もそれを考えていた。

兵力が足りない。武器が足りない。梶原は、仙台藩に急使を遣わした。

(会津、長岡、米沢、庄内、仙台を加えた同盟軍首脳で、本格的な新潟防衛策を立てねばならない)

梶原は強い調子で文をしたためた。

敵艦襲来

六月一日。太陽歴七月二十日である。

太陽がギラギラと照りつけ、海はどこまでも蒼い。海の表情は一日として同じではない。陽差しの強さによって、雲によって、風によって、海は絶妙に変化する。

眼も眩む陽光と、海面をなでる風が微妙に交錯したとき、海はたとえようもない美しさをかもしだす。

この日の海は、どこまでも蒼い。梶原平馬は、会津藩の陣屋である真浄寺で、新潟防衛の会議を開いていた。境内の蟬が執拗に鳴いている。

暑い。

梶原は、額の汗をぬぐった。

突然、港から伝令が駆け込んだ。

「敵艦襲来！」

「なに」

梶原は狼狽した。

来たな。

梶原は、がばっと立ち上がるや、シュネル兄弟とともに港へ一直線に疾った。

港を守る同盟軍の兵力は、米沢藩八小隊、会津藩三小隊の約三百五十名にすぎない。遠眼鏡ではるか沖合いを見ると、二隻の軍艦が煙を吐いている。薩摩、長州の藩旗が翻っている。まさしく敵だ。薩摩の乾行丸《かんこうまる》、長州の丁卯丸《ていぼうまる》である。

順動丸を沈めた敵艦に違いない。

梶原の膝は小刻みに震えた。

「港ニハ、イタリアノ船ガ入ッテイル。薩長ノ軍艦ハ攻撃デキナイ」

ヘンリーがいった。ヘンリーの言葉どおり、二隻の軍艦は間もなく視界から消えた。

翌日から会津、米沢藩兵による砲台の建設が始まった。ヘンリーも汗だくになって指揮をとった。四日には浜辺で、会津、米沢藩兵の調練があり、この日もシュネル兄弟が閲兵した。シュネル兄弟が外交特権を持っている限り、薩長軍も港を攻撃することはできない。五日には、イタリアの蚕種買い付け商人がイギリスの汽船「アルビオン号」に乗って入港した。船倉には大量の小銃、弾薬が匿《とく》されていた。

梶原は、戦線にいる米沢藩軍事総督千坂太郎左衛門に会いたい、とおもった。千坂は、河井継之助、佐川官兵衛らと最前線にいた。梶原の新潟入りは、即、知らされていたが、戦いは片時も眼を離せない緊迫さを加えていた。ヘンリーもしきりに千坂に会いたい、という。ヘンリーは、いったんおもうと、行動が先に立つ。

「戦線ニ行ッテ指揮ヲトル」

自ら戦う、というのだ。梶原は、戦線の千坂に伝令をだした。千坂から「歓迎する」と返事が来た。

六月七日、梶原の宿舎、古町二ノ町の「会津屋」で盛大な餞別会が催された。戦線を視察するヘンリー・シュネルのための壮行会である。「会津屋」は、新潟随一の料亭で、会津藩首脳の定宿である。新潟のきれいどころが、ずらりと顔を並べた。

「ヘンリー殿、今宵は大いに呑もう」

梶原も久しぶりの宴会である。梶原はシュネル兄弟のほかに米沢の色部長門、庄内の中村七郎右衛門らを招待した。イタリアの商人が持参したワインが威勢よくあけられ、梶原もシュネル兄弟もしたたか酔った。眼と鼻の先で、戦争が行なわれていることなど、おもいもつかない、賑やかな宴だった。芸者衆は、唄った。


こよいひと夜はどんすのまくら　あすはよぶねの波まくら

新潟甚句である。

梶原らは明け方まで呑み、かつ唄った。


人生には、必ず絶頂をきわめる瞬間がある。新潟にいる梶原平馬がそうだった。

東北、越後の指導者たちの注目を集め、この時期、東国を左右するニューリーダーの一人にのし上がった。会津武士という鉄の軍団を率い、シュネル兄弟を同盟軍の顧問に据え、薩長と戦っている梶原は、まさにヒーローであった。狂暴な薩長に死を賭けて立ち向かう、男の雄姿があった。

梶原の柔軟な外交力は、京都時代から頭角を現わしており、奥羽越列藩同盟の結成で、見事に開花した。会津藩の財政は火の車だが、酒田の本間家をはじめ、東北、越後の商人の間にも会津の梶原の名前が知られるようになった。会津が勇猛果敢に戦っている限り、北部日本政権をつくろうという、東北、越後の獅子たちの夢と希望があった。

すべてが梶原の計算どおりに動いた。

シュネル兄弟は、単なる死の商人ではない。東北、越後の同志として、生命を燃焼させている。河井継之助も千坂太郎左衛門も戦線で指揮し、仙台も奥羽越の盟主として、白河に出兵している。新潟を完全に抑えれば、イタリアをはじめ諸外国が貿易を求めて来航する。武器も手に入る。あわよくば、内戦に終止符を打ち、政治交渉の可能性もある。

梶原は寝食を忘れて、智恵をめぐらせた。火器の補給で、同盟軍の戦力は強化され、越後の戦いは、両軍睨み合いのまま膠着状態に入っていた。同盟軍は、会津、長岡、米沢、庄内、桑名、村松、上ノ山、村上の各藩兵を長岡の周辺に配置、八月五日までの約二か月間、薩長軍の進撃をピタリと食い止めていた。

全軍を指揮したのは同盟軍越後口総督に選ばれた米沢藩軍事総督千坂太郎左衛門である。見附の同盟軍本営には、ヘンリー・シュネルも滞陣、河井継之助、佐川官兵衛らを交えて戦略を練り、自ら前線で大砲を撃ち、敵の胸壁を吹き飛ばした。

薩長軍は予想だにしない苦戦に陥った。同盟軍は、シュネル兄弟が運んだ後装銃で武装し、ガンガンと撃ってくる。長岡城の西軍参謀、黒田清隆、山県有朋も顔色がない。まず弾丸が切れた。国元へ汽船による緊急輸送の伝令がだされ、加賀藩、越前藩から弾薬十五万発の補給を受け、急場をしのいだが、薩摩藩にいたっては、砲弾が一発もなくなり、危機的様相を呈した。各地の戦闘でも次々に敗れ、兵士の士気も低下した。

「わが兵が進撃しても、賊兵が攻撃してくると、わが軍はたちまち弾丸が切れ、退却せざるを得ず、賊に陣地を取られ、味方、大いに苦戦」

「近ごろ賊徒は、戦争巧者になり、鳥羽、伏見のようなわけにはゆかなくなった」

薩長軍の記録は、悲痛な叫びで埋めつくされている。

江戸総督府は、事の重大さに驚き、

「このままでは天下の事、大瓦解となる」

と、あわてふためく事態となった。

会津藩家老梶原平馬の戦略は見事に当たった。河井継之助も虎視眈々と長岡城奪回を狙っている。

戦争は、武器と戦略で決まる。

梶原は、自信を深めた。

シュネル兄弟らが同盟軍に売り込んだ小銃、弾薬の数量は、正確にはわからない。しかし『大日本外交文書』や『会津戊辰戦争』『河井継之助伝』など数多くの史料を見ると、十四万四千ドルを越えている。当時の小銃の価格は、平均して十四ドル前後なので、小銃だけで換算すると一万挺ということになる。しかし、薩長軍に比べると、問題にならない。

このころ横浜から薩長軍に渡った小銃は十万挺近くで、その金額は、同盟軍の十倍、百五十万ドルに達している。梶原のいうように、戦争は物量だった。相手を撃ち殺す小銃をいかに多く買い付け、間断なく撃ち続けるか、にあった。

同盟会議

六月十二日。新潟奉行所に同盟軍首脳が集まった。

仙台藩　芦名靭負《ゆきえ》、牧野新兵衛、玉虫左太夫、富田敬五郎、横尾東作、金成善左衛門、星恂太郎、新井常之進
米沢藩　色部長門、大滝新蔵、佐藤源右衛門、黒井小源太、山田八郎、落合龍次郎、宇佐美勝作、小田切勇之進
会津藩　梶原平馬、手代木直右衛門、神尾鉄之丞、唐沢源吾、萱場安之助、片桐弥九郎、田中茂手木
庄内藩　石原倉右衛門、本間友三郎
村上藩　近藤幸次郎、平井伴右衛門、鈴木四郎右衛門
二本松藩　奥田弥平右衛門、山田次郎八
新発田藩　溝口内匠《たくみ》

梶原平馬は、満足そうに周りを見た。

東北、越後の錚々たるメンバーである。仙台の玉虫左太夫がいる。庄内の豪商本間友三郎がいる。

「梶原殿、武器を輸入し、軍備を強化すれば、薩長などわけなく叩きつぶすことができる」

玉虫左太夫は、気炎を吐いた。そして、星恂太郎を紹介した。精悍な表情のなかにも都会の雰囲気がある。年齢も梶原とほぼ同じ、三十前におもえた。

「額兵隊司令、星恂太郎です。洋式軍隊ですよ。九月には出陣します」

といった。

恂太郎は仙台藩の下級武士の出身だが、少年のころから熱血漢で、仙台にあきたらず脱藩して江戸にでた。江戸で兵学を学び、さらに横浜で英語を学んだ。仙台藩首席家老但木土佐が彼を召しだし、洋式部隊の編成を命じた。

恂太郎は一千名の若者を選抜し、これを歩兵、砲兵、工兵、輜重《しちょう》兵、音楽隊に分け、仙台城下で猛訓練をしている。

「とにかく歯がゆい。一日も早く出陣し、貴藩を助けたいとおもうのだが、なにせ、すべて一からなので時間がかかる。白河の戦いは惨敗し、貴藩に御迷惑をかけた。しかし、わが額兵隊が戦線にでれば、これまでの仙台藩とは違いますよ」

惇太郎はさらりといってのけた。

同盟軍の最大の問題は、仙台兵の懦弱《だじゃく》だった。いくら大藩意識を振りかざしても、薩長軍が撃ちだす霰のような銃弾の前に完膚なきまでに打ちのめされた。仙台藩の近代化は焦眉の急なのだ。

仙台藩も確実に変わってきた。この男は、必ずや何かをなすに違いない。

梶原は直感的に感じた。そこへ庄内の本間友三郎が割り込んだ。本間は米沢藩の千坂と前後して会津を訪れ、軍艦購入について梶原と相談している。

酒田を知らない人でも、庄内の本間家といえば、日本一の大地主として知らない人はいない。庄内藩が新徴組をかかえ、強力な火力を持っているのは、一重に本間家の財力によった。

本間友三郎は、本間家の当主、光美《みつよし》の従兄弟で、若くして江戸にでて洋学、剣術を修業した。東北に風雲急を告げるや、友三郎は、函館に飛んで外国の汽船「ロバ号」をチャーター、蝦夷地警備に当たっていた庄内兵七百数十名を運んだ。また函館の商人、柳田藤吉を通じ、三万四千五百両もの小銃、弾薬を買い入れ、庄内藩兵の近代化を進めた。やることのスケールは、けたはずれに大きい。

庄内藩だけではない、財力を駆使して米沢藩にも大砲、小銃を買い与えた。ちなみに慶応三年における本間家の収入は二十六万八千両、当時の一両は現在の約三万円に相当するので、約八十億円になる。

強大な資本家であり、東北の大名は大半、本間家から借金している。本間家の人々の魅力は「金持ち喧嘩せず」で、常に相手と争うことは避け、地域にできる限りの恩恵を施す度量の広さにある。

梶原は友三郎と気が合った。本間家と手を握れば、軍艦などお手のものだ、というずしりとした重さがある。

「梶原殿、貴殿こそが、奥羽に新しい時代をもたらす指導者です。できるだけの御協力はします」

友三郎は、梶原をじっと見た。

「心強い」

梶原は、勇気が湧いてくる己を感じた。会議にはエドワード・シュネルも出席し、仙台藩玉虫左太夫が議事を進めた。いつもながら玉虫の議事進行はあざやかである。

「今度の戦いは、アメリカの南北戦争と同じである。南北戦争は、不幸にして南軍が敗れたが、南部と北部は、お互いに産業や文明を異にする二つの国であり、ともに正義の戦いだった。奥羽越も同じである。この地にいまや北部政権が樹立されたのだ。この日本に薩長政府と北部政府の二つの政府があるのだ」

玉虫は、南北戦争の例を引いて、薩長対奥羽越の二つの世界を説明した。うまい。さすがにアメリカ帰りは違う。

梶原は感心した。玉虫の狙いは、中立政策をとっているアメリカを意識したもので、諸外国に北部政権を認知させることによって、新潟港、仙台港、酒田港など東北、越後の港を確保し、武器、弾薬の補給をスムーズにさせることにあった。

「諸外国がわが政権を認めれば、奥羽越は一つの国家なのだ。われわれの手による真の国家なのだ」

玉虫の顔は紅潮し、額から汗が吹きでた。列席者たちも、興奮して玉虫の話を聞いている。玉虫のいう通りだ、と梶原はおもった。あとは横浜に密使を送り、外交交渉を展開し、本格的な北部政府の樹立に進むことだ。梶原は、じっと腕を組んだ。

玉虫の国家論に異論の余地はなかった。玉虫はアメリカ合衆国、ホルケン公使にあてた文書の素案を読んだ。

大日本国北方の諸侯は、謹んでアメリカ合衆国ホルケン公使に書を呈する。四海みな兄弟の博愛の精神にのっとり、日本は外国と国交を結んだ。徳川氏は、内外諸侯が同心協力して、日本を万国と並ぶ独立国家たらしむべく、大政を奉還した。

このとき、南の二、三の諸侯が、朝廷を奪い、武力をもって徳川を亡ぼし、いま、日本の北方に攻め込もうとしている。これは、まさに国賊以外の何物でもない。北方諸侯は、四海皆兄弟の大義にそい、南の暴徒に戦いを挑んだ。これは、貴国の南北戦争と同じである。

日本の南北戦争は、南方のなすところは不仁であり、不義である。北方のなすところは仁である。日本に貴国のリンカーンのような大勇深仁の人がいないのを憂える、よろしく仲介の労をおとり下さらんことを。

玉虫は列席者の顔を見渡した。梶原が拍手し、星が頷いた。田中茂手木も固唾を呑んで玉虫を凝視した。

このあと、エドワード・シュネルが、演説した。エドワードは、横浜の外交団も、この戦いを注目していることを語り、越後の戦いに敗れない限り、アメリカもイタリアも中立を守る、と力説した。

玉虫が南北戦争を体験しているアメリカに着目したのは、さすがであった。

アメリカの南北戦争は、ミッチェルの『風とともに去りぬ』でも知られるように四年にも及ぶ内戦である。北軍は二百八十万、南軍は百三十万人の兵を投入した。戦死者は北軍三十五万人、南軍二十五万人の六十万人にも及び、戦場となった南部の荒廃は無惨だった。

一般的に工業開発の進む北が進歩、農業地帯の南が保守と位置づけられ、進歩と保守の争いと受けとられたが、南部の人々は、騎士道精神が強く、北部のヤンキーごときに屈服はできない、とする誇りがあった。

戊辰戦争をアメリカの南北戦争と対比するのは、冒険にすぎるが、薩長など西南諸藩は、徳川幕藩体制を破り、自らを日本の中心に据えようとした点で、進歩ともいえた。

これに対して、東北、越後は、保守的な「みちのく」を守ろうと結集した。その意味で、戊辰戦争も西南と東北、越後の宿命的な対決だったかも知れない。

だが、梶原や玉虫の思考は、単に保守の結集にとどまるものではない。それを乗り越え、薩長と対抗する北部政権の樹立を目指していた。

東北の革新である。二人が立つ基盤は、保守という頑迷な風土である。各藩の兵士間の連帯も稀薄だし、兵備、戦法もバラバラである。国家というのは藩であり、東北、越後は一つ、という新たな意識はひと握りの上層部のものでしかない。

最後はお家大事と逃げだす危険が絶えずつきまとう。新発田藩内の農民層に反戦の空気が濃厚にでており、出兵を阻止している。情勢は予断を許さないのだ。

この夜、梶原平馬は、宿舎の「会津屋」で酒宴を催した。「会津屋」の前に篝火が焚《も》され、武装した会津兵が警備した。長岡や米沢の代表は、戦いの場に戻り、仙台、会津、庄内の顔があった。エドワード・シュネルもいた。

会津屋の奥座敷には、テーブルがあり、肉とワインが並んだ。ヘンリー・シュネルの餞別会は、芸妓を交えての大宴会だったが、この夜の酒宴は、男だけで始まった。

玉虫はすぐ仙台に戻らなければならないし、梶原にも君主容保から帰城の催促が来ている。白河の戦況が悪化している、というのだ。

静かに揺れる燭光が、彼らを照らした。陽光のなかではわからない疲労が、鮮やかにでている。玉虫は、ワインをぐいと呑み干し、器用にナイフとフォークを操った。梶原も旺盛な食欲で肉を食い、ワインを呑んだ。長身で恰幅のいい梶原の肉体は、強靭である。二日や三日の徹夜に耐える精神と肉体の活力を持っている。酒をあおって仮眠をすれば、たちまち疲れを吹き飛ばす若さがあった。

列藩の重臣が集まり、お互いを再確認した安堵感と連帯意識があった。

輪王寺宮下向

むせかえるような暑さのなかで、仙台藩首席家老但木土佐は、自問自答していた。

「危ないところであった」

と呟《つぶや》き、顔を歪めたとおもうや、

「それにしても夢のような知らせだ」

と破顔一笑する。

周りの人々は、但木の奇怪さに顔を見合わせた。

「危なかった」というのは、奥羽鎮撫総督九条道孝の転陣を指した。

仙台藩は、いつも海から予想だにしない奇襲を受けた。それは、閏四月二十八日のことだった。二隻の汽船がモクモクと煙を上げて、仙台湾に入って来た。

「あれはなんだ

東名浜《とうなはま》を守備していた仙台藩兵は、小銃をかかえて浜辺に走った。旧幕府海軍かも知れない。しかし違う。外国の旗が船尾に翻っている。

「敵の船だッ」

兵士たちは、銃口を向けて、身構えた。沖合いにぴたりと碇泊した汽船から短艇が下され、完全武装の兵士たちが乗り移るのが見える。

短艇を操るのはイギリスの水夫たちだ。仙台藩兵の銃口を見るや、水夫たちは驚いて漕ぐのをやめた。短艇に乗った佐賀藩の軍事係田村乾太左衛門が、抜刀して、水夫たちを怒鳴りつけ、岸に漕ぎ寄せた。

「何者か」

仙台藩の永沼織之丞、山本重之進が兵士たちを取り囲んだ。

「我々は大総督府の命令によって、奥羽に派遣された佐賀藩兵、小倉藩兵である。奥羽鎮撫総督に拝謁したい」

田村乾太左衛門は大声でいった。

佐賀藩、小倉藩というのが仙台藩の判断を狂わせた。薩摩、長州ならば敵である。

佐賀、小倉藩は、はたして敵なのか、味方なのか。

急報を受けた但木土佐は迷った。

この迷いが、つまずきのもとになる。この一隊は、れっきとした薩長の軍隊である。江戸の大総督府は、仙台に軟禁されている奥羽鎮撫総督九条道孝を救出すべく、佐賀藩士前山精一郎を参謀に命じ、仙台に派兵した。

佐賀藩兵三百名、小倉藩兵百三十名の精鋭である。

仙台藩はこの歓迎すべからざる兵士たちを、とりあえず近くの漁師の家に分宿させた。九条総督救出の意気に燃える前山は夜半、秘かに漁船を手に入れ、塩釜に潜入、奥羽鎮撫総督府の塩小路光孚《みつたか》に会い、仙台の事情を探索するのに成功した。

仙台藩内部の手引きによることは確実である。彼らはすべて敵である、という明確な意識がない。仙台藩はいたるところで水が漏れた。

前山は強引に仙台に入り、片倉小十郎邸で九条道隆に拝謁した。仙台藩はずるずると前山のペースにはまる。前山は九条総督に宿営、兵糧の調達を依頼し、九条総督は、

「仙台藩に命じて調達する」

といった。これがもし、立場が逆ならありえないことだった。会津藩では若干の藩士を江戸に残し、情報収集や、政治工作に当たらせていたが、外交方の広沢安任《やすとう》は、藩長政府の総督府を訪ねるやいなや、即座に逮捕され、投獄されている。

九条総督は、奥羽越が抱いている大事な〝玉《ぎょく》〟なのだ。仙台の片倉小十郎邸に軟禁されている九条総督は、奥羽よりの心情になっている。九条総督を仙台に留めておけば、仙台は薩長政府に対し、重大な圧力をかけられる。仙台藩は、錦の御旗を掌中に収めているのも同然なのだ。

玉虫左太夫、若生文十郎らは、前山精一郎の仙台入りに強硬に反対した。

「即刻、東名浜より江戸に帰すべきだ。前山の仙台入りは、九条総督に力を与え、奥羽から離反させることにつながる」

と怒りをつのらせて但木につめ寄った。

「わかっている。この際、前山とともに総督を江戸に帰してはどうか。そうすれば奥羽の混乱もなくなる」

但木は妙なことをいって、玉虫を唖然とさせた。

「それでは元も子もなくなる。とにかく前山を追い返すことだ。さもなくば、前山らの一隊を攻撃し、葬り去ることです」

玉虫はなおも食い下った。

但木は総督がからむ話になると、不思議に尻ごみした。

薩長は敵だが、朝廷に対しては礼節を尽す、という旧来の観念を捨て切れずにいる。薩長政府に戦いを挑み、奥羽越あげて新政権を樹立する、と心中深く期するものがあったが、朝廷に刃向うことはできぬ、という勤皇論である。

無理もない。奥羽、越後は、日々、混乱の極にあった。予想もしない新たな事態が次々に起こる。会津、庄内、長岡は、死を決して戦いに入ったが、仙台、米沢は絶えずゆれ動く嵐のなかにあった。玉虫左太夫、若生文十郎らが奥羽越列藩同盟を結成し、各地に檄を飛ばしたが、鉄のような意志が、全藩を貫いているわけではなかった。

前山は江戸をでるとき、大総督府参謀の大村益次郎から、

「秋田に九条総督を連れて行け」

と命令を受けていた。

秋田は、奥羽越列藩同盟に加盟はしたが、庄内に出兵するなど、藩論は二分している。大村は江戸で秋田藩内の情勢を把み、前山に下知したのである。

勤皇論が根強い秋田に、九条総督を送り込めば、秋田の藩論は一気に薩長寄りとなり、庄内を秋田藩兵で攻めることができる、という大村の読みである。

奥羽越列藩同盟が成ったとき、勝海舟は、

「仙台の但木では戦にならん」

といった。いつもながら勝の言葉は、冷ややかな傍観者だが、但木には、百戦錬磨の戦略はない。気がついたら会津に引きずられて、戦いに入った、という後悔の念に時おり襲われていた。

当面の難問を処理すれば、あとはなんとかなるという場当たりの気持がどこかにあった。

前山は、そこを見事についた。

「九条総督は奥羽を巡回して、聖旨をくまなく奥羽に伝える義務がある。我々は秋田に向かい、庄内に転陣している沢副総督と合流して、船で帰京する」

とたくみに持ちかけ、

「それならよかろう」

と但木を納得させてしまった。

玉虫は仰天した、

「前山の説は詭弁《きべん》だ。九条総督を掌中に収めておかなければ、仙台藩の大義名分が失なわれる」

とあくまで反対した。玉虫らは、最悪の場合は、九条総督一行を襲撃し、奪い返すことも考えた。

（残された手はそれしかない）

玉虫は、悲壮な決意を固めた。これを察知した前山精一郎が逆襲にでた。仙台藩主伊達慶邦に面会を求め、

「われわれを仙台藩兵が襲えば、朝廷に対する叛逆であり、叛賊になる。他日、仙台藩は朝廷より厳しい処分を受けることになろう」

と制した。天皇という言葉に慶邦は、一言もない。

「予が責任を持っ」

慶邦はそう答え、但木土佐に叛賊をださぬよう命令してしまう。

五月十八日、仙台藩は千五百の藩兵を護衛につけ、九条総督の一行を一ノ関から南部藩境にうやうやしく送った。

前山は南部領に入るや、

「初めて虎口を脱するおもい」

と、九条総督奪回の成功にほくそ笑んだ。九条総督は、盛岡を経て、やがて秋田に向かうことになる。但木が九条総督放出の失敗に気づくのは、しばらく後のことである。

九条総督を迎えるまでは秋田も同盟軍の一員だった。ところが奥州鎮撫副総督の沢為量《ためかず》が秋田に入ったときから藩論がぐらつき始める。

秋田の変身

秋田には雷風義塾という勤皇派の集団があった。創設者は尊攘運動の志士平田篤胤《ひらたあつたね》である。平田は幕府に疎《うと》まれ、江戸から秋田に追放されたが、その思想をしたって二百数十名の門弟が集まり、その後、吉川忠行、忠安父子が跡を継ぎ、砲術所を設けて、一大勢力を結集していた。

門人たちはほとんど血気にはやる若者たちで、門閥重視の秋田藩政に不満をつのらせ、新たな改革を画策していた。薩長軍は、これら若者たちの心を捉えた。仙台藩はここまでの読みはない。奥羽の大藩仙台藩が命令すれば、秋田はそれに従うほかはない、という過信があった。

「秋田に九条総督を迎えようとする不穏な空気がある」

という知らせが仙台に入ったのは、六月上旬のことである。沢副総督に続いて九条総督の秋田入りを認め、庄内と敵対関係にあるというのだ。会津藩にも庄内藩を通じて秋田離反の情報がもたらされた。秋田藩の軍事力を握る砲術所の浪士たちが、こぞって薩長に傾いているというのだ。九条総督を仙台に留めておけば、こんなことになるはずはなかったのだ。梶原平馬の怒りも、まさにこの点にあった。

奥羽越列藩同盟は、まだ確固たる意志で、結ばれてはいなかった。最大の問題は、薩長と総督府は別、と考えていたことにあった。京都で苦闘した会津藩だけは、明確に総督府を薩長の傀儡と見ていたが、仙台をはじめ東北の諸藩は、その意味がわからない。

京都の事情を知っているつもりの但木でさえ、子供のように前山にだまされてしまったのだ。家臣の玉虫から責められ、会津、米沢、庄内から抗議され、但木は、呻吟していた。

九条総督は、薩長首脳が東北に仕掛けた巧妙な餌だった。

仙台は、これを自家薬籠中のものとして、生かし切れず、逆に秋田が食いついて釣り上げられた。

薩長軍は、戦わずして秋田を東北の拠点として抑えた。九条道孝という「玉」を失った同盟軍は、火急速やかに新しい「玉」を抱かねばならない。

すべての人が願望した「玉」、それは孝明天皇の弟君（仁孝天皇養子、伏見宮第九皇子）、幼帝の叔父に当たる輪王寺宮法現親王である。これこそ、北部日本政権の帝であり、帝を抱くことによって同盟軍の兵士も官軍となるのだ。奥羽越の盟主、仙台藩は、九条総督転陣の失策をカバーするため、必死に輪王寺宮の行方を探った。

その一報は、会津藩からもたらされた。会津には、おびただしい人々が亡命していた。

薩長に追われた旧幕府閣僚の板倉勝静、小笠原長行をはじめ、古屋作左衛門、大島圭介、土方歳三、さらには長岡藩主牧野忠訓《ただくに》も家族を連れて会津若松に逃れていた。

会津若松こそは、全藩をあげて薩長に立ち向かう奥羽の牙城であり、天高くそびえる鶴ヶ城は、いかなる敵をも一歩もよせつけない巨大な要塞であった。

江戸からはるかに遠い、このみちのくは、亡命者たちを安堵させるにふさわしい、山塊の奥にあり、特に会津若松は、険阻な幾つかの峠を越さなければ、領内に入ることはできない。上野寛永寺の傑僧、覚王院義観《ぎかん》も彰義隊が敗れるや、会津を目指して、潜行し、日光東照宮の僧侶たちも、戦禍を避けて、会津に入っていた。

「輪王寺宮、海路、奥羽へ向かう」

という知らせは、この僧侶たちからもたらされた。

但木は狂喜した。もはや、我々は賊軍ではない。輪王寺宮を推戴する正義の軍隊なのだ。西と東の二つの国家が厳然として、この日本にある、という玉虫左太夫の理論が現実となるのだ。

但木の奇怪な笑いは、このことにあった。

「玉虫、予はこれで救われた」

但木は、こみ上げてくる笑いを禁じ得なかった。会津藩主松平容保の喜びも、ひとしおだった。京都時代、あれほど朝廷に忠勤を尽し、孝明天皇の絶大な信を得た容保は、一転して逆賊の首傀として糾弾されているのだ。

「天は予を見捨てはしない」

容保は感激に打ち震えた。

京都時代、なぜか女性に恵まれず、単身帰国した容保は、会津に戻って二人の側室を得た。本来ならば、しかるべき大名の息女が選ばれるべきだったが、戦時のさなかである。藩内から健康で若い娘が、容保の身の回りを世話することになった。

「早く世継ぎをもうけなければ」

梶原平馬らの強い勧めによるものだった。容保の繊細な神経は、二人の女性によっていやされた。

いまや、奥羽越はこぞって容保を支持し、憎き薩長と果敢な戦いを繰り広げている。そこへ、容保がもっとも敬愛し、崇拝した孝明天皇の弟君が奥羽にやってくるのだ。

容保は一日も早く、輪王寺宮に会いたい、とおもった。容保の顔は、喜びにあふれ、京都守護職時代の精気に満ちてくる己を感じた。

輪王寺宮法現親王。商人姿に身をやつした輪王寺宮は、旧幕府軍艦「長鯨丸」の艦上にいた。上野の山を逃れた輪王寺宮は、白木綿の単衣に白羽重の袷、墨染の法衣、手甲、脚絆、草鞋ばきの姿で江戸市中に潜伏したが、薩長兵の探索は日ごとに厳しくなってくる。

秘かに羽田沖の旧幕府海軍副総裁榎本武揚と連絡をとり、「長鯨丸」に乗り込んだのだ。宮の乗艦を許した榎本は、

「薩長の大総督府に向かうのであれば、命に賭けて御案内する。そうではなく、奥羽に向かうのであれば、わが軍艦でお送りする」

と、宮の意志を確認し、五月二十六日、「長鯨丸」は羽田沖を出航した。薩長政府首脳は、奥羽越列藩が輪王寺宮を帝として推戴する動きを知っており、場合によっては殺すことも考えていた。

輪王寺宮にとって命を賭けた逃避行だった。海は珍しく順風で、「長鯨丸」はすべるように北上した。五月二十八日昼、船は常陸国多賀郡平潟に着いた。榎本からの連絡で、小笠原長行の家臣が出迎えた。ここから輪王寺宮を囲む長蛇の列が街道を埋める。

輪王寺宮の奥羽入りは、またたく間に各地に広がり、平に着くと、元老中安藤対馬守（信正）が出迎え、三春から中通りの本宮に入ると、仙台藩兵一小隊が、護衛についた。本宮から中山峠にさしかかると、旧幕府首席家老板倉勝静、老中小笠原長行をはじめ会津藩兵が出迎え、街道筋の人々は、奥羽越の新し

いシンボルに眼を瞠《みは》った。

峠を越えると会津である。ここには米沢藩兵が待っており、猪苗代に着くころには、一千名を越える大行列となった。

会津若松は、お祭りのような賑やかさである。暗い戦争の影は、どこかに吹き飛んでしまい、町民も農民も、この華やかな行列に酔いしれた。

松平容保は、つきっきりで連夜、歓迎の宴を張った。会津藩首席家老梶原平馬も新潟から戻って、宮の歓迎に奔走した。仙台から横田官平、米沢から片山仁一郎、木滑要人らの重臣が駆けつけ、どの顔も喜びにあふれていた。

梶原は、輪王寺宮を会津に留めたい、と考えた。戦いは、いずれ会津国境に迫ってくる。そのとき、輪王寺宮が会津にいれば、薩長とて、簡単に会津に攻め込むことはできない。全国にいる旧幕府支援者は、この新しい天地に参集し、会津は文字どおり、東北の江戸となるのだ。

「それは無理だ」

仙台の横田官兵、米沢の片山仁一郎らは反対した。奥羽越列藩同盟の盟主は、仙台である。輪王寺宮の落ち着く先は、仙台と決まった。

六月十八日、輪王寺宮は、会津若松を立ち、米沢を経て、仙台に向かった。

「仙台は名実ともに奥羽越の中心になる」

仙台藩首席家老但木土佐は、得意満面であった。

灼熱の夏

会津鶴ヶ城は、灼熱《しゃくねつ》の夏だった。梅雨が長かったせいか、眼も眩む光線が一気にあたりに反射した。

梶原平馬は、新潟の海を懐しくおもいだしていた。

海は心地よい風が頬をかすめ、水平線の彼方に未知の幻想があった。鬱蒼とした樹林に囲まれた会津は、ギラギラした陽光が濃い緑に照りつけ、海とは違った密室のなかにあった。

平和のときならば、東山《ひがしやま》の盆踊りがあり、人々は、束の間の短い夏を楽しむはずであった。酒を呑み、唄い、踊り、若い男女の恋があった。ことしは誰もそれを口にはしない。

郭内《かくない》にある梶原の家の隣りに藩校日新館があった。いつもなら少年たちの喚声が夕暮れまで騒がしく響くのだが、寂《せき》として声がない。学校は戦傷者の病院になっている。死の臭いがした。

戸板に乗せられた怪我人が、土埃にまみれて運び込まれて来る。教室という教室は、臨時の病室となり、苦しみにうめく兵士の姿があった。

蝿が追っても追っても、患者達の顔にまとわりつき、暗く、じめじめした暑い夏だった。

梶原は時間の許す限り、病院に足を運んだ。戦傷者たちは、戦線の熾烈な戦いを語り、死んでいった友の名を告げた。常に第一線で戦う会津藩兵の損耗率は高い。重傷者は、その場で喉を突き、遺品を持ち帰るしかないのだ。患者たちの眼は、恐怖と怒りに満ちている。

つらい夏だ。

梶原はおもった。医師や医薬品の不足もひどい。旧幕府の西洋医松本良順は、寝食を忘れて外科手術に明け暮れている。人命を救う医学の崇高さ、医師のヒューマニズムがあった。松本良順は、打ち砕かれた手足に副木《そえぎ》をあて、弾丸を摘出する。

夏はたちまち傷口を化膿させる。

膿が流れ、蛆虫がわいた。

戦傷者たちは、長い時間をかけて、ここに運ばれて来たので、傷口は悪化し、治療は困難を極めた。手足を切断すれば、治る患者もいたが、手術道具も薬品も少なく、死を待つしかないのだ。

「梶原殿、傷の様子から見ると、薩長の火器は、一段と増強されている。刀槍の傷はまったくありません。こうした戦争を引き起こした薩長の欲望と、幕府の無責任さには、あきれますな」

松本は嘆いた。

会津藩の最高指導者として、梶原はどう答えていいのか迷った。言葉がない、といった方がいいかも知れなかった。

「よろしくお願いする」

梶原は、いつもそういって病院を出るのだった。

輪王寺宮が鶴ヶ城にいた十日ほどは、どこで戦争が行なわれているのか、ふと忘れてしまうほどの華やいだ日々だった。

二十歳、若くして仏門に入った輪王寺宮は、貴族の出らしい気品に満ち、ただ座っているだけで、背後に光明を感じた。

主君容保のそわそわと落ち着かず、そして、心から安堵した表情を見るにつけ、梶原は容保の心の傷の深さを知るおもいがした。

純粋な魂を持つ、主君容保がいる限り、なんとかして、この戦いに勝ち抜かねばならない、梶原は心底おもい続けた。

輪王寺宮出立の日、容保は泣いた。一人、奥の間にこもって、号泣《ごうきゅう》した。

一陣の風が吹き去り、会津鶴ヶ城はもとの暑い夏に戻った。

会津にとって、輪王寺宮は一体なんなのだろうか。梶原自身も奥羽越のシンボルとして、輪王寺宮を推戴しようと画策した時期がある。

帝を抱けば、正義になるという策略は、たしかに効果があった。宮を囲んで一千名の隊列ができ、人々はひれ伏した。その効果は、想像以上のものがあった。

だが、何か違う、梶原は割り切れない気持ちを整理できずにいた。戦争は単に帝を抱いただけでは勝てない、という現実認識である。

同盟軍は浮かれ過ぎてはいまいか。

梶原は複雑な気持でぼんやりと外を見つめた。

夜になっても、暑さは消えない。眼を閉じると、白河口に続く布引山の上空に突然、赤い光が奔った。

雷鳴がずしりと腹に響いた。赤い光は鮮血が飛び散った花火のようであり、周りの雲が驚くべき速さで流れた。

梶原は、じっと闇を見据え、硝煙の匂いをかぎとった。戦いは間違いなく悪化していた。越後は河井継之助の阿修羅のごとき戦いで死守していたが、新潟港を海から攻められたとき、果たしてどうなるのか。

シュネル兄弟が、僅かの大砲で攻撃しても、敵はいとも簡単に上陸を敢行するだろう。仙台も危うい。仙台湾に薩長の軍艦が巨大な姿を現わし、一気に上陸作戦にでれば、いまの仙台藩兵では防ぎ切れまい。輪王寺宮が上陸した平潟の港も無防備だ。

梶原は、どうにもならない己《おのれ》に焦った。

これを防ぐ唯一の戦略は、江戸湾にいる旧幕府艦隊の出撃しかない。榎本武揚が奥羽越を支援しようとすれば、日本海と太平洋に艦隊を分け、制海権を握ればいいのだ。しかし、榎本は動かない。

「榎本奴《め》が」

梶原はうめいた。

奥羽越列藩同盟の不幸は、榎本を味方につけ得なかったことにあった。品川沖には、開陽、回天、蟠竜、千代田形、長鯨、神速、美賀保、咸臨の東洋一の艦隊がおり、旗艦開陽には、十八門の施条砲が装備されている。士官たちは、オランダ、アメリカで軍艦操練を学んだ当代一流の国際人であり、それ故に彼らは、絶妙なバランス感覚を持っていた。

兵力を温存し、徳川家の行方を見守り、奥羽越の戦いをじっと見ている。会津、仙台は、江戸に密使を送り、榎本に何度も参戦を求めたが、一向に腰を上げないのだ。

「同盟軍が敗れれば、榎本の未来もないのだ。なんとしても榎本を参戦させよ！」

梶原は、腹心の小野権之丞や安部井政治、諏訪常吉らに命じ、再度、榎本艦隊への使節団の派遣を工作させた。

合わせて、奥羽越列藩同盟公議府の具体的な組織化を命じた。列藩同盟がなり、諸藩の重臣が白石や仙台に集っても、会議が終れば、自藩に戻ってしまい、奥羽越全体の政治、経済、軍事、外交を担当する行政、軍事機構がないのだ。

これでは北部日本政府とはいえない。薩長軍は曲がりなりにも政権に近い。薩長に対抗する奥羽越の政治、行政機構がなければ、列藩同盟は、国家として機能しないのだ。

梶原の使令を受けた小野らは、米沢や仙台に疾った。

もともと奥羽越列藩同盟は、会津救済に端を発した平和同盟だった。平和同盟は攻守同盟となり、薩長と対決する東国の国家に急変貌を遂げた。

しかし、みちのくという保守的な風土にある東北、越後の諸藩が果たして、どこまでついて来るだろうか。その懸念ははじめからあった。すでに秋田が離反の動きに出、新発田藩も信用できない。輪王寺宮で浮かれている場合ではないのだ。

仙台藩玉虫左太夫も焦っていた。

奥羽越の盟主として仙台藩が主導権を取るには、軍備の近代化が急務であり、輪王寺宮下向の機会に奥羽越公議府を設置し、政治的な結束を固めなければならない。会津、長岡は、戦いに全力をあげており、仙台こそが、唯一、政治力を発揮できる立場にある。

藩主伊達慶邦も燃えた。

薩賊は残暴を恣《ほしい》ままにし、幼帝を欺いて大逆無道を行なっている。このうえは大義を明らかにし、幼帝の憂いを祓い、万民塗炭の苦しみを救うべきである。今回、輪王寺宮を迎え、奥羽越列藩の勝算、固より疑いを容れべからざるところである。

と、自ら天下泰平の祈禱を行ない、感涙にむせんだ。しかし、革新は一日では成らない。長い時間と、ときには血で血を洗う闘争も必要なのだ。奥羽越はまだその洗礼を受けてはいない。

「これからが大事なのだ」

玉虫は呻吟していた。

会津の小野権之丞や安部井政治は、玉虫や横田官平と日夜、激論を交わした。

「輪王寺宮は、あくまで〝玉〟なのだ。同盟の公議所は仙台ではなく、白石である。白河の戦線に近い白石に輪王寺宮を移し、同盟軍の士気を鼓舞すべきだ。それにもまして、問題は榎本の動向である。諸外国をいかに味方につけるかだ」

「残念ながら仙台藩は、大藩なるが故に動きが鈍い。しかし、私が責任をもって但木殿を説得する。ここまで来たならば、勝つしかないのだ。勝つために全力を尽す」

玉虫は燃えていた。

それにしても奥羽越は広い。

会津、仙台、米沢、長岡、庄内と各地に点在し、同盟軍の首脳が、顔を合わせることもできないし、通信連絡の手段もない。早馬が、人馬一体となって、お互いの国境まで砂塵を上げて、駆け登り、そこから伝令を疾らせるしかないのだ。しかも、お互いの最後の寄りどころは藩なのだ。たとえ、白石の公議所から使令がでても、すべての藩が一糸乱れず行動を起こすとは限らない。

これに対して、薩長軍は、江戸の大総督府から命令が下せる。同盟軍は、自国の領域を必死に守り、他国の兵は、戦況が悪くなると、さっさと自国に逃げ帰ってしまう。参謀たちの苦悩は、藩というゆるぎない壁と、はてしなく広い領土にあった。

会津、仙台、米沢の三藩の代表は、取り急ぎ次の事項を決議した。

一つは輪王寺宮の白石転陣であり、二つは、同盟諸藩重役の白石駐在、三つは会津にいる板倉勝静、小笠原長行ら旧幕府閣僚の同盟軍総参謀への就任である。

皆の願いは、輪王寺宮を帝として推戴し、旧幕府閣僚を最高顧問とする北部日本政権の具体的な行政、軍事組織の確立だった。

薩長を討ち破る燃える情熱が欲しい。夢にあふれる若者が欲しい。敵陣深く斬り込む勇兵が欲しい。大砲が欲しい。小銃、弾薬が欲しい。軍艦も欲しい。

梶原も玉虫も考えは同じだった。

陸前浜街道

ここも早晩、戦場になることが予想された。浜街道には平潟《ひらかた》、小名浜《おなはま》、中ノ作、相馬《そうま》、仙台と大小の港が点在し、港を縫って、街道が走っている。

湯長谷《ゆながや》藩、泉藩、平藩、相馬藩、仙台藩が、この街道を守っているが、同盟軍には、軍艦がない。

榎本の艦隊がこの海を守っていれば、薩長軍は、一歩も近づくことはできない。

だが海はガラ空きなのだ。軍艦がない以上、手の打ちようがない。

敵の大将、西郷隆盛は、ここにも攻撃の手を加えた。

無防備の平潟に薩摩、佐土原《さどはら》、大村藩兵千五百名を上陸させ、ここから白河の薩長軍と連絡させ、双方から平、相馬を攻撃、仙台国境に迫ろうとする作戦である。

究極の狙いは、会津包囲作戦である。

白河を抑え、関東への進出を食い止め、越後を破り、さらに太平洋から敵前上陸を敢行し、三方から包囲網を敷こうというのだ。

こうなれば、会津の孤立は眼に見えてくる。同盟軍が敵の上陸作戦を破るには、港々に砲台を築き、水際で撃破するしかない。その大砲がないのだ。

僅かの銃隊を港にはりつけても、軍艦から撃ち出す大砲の轟音で、戦意を喪失し、退却するのがオチだ。

六月十六日、会津藩首脳がもっとも怖れていた事態が起こった。

三隻の敵の軍艦が、悠々と平潟の港に入って来た。これを見た大江文左衛門の指揮する仙台藩兵二小隊は、戦火を交えず退却した。三隻の敵軍艦から次々に短艇が下され、兵の上陸が始まった。

浜辺の人々が珍らしげに港に集まり、始めはこわごわと遠巻きにしていたが、やがて一人、二人と薩摩兵の囲りに集まった。

参謀の木梨準一郎は、銭をばらまいて人々を安心させ、子供たちにビスケットを配って、手なずけた。

こうなれば、話は早い。漁師たちは小舟を出して武器、弾薬の陸揚げを手伝いだした。同盟軍の宣撫は庶民の間まではとても行き届かない。

陸前浜街道の海の玄関は、まるで牧歌的な風景のなかで、もろくも敵の手に落ちた。

敵軍は十九日までに千五百名の兵団を上陸させ、兵備を整えた。

会津鶴ヶ城で、この知らせを聞いた梶原平馬は、棒立ちになった。

「まずい」

梶原の顔が蒼ざめた。

「米沢藩に出兵の要請を求めよ！」

会津国境にいた米沢藩の銃砲隊が出発した。仙台藩もあわてて長崎丸、大江丸の二隻の汽船に増援兵一大隊を乗せ、中ノ作港に入り、平城の防衛についた。相馬藩も援軍を送った。

六月二十九日、湯長谷、泉を攻めた西軍は、平城に迫った。

同盟軍は、仙台、相馬、米沢、平藩兵約一千名。米沢藩銃砲隊が目ざましい活躍を見せ、大小砲を霰のごとく撃ち出して防戦、市街は猛火に包まれ、薩長軍に重大な打撃を与え、潰走させた。

平潟に防衛陣を張っておけば、敵の上陸は不可能に近いとおもわれるほど、同盟軍の反撃はすさまじかった。

戦いは七月十二日まで、平周辺の小名浜や四倉《よつくら》で行われたが、小名浜の戦いで仙台藩兵が敗れ、中ノ作港から汽船で逃れようとしたが、あいにく干潮のため沖合いの汽船に向かった小舟が進めず、そこを敵に狙撃された。

仙台兵を満載した小舟は、浜辺に引き寄せられ、そこへ霰のように銃弾が飛んだ。一瞬にして五十数名が小舟の上で、撃ち斃された。仙台兵の弱さがここでも露呈した。

七月十三日。朝から一寸先も見えない濃霧だった。霧が晴れたころには、平の市街は薩長軍で埋め尽されていた。

上坂助太夫

平藩家老上坂助太夫《こうさかすけだゆう》は、三百の平藩兵を率いて最後の決戦にでた。

前藩主安藤信正は、幕府老中を勤めた大物である。坂下門の変で失脚したが、今更おめおめと薩長の軍門に下ることはできない。

頼みとする仙台兵の姿はなく、米沢藩兵も弾薬が切れて城外に退いた。

「城を枕に討ち死の覚悟ッ」

上坂は、薙刀を手に裏門より進撃した。これら合図に追手門、三階櫓、八つ棟櫓の砲座が西軍の頭上に火を噴いた。

このとき空は、暗黒の雲が疾り、閃光雷鳴が天地を震動した。雨が滝のように降り注ぐなかを敵も必死に城門に迫り、大砲で城門をぶち破った。平藩兵が吹き飛ばされて即死した。

相馬藩兵も城外に突撃した。

平が落城すれば、次の戦いは相馬に移る。平の戦いは相馬にとっても藩の命運を賭ける決戦なのだ。

城門では斬り合いが始まった。上坂助太夫は、攻め込んだ西軍兵士を必死の形相で斬りまくる。すでに砲弾はつきた。小銃弾も二千発を残すのみとなった。糧食もない。

「退陣だッ」

上坂は涙をふるって自ら城に火を放った。城は真っ赤な焔をあげて、夜空をこがした。

「ああ、城が燃える」

赤井嶽《あかいだけ》に逃れた上坂の眼に涙があふれた。火は城下に燃え広がり、平の町は火の海と化した。市民はずぶ濡れのまま鎌田山に逃れ、呆然と座り込んだ。

慶長七年、鳥居忠政が築城して二百六十余年、平城は姿を消した。平落城は、海軍を持たない同盟軍の敗北だった。薩長軍は海路、次々に兵員と武器、弾薬を補給し、破竹の勢いで城を奪った。

会津鶴ヶ城に平落城の知らせが入ったとき、会津藩主松平容保は、安藤信正の顔をおもい浮かべた。

容保が若き日、信正は幕府老中として外国事務取扱いの任にあり、井伊直弼死後、幕府の政権を担当、公武合体を推めた人物であり、容保を育てた一人であった。

「安藤殿は御無事であろうか」

容保は、信正の身を案じた。梶原平馬は、無言であった。いずれ薩長軍は二本松を攻め、会津国境に迫るだろう。梶原は、顔色を失った。

仙台藩無惨

仙台藩兵は、いたるところで敗れた。白河の戦いで参謀坂本大炊ら八十名を失い、平の戦いでも実に七十名の戦死者をだした。近代戦の経験のない兵士たちは、耳をつんざく砲声に驚愕《きょうがく》し、銃を捨てて逃げまどい、そこを乱射された。

「無念、無念、盟主仙台の兵、何ぞ奮わざる」

平藩家老上坂助太夫は切歯扼腕《せっしやくわん》したが、白河口でも同じように逃走する兵が続出した。

矢吹に出陣している伊達将監の軍は、命令を無視して戦線を離脱した。

「元来、本藩は本末を誤り、総督府参謀世良修蔵を殺害し、朝敵会津と連合して、国家を危うくしている。この際、官平と接触し、会津を挟撃するのが第一の策である。但木殿が仙台藩の道を誤ったのだ」

と、仙台国境へ退陣してしまった。

盟主仙台藩の信念の欠如が、戦局に重大な支障を及ぼし始めた。事態を重視した仙台藩主伊達慶邦は、七月一日、青葉城御座の間に将兵を集め、評定した。

「わが軍、利あらず。いかがすべきかを問う」

慶邦は満座を見渡した。

誰一人、答える者がいない。

首席家老但木土佐、参謀の玉虫左太夫も顔を見合わせるだけだ。和洋混然たる仙台兵は、洋式部隊の薩長兵に討ち負かされ、完全に自信を失っている。

そのとき、末座から声が上がった。

「わが軍の大将は、その器にあらず。適材適所を選んでその任に当たるべきだ」

大胆な発言に座は一層白けた。

「しからば大将の器は誰か」

慶邦が口を開いた。

「坂英力《さかえいりき》殿でござる」

男は答えた。

坂英力。首席家老但木土佐の腹心の一人で、三十六歳。中級武士の出だが、一徹な性格が買われ、家老に抜擢された。

生粋の武人であるのだが、軍略家ではない。藩論に統一を欠き、無気力で懦弱な藩兵をどうまとめ、負け戦を挽回するのか、坂は迷った。

「頼むぞ」

藩主伊達慶邦の一言ですべてが決まった。坂が軍事参謀として全面的に作戦の指揮を執ることになったのだ。仙台藩首脳は、北部日本政権の夢を捨ててはいない。盟主として、奥羽越諸藩に誓った数々の盟約を忘れてはいなかった。

但木土佐は、会津がうらやましい、とおもった。

会津藩兵は、誰一人として敵前逃亡する者はいない。いつも先陣をきり、殺されても殺されても敵陣に突入する。銃弾が切れれば刀槍を振って、斬り込みを敢行する。命知らずの獰猛な武士たちだ。

だが仙台は違う。奥羽の大藩という固定観念におぼれ、気づいたときは、朝敵となっていた。しかし、会津と交わした同盟の信義を失えば、仙台藩は永遠に懦弱の烙印を押される。

この日から但木は、狂ったように星恂太郎の額兵隊を叱咤激励し、一日も早い出陣を願った。合わせて秋田藩の離反に重大な警告を与え、

「場合によっては攻撃する」

と脅した。だが、いったん狂い出した歯車は、音を立てて逆転し、仙台藩の権威を根底からくつ返す事件が発生した。

第十三章　秋田の変身

使節惨殺

七月二日。但木土佐の厳命を受けた仙台藩士志茂又左衛門《しもまたざえもん》の一行が秋田に入った。

秋田藩は奥羽鎮撫副総督沢為量、下参謀大山格之助に続いて総督九条道孝を迎えて以来、にわかに薩長寄りになっている。

錦旗を掌中に収めている限り、秋田はまぎれもなく勤皇であり、薩長はもちろん、同盟軍もうかつに手をだすことはできない。仙台藩は九条道孝を失なって初めて、失敗に気づいたが、秋田は、即座に〝玉〟の利用価値を見出した。

登城した志茂又左衛門は、

「九条総督、沢副総督を即、仙台藩に奉還していただきたい。あくまでも秋田に留めておこうとするならば、それは、薩長に対する利敵行為である。仙台藩は、貴藩に出兵も辞さない」

と、秋田藩主佐竹義堯を睨みつけた。

秋田藩首脳は、とまどった。

薩長が勝てば、秋田は東北唯一の勝利者になれる。薩長政権のもとでゆるぎない座を獲得できる。逆に同盟軍が勝利すれば、秋田は官賊の一味として糾弾を受け、処刑される。

藩内は甲論乙駁、翌日になっても結論がでなかった。

同盟を支持する家老の戸村十太夫が、必死に藩論をまとめようとしたが、

「薩長と手を握るべし」

とする声が意外に根強いのだ。

仙台藩の使者は、じっと回答を待った。初めての長旅の者もいる。つい、気が弛んで、夜、宿舎を出て、料亭に足を運ぶ者もいた。

仙台藩使節に危害を加える者はいまい、という安堵感もある。

油断と決めつけるのは酷である。

この仙台藩使節をつけ回している浪士風の男たちがいた。眼が合うと、さっと顔をそむける。秋田の砲術所の浪士たちである。彼らは、沢や大山の宿舎に入りびたっている危険分子だ。

「話のわからん家老を殺《や》るのだ」

「戸村を殺るのか」

「そうだ」

「戸村を消せば、殿は我々の操り人形になる。問題は殺る方法だ」

「一席設けて戸村に酒を呑ませ、帰り道を襲うのだ。バッサリとな」

「面白い」

この密議に沢為量、大山格之助も加わっていた。

「やるべきだ」

沢がいった。

福島で世良修蔵が殺されたとき、沢は顔面蒼白、恐怖のあまり口もきけなかった。しかし、仙台、盛岡、秋田と流浪の旅を続けるうちに、若い公卿は悪知恵を身につけた。

仙台に送り返されれば、あるいは己の命がない。秋田にいる限り、安泰なのだ。黙って聞いていた大山格之助が、口をはさんだ。

「藩の重臣を斬れば、諸君らの命が危ない。必ず罪に問われよう。まあ聞け。秘策がある」

大山はニヤリと笑った。

「仙台藩使節を斬るのだ。使節を斬ればどうなる。秋田の藩論は、反同盟に固まる。固まらざるを得ないのだ」

浪士たちは仰天した。しばしの沈黙のあと、

「殺《や》ろう」

と一人がいった。

この案が砲術所のリーダー、豊間源之進にもたらされた。豊間は、

「使節を殺すのは、義において不可だ。そこまではできん」

いったんは断ったが、大山は、さらに一計を案じて豊間をそそのかした。

「ものは考えようだ。諸君が志茂又左衛門を仙台藩の使者と見たのは誤りなのだ。奴らは毎夜、潜行して城下を歩いている。酒を呑み、女とたわむれている。これが大藩の使節といえるか。奴らは副総督を狙う刺客だ。殺すのだ」

大山の陰湿な策略に豊間が乗せられた。

「仙台を斬るべし」

彼らは口々に叫んだ。人間はときとして衝動的な殺人集団と化す。連鎖反応的に野獣の心が人間を支配する。眼が血走り、口が乾く。集団が彼らの心を異常にさせる。

「殺《や》れッ」

呪術にかかったように浪士たちは興奮した。薩長は、若者たちに呪術をかけ、狂気の戦争を仕向けて来た。得意の謀略である。純粋な秋田の浪士を踊らせるなどわけないことだ。しかし、狂気の集団のなかにも冷静な人間も一人や二人はいる。

血気にはやって仙台藩使節を斬ったとしよう。奥羽鎮撫総督府がバックについている限り、秋田藩主といえども殺人集団に手出しはできない。だが、必ず反作用はある。若者が変革を起こせば、旧世代は駆逐される。相談にあずかった人間は新しい世代を援護するが、若者から無視された人間は抵抗する。

「あいつらは生意気だ」

「世の中を知らない」

「痛い目に合わせろッ」

若者には想像もできない逆襲がある。人間はそれだけ難しい。豊間源之進はそのことを知っている。

豊間は秘かに家老の石塚源一郎、小野岡右衛門に迫って、仙台藩使節の暗殺を告げた。

石塚、小野は突差に判断できずに口をもぐもぐさせて押し黙った。黙ったことは了解につながる。

暗殺決行

七月四日夜。浪士たちは、秘密のアジトに結集した。家老も抱き込んだ。失敗すれば家老の命もない。危ない橋を家老も渡ったのだ。

「諸君たち、君らは何も憂えることはない。あとのことは俺にまかせてくれ」

豊間源之進の言葉には自信があった。自信はしたたかな計算の上に生まれる。

あとは実行部隊を誰にするかだ。どんなに大義名分があっても、人を殺せば、その罪は一生つきまとう。正直のところ、自分の手で斬りたくはない、というエゴイズムがある。となれば、どんな方法で殺人者を選ぶかだ。

「籤《くじ》引きだ」

豊間は低い声で浪士たちの顔を見た。

七月四日夜、亥の刻（午後十時）籤引きで選ばれた富山虎之助、遠山直太郎、根本時之進ら二十二名が、仙台藩使節の宿舎、茶町扇ノ丁の幸野治右衛門宅を取り囲んだ。

富山は、

「新庄藩士川田五郎太夫に用事がある」

と川田を呼び出し、川田が二階から降りてくると、

「ほかに新庄藩士はいないかッ」

大声で叫び、五人の新庄藩士が、

「何事か」

と外に出たとき、

「行くぞッ」

十余人の浪士たちが、二階に躍り上った。

「総督府の命を受けて、賊使を誅殺する」

と叫びながら又左衛門を斬り斃し、さらに五人を斬殺した。

新庄藩士も意外の成り行きに仰天し、手の施しようがない。

隙を見て外に逃れた棟方重七郎ら五人の仙台藩士は捕われて、捕縛された。

翌朝、豊間らは斬殺した五人の首を五町目橋に晒し、次のように張りだした。


仙台藩使者用人志茂又左衛門、同士分山内富治、同内ヶ崎順治、同高橋市平、又左衛門家来二人、会津容保は暴悪にして、朝廷を悩ませたのみならず、慶喜叛謀の謀主である。にもかかわらず、仙台はこれに加担し、あまつさえ輪王寺宮公現親王を奉り、討姦を唱え、尊氏の悪例に習う始末、実に天地に入るべからざる逆賊である。よって、総督府の名で賊使を誅し、軍門に梟首したもの也。

秋田藩首脳は、これらの暴徒のなすがままに翻弄された。捕縛された五人は激しい拷問を受け、

「もし、奥羽鎮撫総督九条道孝を秋田が引き渡さないときは、九条総督の宿舎を焼き討ちする手はずであった」

と、でっち上げの罪状をつけられ、斬首された。

仙台藩使節の悲劇はさらに続く。

翌日、一行を追って仙台から駆けつけた志茂丁吉と高橋辰太郎の二人も捕えられ、無惨にも斬殺された。

「秋田のやり方は汚ないッ」

但木は烈火のごとく怒り、その非道を憎んだ。

仙台藩兵が秋田報復を誓い、南部藩も秋田に宣戦を布告するが、奥羽越同盟の一角は、こうして崩壊した。

秋田藩の同盟離脱は、単に過激派の浪士たちの殺人行為の結果ではない。その背景には秋田藩首脳の優柔不断な態度があった。仙台藩使節の対応をめぐって、秋田城内では連夜の激論が交わされた。家老クラスに確固たる指導力が見当たらないため結論はでない。しかし、長岡城が落ち、白河城も薩長軍に占領され、同盟軍の旗色が悪い、というまぎれもない事実もある。このまま同盟に加わっていて勝利はあるのか、という声には説得力がある。こうした混乱の中で、仙台藩使節暗殺事件が起こったのだ。

漁夫の利

政治結社としての奥羽越列藩同盟は、最初から問題を含んでいた。会津救済に端を発し、薩長に対抗する政治・軍事結社を結成したが、一糸乱れぬ政治理念が全兵士に貫徹しているわけではない。

会津、庄内、長岡は別として、仙台は、会津、庄内、長岡の武力に便乗して、あわよくば漁夫の利を得ようとする魂胆もあった。だから戦いに敗れると、さっさと戦場を離れてしまう。

米沢も同じだ。

多くの藩兵は、河井継之助を最後まで助けようという気はない。事実、真剣に戦うだけの兵備もない。薩長を主力とする敵軍の兵士とは、志気も装備もあまりにも違いすぎる。頭のいい米沢藩軍事総督千坂《ちざか》太郎左衛門は、戦場に来て、すぐそのことを知ってしまった。

「会津の梶原殿には悪いが、会津と心中をするには、どうも無理がある」

千坂は考えを変え始めていた。戦争は、明確な理念に統一された参謀と、よく訓練された下士官、兵士がいなければ、勝つことはできない。バックに財力も必要だ。いずれにせよ秋田藩首脳に同盟離脱を決意させた大きな理由は、ひとことでいえば、仙台藩が勝てないことにあった。

仙台藩に秋田を抑え込む力がなかったのだ。

会津藩首席家老梶原平馬は、秋田の裏切りを知ったとき、

「仙台は弱い」

と慨嘆した。兵もつけずに使者だけを送ったことにも甘さがあったが、大藩の威厳は、遠く宇宙の彼方に吹き飛んでしまったのだ。外交交渉の裏には、武力の背景がいる。残るは南部藩だ、

「南部藩がどうでるかだ」

梶原平馬は唸った。

南部藩が秋田に同調すれば、奥羽の北部は、完全に薩長のものとなる。しかし、盛岡の南部藩は、依然、同盟の一員であり、秋田の卑怯な裏切りによって、南部藩が怒りをつのらせることは十分にありえるのだ。

「南部藩よ立て」

と梶原は祈った。

七月十二日、南部藩家老楢山《ならやま》佐渡が京都から仙台湾寒風沢《さぶさわ》に入った。京都にいた楢山は、反薩長の意気に燃えて盛岡に戻る途中、仙台に立ち寄ったのだ。

南部藩の貴公子として育った楢山は、薩長の志士と相容れないものを持っていた。どてら姿の西郷隆盛は、横柄な態度で、楢山に接し、岩倉具視は、秘かに楢山を招いて、

「薩長の野望はとどまるところを知らない。奥羽諸藩は結集して、薩長に当たれ！」

と告げた。岩倉一流の狡猾な耳打ちである。楢山は仙台で仙台藩首席家老但木土佐と会った。但木は、

「秋田は許せない。南部藩の手で討伐してほしい」

と要請した。

「わかった」

栖山は秋田攻撃を約束した。どちらかといえば日和見主義の南部藩も秋田のやり方に憤怒した。もともと南部藩にも薩長に対する怨みがあった。

鳥羽、伏見の戦いで幕府、会津が敗れ、戦雲が奥羽越に広がるころ、南部藩首脳は、軍備の近代化を急いでいた。その手はじめに函館のイギリス商人デュースから三万両で蒸気船を購入、「飛隼丸」と名づけ、南部産の荒銅や海産物を積み込んで大阪に向かった。大阪で売りさばいて換金し、横浜や函館で武器、弾薬を手に入れようと考えたのだ。ところが「飛隼丸」は、浦賀でおもいもかけぬ略奪に合った。

「臨検だ」

浦賀駐在の薩摩、肥前藩兵が銃剣をつきつけて、船に乗り込み、積荷、乗組員もろとも接収してしまった。

「薩摩奴《め》が」

南部藩士たちの怒りはこのときからあった。以来、南部藩は、函館の外国商人を通じて、ライフル銃五百挺、雷管二十四万粒、火薬四十八樽などを購入、約二千名の部隊編成を進めていた。仙台藩を通じて南部藩の参戦を知った会津藩首席家老梶原平馬は、南部武士の心意気を知って安堵した。

これで秋田の進攻を食い止めることができる。越後、白河で勝てば、同盟軍は、薩長を奥羽越から追い落すことができる。それにしても仙台が。

梶原は馬を飛ばして滝沢峠を越え、猪苗代湖に疾った。無性に水を見たくなったのだ。梶原は、中田浜の山上から湖を見た。

湖面を流れる西風は、すでにひんやりとして冷たい。夏の終りが近づいている。風の通り道にあざやかに波がある。白い波が、跳びはねている。

梶原の険悪な顔が次第にゆるんだ。

ともすれば打ちくだかれる梶原の心に精気が甦った。新潟の潮騒が聞こえてくる。鷗が翔ける姿が瞼に浮かんでくる。負けはしないぞ。迫り来る敵を討つのだ。夕陽が湖水を染めた。青い水が黄金色に変わり、やがて赫々と輝いた。

梶原の夢は、あくまでも日本の政治に東北、越後が参画し、国政を動かすことにあった。

会津が籠城し、玉砕することではない。それは、あくまでも最後のときなのだ。犬死にするために戦いに入ったのではない。男としての誇りと、奥羽越の未来のために薩長は許せないのだ。

会津が死を決して戦えば、弱兵の仙台もいつかは意地を見せてくれるに違いない。

梶原は、依然、夢を持ち続けていた。

「やはり、新潟だ」

梶原は呟いた。新潟港を死守すれば、戦闘は続けられる。

翌日、梶原は、越後の河井継之助、仙台の但木土佐に急使を派遣し、改めて新潟港の死守を訴えた。

新潟港が同盟軍の掌中にある限り、武器、弾薬の補給が可能なのだ。そのカギは、同盟軍海軍の創設にあった。軍艦さえあれば、新潟港を守ることができるのだ。仙台湾も軍艦がない限り、無防備に等しい。

ストーン・ウォール

仙台藩首席家老但木土佐、政務参謀の玉虫左太夫も必死だった。輪王寺宮に同行した旧幕府老中の板倉勝静、小笠原長行らと協議し、反撃の戦略を練った。

「ストーン・ウォール号を手に入れるのだ」

板倉がいった。

「ストーン・ウォール号?」

但木が尋ねると、板倉は興奮した口調でいった。

「幕府がアメリカに発注した軍艦だ。これは我々の軍艦だ。これが手に入れば、薩長の海軍などものの数ではない」

甲鉄軍艦ストーン・ウォール号。正式には「ストーン・ウォール・ジャクソン号」という。

榎本艦隊の旗艦「開陽丸」よりは小型だが、鋼鉄製で、木造の開陽よりははるかに戦力に勝る。その船は、四月に横浜に入港したが、アメリカは局外中立を宣言、薩長政府、旧幕府のいずれにも引き渡すことを拒否、星条旗をかかげて横浜に繋留されているのである。

これを手に入れれば、たしかに同盟軍に海軍が誕生することになるのだが、これを戦力として用いるには榎本武揚の協力がなければ、何の役にも立たないのだ。その榎本は、相変わらず、品川に留って動かない。

同盟軍は、矢継早に横浜の各国公使、領事館に使者を送った。

七月七日には、仙台藩士横尾東作、会津藩士雑賀孫六郎、米沢藩士佐藤市之丞の三名が新潟の開港と同盟結成の趣旨をしたためた書翰を持参して新潟を出帆、横浜に潜入し、諸外国にアピールするとともに、「徳川氏全権」を名乗る板倉勝静、小笠原長行の正副使として、旧幕府の松平兵庫頭、安田幹雄の二名が、横浜に出向いた。

列藩同盟がもっとも強くアピールしたのはアメリカで、前回と同じように再び訴えた。


貴国、南北両部の戦いは、北人が南人が黒人奴隷を牛馬のように駆使するのを見るに忍びず、再三諭したが南人は屈せず、ついに四、五年間の長い戦いに及んだと聞く。戦いは北人の仁心が貫徹し、次第に南軍は敗れ、北部を中心に三十余州が一つとなった。わが日本の戦いも貴国の南北戦争と同じである。

南方の為すところは不仁であり、不義である。貴国のリンカーンのごとき人物が日本にいれば、天皇に北方の真の姿を伝えてくれようが、それは望むべくもない。そのことを深く諒察していただきたい。


決死の外交交渉であった。

梶原平馬もこの外交交渉に最後の望みを托した。諸外国が奥羽越列藩同盟を一つの独立国家として認めれば、同盟軍は、諸外国と自由に交易し、武器、弾薬の供給はもちろん、軍事上の様々な援助が受けられるのだ。そうなれば、榎本の艦隊も自信を持って動けるはずだ、梶原はそうおもった。

梶原や但木の狙いは、ずばり当たった。アメリカ公使ヴァン・ヴォールクンバーグは列藩同盟にいたく同情し、

「いまや日本には、一人の大君の代わりに、二人の帝《みかど》がいる。京都における一人の帝が政権を取ったと宣言しているが、北方には新たな帝（輪王寺宮）がいて、その勢力を増大している」

と、南北朝の存在を認めたのである。この知らせは、仙台、会津にもたらされ、同盟軍首脳を狂喜させた。このような情勢のなかで、薩長軍参謀黒田清隆は、新潟攻略の急務を訴え、イギリスがこれを支援、着々、新潟港攻略を練っていた。

新潟における戦いが、すべてを決することになったのである。

「河井が敗れれば、会津は即、孤立する。河井、がんばってくれ」

梶原は、命運を河井に托した。

河井が薩長を食い止め、越後に釘づけにしていれば、諸外国は、アメリカにならって、二つの日本を認めざるを得なくなる。武器商人は、同盟軍に鉄砲を売れば、それだけ利益が上がる。どんな手を使っても、武器、弾薬を運んでくる。それがある限り、会津も庄内も、米沢も仙台も戦争能力は、保ち続けることができるのだ。

戦争とは、勝たなければ、すべてが無駄になる。後世、戦いの評価について様々の意見がでようが、現実のいまに、間に合うはずはない。

すべての領民を動員し、あらゆる戦略を駆使して勝つのだ。勝てば榎本の艦隊も動き、諸外国も一層

中立を守る。梶原平馬は、日々、祈りの気持ちでいた。

「可能な限り、銃器、弾薬を長岡藩に供給せよ」

梶原の命令は終始一貫していた。

会津がいかに多くの武器、弾薬を長岡軍に補給し続けたかは『河井継之助伝』に明白である。


六月三日、左の通り会津より借り受け。
一、筒三十挺、弾薬一万五千、雷管二万二千五百、十匁玉千粒、火薬三貫目。
六月十一日、弾薬一万、雷管一万三千。

六月十四日、弾薬五千八百、雷管七千五百四十。

六月十八日、尖弾銃五挺、円弾銃二挺、ホイッスル銃二挺。

六月十九日、弾薬一万千二百、雷管一万三千百。

六月二十二日、弾薬五千二百、雷管六千七百六十、鉛五十貫。

六月二十六日、弾薬一万、雷管一万三千。


膨大な弾薬が会津藩から送られたのだ。それは、梶原の執念であった。

越後の戦線はすでに一か月余にわたって膠着状態が続いていた。

河井の執念は長岡城奪還だった。長岡城を奪回し、越後から薩長を追い出すことだ。やがて冬が来る。

南国の兵は越後の冬に耐えられるはずはない。これしか勝つ道はない。

河井はそう確信していた。

一方、敵将山県有朋は新潟を急襲して新潟港を奪還せんと秘策を練っていた。武器弾薬の供給を断てば、会津も長岡も戦闘能力はガタ落ちになる。

山県の新潟攻撃が先か、河井の長岡奪回が先か、両者は、刻々とその準備に入っていた。

新潟港を奪われれば、万事窮すである、
機先を制した者が勝つのだ。

それにしても河井が気がかりなのは、新発田藩の動きだった。農民を使って薩長に寝返る画策をしているという噂を耳にしていた、
これは巧妙な手だった。

夏に入っても越後の天候は不順で、相変わらず雨が多い。冷害の恐れも十分にある。そうしたことで、農民はどこでも戦争に反対だった。

秋の収穫期の前にケリをつけなければ、人夫の動員も食糧の調達も困難になる。これが怖いと河井は内心、思っていた。

彼が立てた長岡城奪回策は、城の背後にある沼地、通称八丁沖《はっちょうおき》という沼地を渡って、奇襲する大胆な戦略だった。

長雨でこの沼地は、いたるところに小川ができ、腰までつかる泥土になっていた。

薩長軍から見れば、背後に天然の防衛地帯があるのと同じなのだ。この泥と水の中を攻めて来るはずはない、と信じている。

奇襲作戦

七月も中旬になって、すでに秋の気配がただようころ、河井は諸隊長に、この秘策を打ち明けた。

（まさか）

味方も驚く奇襲作戦だった。

攻撃は七月二十日夜と決まった。

河井は諸隊長を集めて、得意の弁舌をふるった。

「この戦いが長岡藩の興廃を決めるのだ。われらが勝てば、敵は越後から引き揚げることになる」

長岡藩兵の兵力はすでに六百名足らずに減っている。このままではいたずらに兵力を消耗し、じりじりと敗退を続けることは火を見るより明らかなのだ。これに対して、薩長軍は続々兵力を増強している。いまをおいて外に攻撃のチャンスはないのだ。

「人間死ぬ気になれば、案外生きることができる。大功も立てられる。ところが死にたくない、危い目に逢いたくない、とおもうと、生きることもできず、汚名を後世に残すことになる。身を捨ててこそ、浮かぶ瀬もあるのだ」

河井は、独特の人生哲学を披歴した。

藩兵六百九十人を前軍、二軍、三軍、本陣、後軍の五つにわけ、各自隊員一人ひとりに弾薬百五十発と青竹一本、切餅二十一個が手渡された。青竹は沼地を渡るのに欠かせない道具である。

ところが七月二十日は明け方から雨が激しく打ちつけ、風も加わって、とても沼地を渡ることはできない。

「延期だな」

河井は呟いた。

八丁沖は、いまは水田となり、当時をしのぶことはできないが、大きな沼地で、真ん中に葦が生い茂り、ところどころに小川が流れ、膝まで没する湿地帯である。ここを渡れば城までは僅か一里（四キロ）の距離である。

会津藩、米沢藩もこの奇襲を固唾を呑んで見守った。渡河に成功すれば、直ちに正面から長岡城攻撃に向かう約束なのだ。

七月二十四日、空はどんよりと曇っていた。夜襲をかけるには絶好の日和である。六ツ半時（午後七時ごろ）前哨兵十人に続いて、前軍、二軍、三軍と見附の本営から市屋の船橋を渡り、熱田新町より四つ屋、漆山を経て、百束村の東端にでて、四つ時（午後十時ごろ）八丁沖にかかった。梅雨の大雨がまだ引かず、ぬかるみのなかを六百の精鋭が進む。前哨兵は、この四日間、ひそかに八丁沖に侵入し、通路に目印をつけていたので、これにそって、匍匐《ほふく》して一歩一歩、長岡城を目指す。誰一人、声を立てる者はいない。

歯を食いしばり、右手に青竹、左肩に銃を担ぎ、葦の葉に足をとられながら、泥だらけになって漕ぎ分ける。

前軍が二十五日明方（午前二時ごろ）、ようやく八丁沖を渡り切ると、黒雲が消え、さっと月光が射した。

原野は白昼のように照らしだされ、兵士たちは、泥土にひれ伏して、息をひそめた。眼の前には敵の陣地があり、篝火《かがりび》を燃して警戒している。敵兵の言葉さえ聞える。前軍を指揮する川島億二郎は、胸の動悸を押え切れずに、ただじっとうずくまった。

もし、いま敵兵に発見されれば、二軍、三軍、後軍は、集中砲火を浴びて、この作戦は失敗する。雲よ来い。

川島は神に祈った。幸い敵兵は気づかない。約一時間ほどして全軍が八丁沖を渡った。

「いまだッ」

前哨兵が飛びだして、敵の番兵に短刀をつきつけた。

「騒ぐなッ　あの陣地に何人の兵がいる」

敵兵は唇をワナワナとふるわせ、言葉がでない。

「いわなければ殺すッ」

「十数人」

敵兵は、口を開いた。六百名の黒い塊りは、風のように敵の胸壁に向かって突撃した。

「わーッ」

奇襲を受けた薩長軍は、絶叫し、狼狽し、小銃を乱射して逃げる。前軍は、直ちに長岡城攻撃の烽火を上げた。これを合図に正面攻撃の会津、米沢藩兵も総攻撃に移り、砲焔は天をこがし、長岡一円に火災が発生、白昼のような明るさとなった。

敵陣は大混乱に陥った。薩長軍は拡大した越後戦線に兵を分散していたため、薩長軍総督府軍将西園寺公望、参謀山県有朋は、命からがら逃げた。

長岡市民は、町の大通りに酒樽を持ちだして長岡藩兵をもてなし、老若男女は道ばたに平伏して河井らを迎えた。

「おおー、戻ったぞおう」

河井は、一人ひとりに手をさしのべ、声をかけた。

お山の千本桜
花は千咲く、実は一つ

人々は、河井を囲んで踊り狂ったと司馬さんの『峠』にあった。

この場面、地元の研究者からは疑問符である。長岡兵は突撃の際、敵が宿泊する農家を焼き払った。長岡城も先の戦いで、焼失していたが、焼け残った武器庫には、薩長軍の大砲、小銃が充満しており、弾薬二千五百箱も見つかった。衣類もある。軍用金もある。長岡兵は、いまさらのように敵軍の物資の豊富さに驚いた。

しかし、喜びは一瞬に過ぎなかった。

正午ごろ敵の先鋒が逆襲を試みた。

本道攻撃の米沢藩兵が一向に敵を破ることができず、長岡藩兵は長岡城に孤立する形となったのだ。

「米沢奴、何をしてる」

河井は、敵兵に向かって走ったそのとき、一発の銃弾が河井の左膝下を貫通した。鮮血がどっと流れる。

「だんな様ッ」

河井の従僕松蔵が血相変えて駆け寄った。

「松蔵、やられた」

河井は、苦痛に顔を歪めた。

（ついていない。俺はついていない。これで長岡も終りだ。情けない。情けない）

河井は自嘲した。

松蔵は河井を物陰に運ぶと、手ぬぐいを裂いて膝をしばり、兵士たちが急造の担架を作って、長岡藩の軍病院である昌福寺に運んだ。

長岡藩兵にとって、河井がすべてなのだ。

どの顔も沈痛のあまり、声もない。

河井がいなければ戦いにならない。誰が指揮をとり、誰が長岡を考えるのか。越後の戦いは、河井継之助を欠いてはありえない。

全員、顔面蒼白だった。

二十六日、長岡城に入った米沢の千坂太郎左衛門、会津の佐川官兵衛らも呆然とした。

敵兵は一両日中に総攻撃をかけてくるだろう。河井を欠いて長岡の防衛はできない。越後もこれで終りだ。

二人の胸に去来するものがあった。米沢藩は、このときから早くも退却を始める。米沢藩軍事総督千坂太郎左衛門は、絶えず米沢藩兵の温存を考えている。他国で藩兵を消耗すれば、自国の防衛が不可能になる。そのために攻撃も消極的で、会津や長岡藩兵との間に不信感も芽生えていた。

「米沢は相手にならん！」

佐川官兵衛は、ときおり口ぎたなくののしった。寄せ集めの同盟軍の悲劇である。梶原平馬は、米沢の千坂を信じたが、千坂は政治家であり、政略で動く。

河井の重傷は、越後の同盟軍を崩壊させた。それを決定的にする薩長軍の新潟上陸作戦が行なわれた。同盟首脳がもっとも怖れた新潟港の占領である。

第十四章　裏切り

不穏な動き

謀略、罠、裏切り、戦争には、様々の卑劣な行為がつきまとう。越後戦争での見えざる敵は、内部の裏切りだった。内部の敵ほど怖いものはない。背後から銃弾を受け、すべての作戦は水泡に帰す。

「裏切られた」

と知ったときの心理的打撃も大きい。古来、戦争はいかに相手の内部を攪乱するかにある。敵の後方にスパイを送り、逐一、敵の情報を集め、戦略を練る。その点で、薩長軍は一日の長がある。本来、同盟軍は自国での戦いだから、敵よりも緻密な情報を得られるはずだった。しかし、寄せ集めの同盟軍は統一的な作戦本部がない。形の上ではあるのだが、実際は長岡、米沢、会津とそれぞれ独立した部隊が各地に転戦しているため、せっかくの情報も生かせない。

この時期、同盟軍の危惧は新発田藩の動向にあった。新発田藩の不穏な動きは、早くからあった。これにいち早く気づいた会津藩は、仙台、米沢藩と共同で、新発田藩主を人質に取ることにし、三藩の兵を新発田に向けて、藩主溝口直正を拘束した。少々、手荒い処置だが、新発田が同盟を離脱すれば、新潟港が危ういのだ。

小藩の新発田が会津、仙台、米沢に抵抗できるはずはない。藩主は米沢に転居することになり、城下を出発、米沢に向かったとき、多数の農民が竹槍や筵旗を持って、城下にあふれ、阿賀野川の橋を撤去して、道をふさいだ。農民を相手に戦争することはできない。

これは新発田藩と農民たちの共同作戦だった。

「このままでは同盟の今後に悔恨を残す。強硬手段をとっても新発田藩を抑え込め」

梶原は命令したが、米沢の動きが緩慢で、対応策が取れない。

この間に、新発田藩が長岡の薩長軍と連絡を取り、新潟上陸の手はずを整えた。これを探知できなかった会津、米沢軍の大失敗だった。

七月二十五日。佐渡の小木《おぎ》港に集結した薩長軍の海上部隊は、二十五日早朝、新発田領の太夫浜沖合に姿を現わした。のどかな漁村の沖合に軍艦二隻と輸送船四隻が、忽然と近づいたのだ。もくもくと黒煙を吐き、ボー、ボーと蒸気音を響かせている。

米沢、会津藩兵が守る新潟港を避け、近くの漁港に敵前上陸をかけたのだ。蒸気船の後ろには、軍需品を積んだ三十隻近い漁船がやってくる。大船団だ。

近くの漁民が、何事かと浜辺に走ると、すでに上陸が始まっている。

銃口をつきつけられた漁民は、たちまち人夫に徴発された。

「女も集めろ」

村に総動員令が出された。このころには新発田藩からの使者も浜辺に見え、直ちに千二百の薩長軍の兵士が、新発田城に向かった。漁民たちは事の成り行きに仰天した。

「裏切りだ」

誰しもが恐ろしい出来事に身を震わせた。

この日から漁民たちは、武器、弾薬は勿論、米、味噌、梅干し、漬物、鰊、草鞋などおびただしい量の軍需物資の運搬にこき使われ、女たちは、総出で炊き出しに当たった。

新発田のが裏切りが、新潟の同盟軍に入ったとき、すでに敵の上陸は終わっていた。

新潟の同盟軍は、米沢藩家老色部《いろべ》長門《ながと》を責任者に米沢藩兵二百五十名、会津藩兵約四十名、仙台藩兵百五十名に庄内藩兵若干にすぎない。

新潟市中の要所に柵を設け、信濃川端に塁を築き、大砲数門を新潟港を見下す台座に据えていたが、この程度の防衛体制ではひとたまりもない。

しかも太夫浜は無防備だった。

信濃川を渡河した薩長軍は、直ちに新潟攻撃に向かった。

会津猪、米沢猿で、新発田狐にだまされた。

敵兵は無敵の進撃を続ける。勝手知った新発田藩兵の案内なので同盟軍はひとたまりもない。

新潟奉行所で指揮を執っていた米沢藩家老色部長門は死物狂いで抗戦した。

包囲された米沢藩兵は、戦死者二十六名をだして潰滅した。逃れようとした色部の一隊は、途中で道を間違え、攻めて来た敵軍兵士に出会った。

「退くなッ」

色部は自らピストルを乱射し、弾が切れると、先頭に立って斬り込み、敵弾に倒れた。

部下の浦部儀左衛門、五十嵐源次郎、金内志津磨が、色部を抱えるようにして近くの茄子畑に運んだ。

「もはやこれまでだ」

色部は短刀を抜いて腹に突き刺した。

「早く、早く」

必死にくずれかかるのを我慢している。

「御免ッ」

浦部が太刀を振って首を斬り落とした。

新潟に攻めいった薩長軍は、いたるところに火をつけた。

古町通り、寺町通りは、おりからの颪にあおられ大火となり、五百余軒が焼失した。会津藩の宿舎、会津屋も炎に包まれた。

このとき、新潟港では、エドワード・シュネルが、弾薬の運搬に当たっていた。エドワードは十四艘の船に小銃、弾薬を積み、米沢藩兵に補給を続けていた。

「戦ウノダ、負ケテハナラナイ！」

エドワードも、小銃を構えて戦った。新潟が占領されれば、エドワードの命もないのだ。しかし、戦いはあっけなく終わった。エドワードは銃口をつきつけられ、捕われた。

同盟軍の兵士を捕えれば、たちまちなぶり殺すが、エドワードは外国人である。薩長軍は外国人には敏感である。もし、殺害して外交問題に発展すれば、戦いに支障を来す。エドワードは釈放されて新潟港に停泊している外国船に移された。

梶原の夢は、無惨にも消えた。

長岡城も、間もなく薩長軍に奪い返された。河井を欠いた長岡藩兵は、もはやかつての精強な軍隊ではない。勇者は、薩長軍の銃火で斃れ、越後平野におびただしい血が流れた。

薩長軍は新潟攻略で、同盟軍の補給を遮断し、作戦の困難な冬の前に、会津攻撃の体制を整えた。

白河の薩長軍は、二本松から会津を狙い、越後の薩長軍も、会津に攻め入ることができる。

会津藩は重大な危機に直面した。

悲報、会津に入る

会津鶴ヶ城は、初秋の風が吹いていた。会津の夏は短い。灼熱の季節は、ほんの一瞬なのだ。奥会津の深山は紅葉をはじめ、会津盆地の緑も次第に黄色い葉が目立ってくる。秋もまた淋しく、美しい季節だ。

会津の秋は、錦繍《きんしゅう》のように紅葉し、冷たい秋雨が降る。やがて霜がおり、飯豊《いいで》山は白雪におおわれる。秋のあとに長い冬がくる。軒下まで雪が積もり、寒風が吹き荒れる。

「冬だ。冬こそが我らの味方なのだ。この秋さえ越せれば、戦いは我らのものになる」

と、梶原はおもった。そこに新潟の悲報が伝えられた。

（早い。早すぎる。米沢はどうしたのだ。河井を見捨てたのか。官兵衛はなにをしているのだ）

梶原の頭は混乱した。会津藩主松平容保は、無言のまま呆然と立ちすくみ、梶原は顔をひきつらせた。

「梶原、どうしたというのだ」

容保が尋ねた。

「新発田が裏切ったのです」

「新発田がか」

容保も言葉がない。

会津がいかに越後の戦いを重視していたかは、白虎隊の出陣に象徴されていた。

梶原は長岡城奪回作戦に合わせ、七月十五日に白虎寄合一、二番隊六十二名を越後に出していた。

一番隊は原早太、二番隊は大田小兵衛が率い、北出丸から七日町を下り、越後街道を進んだ。沿道は黒山の人だかりだった。

隊員の一部は、にわかに仕立てた洋服だが、大半の隊員は、筒袖、袴姿で、小銃は旧式のゲベール銃だった。男子はほとんど戦場に出ているため、沿道は老人と婦人が多かった。

「幸記ッ」

「鉄郎ッ」

「八郎ッ」

いたるところで、子供の名前を呼ぶ家族の姿があった。母親たちは、ただ涙にくれて少年たちを見送った。

彼らも戦闘に巻き込まれたに違いない。こんな事態になろうとは。梶原は、取り乱す自分を抑えることができなかった。

越後の敗北は、即、武器、弾薬の補給が絶たれたことを意味する。

背筋が凍り、全身に悪寒が走った。人間の信頼関係も所詮は、力のバランスがくずれたときに崩壊する。

新発田の裏切りも、どうしても薩長軍を破れない同盟軍の弱さに帰因していることは明らかだった。薩長を越後から駆逐できれば、新発田が寝返るはずはなかった。

無念だ。

梶原は、がっくりと肩を落とした。

しかも、河井が重傷を負ったというのだ。戦いは、人と組織と財力で決まる。河井の卓越した統率力、決断力、判断力が越後の戦いを支えてきたのだ。

（河井、死なないでくれ）

梶原は、会津に向かったという河井の身を案じた。

梶原は自分と河井の違いを明確に知っていた。

河井は己の力でのし上がった乱世の英雄であり、自分は、家老の家に生まれた恵まれた男である。家格の厳しい会津藩のなかで、並の才能があれば、自動的に指導者になれた。幸運もあった。江戸、京都で学び、兄は実直な武将である。

自分に比べれば河井の才能は凄い。軽輩の身から一国の指導者になった河井の器量は、自分をはるかに上回っている。

梶原は、畏敬してやまない河井の負傷に慟哭《どうこく》した。

越後における会津藩兵の損失も大きかった。なかでも越後口軍事方田中茂手木《もてぎ》の戦死の報に、梶原は顔を曇らせた。日光口で戦っている山川大蔵とともにヨーロッパに渡り、西洋事情を学んだ俊英である。新潟でシュネル兄弟とともに武器、弾薬の供給に当たっていた。事態は混乱していて戦死の模様はわからない。エドワードと弾薬の輸送中、捕われて、斬られたのかも知れない。

「ああー」

梶原は、板の山塊に向かって手を合わせた。

梶原の脳裡に青年武士田中の笑顔が鮮やかに浮かぶ。フランス語、英語を解し、いずれ会津を担ったであろう田中茂手木もうこの世にはいない。

無残な戦争を避ける道はなかったのか。

主君の斬首を求められた以上、戦うしか道はなかったのだ。

これも運命だと梶原は思った。

ゲリラ戦

越後の会津藩兵は狂ったように新発田藩兵の姿を求めてさまよい、見つけると、叩き斬った。佐川官兵衛は越後から会津に通じる街道沿いでゲリラ戦を繰り広げていた。佐川の遊撃隊は、新発田に潜入し、火を放ち、飛び出してくる新発田藩兵を斬りまくった。しかし多勢に無勢。残された道は逃避行だった。

会津鶴ヶ城の軍事局は、会津決戦の体制に追い込まれていく。

戦線を縮小し、越後の会津藩軍事局を水原《すいばら》から津川に後退、ここで敵の進攻を食い止める作戦だ。

「予も出陣する」

容保がいった。梶原の兄、家老の内藤介右衛門が、

「殿はこの鶴ヶ城にお留まり下さい」

と止めた。

「事ここに至っては、全藩をあげて国を守るのだ。予が出陣し、志気を高めねばならん」

容保は頑として聞かない。

七月二十九日、容保は、白虎士中一番隊に護られて越後国境の野沢《のざわ》に向かった。

「殿に敬礼」

少年達は、凛々しく先頭を切って進んだ。梶原は涙して、少年たちを見送った。

容保は、八月中旬まで野沢の本営に留まり、督戦する。

八月五日には、津川の入り口、赤谷で敵の先鋒と激戦となり、藤森八太郎、高橋駒之助、佐々木新六郎ら数名の白虎隊員が敵の銃弾に斃れた。

米沢藩兵は、米沢国境に引き揚げ、長岡藩兵が僅かにゲリラ戦を繰り広げているのに過ぎない。

鶴ヶ城軍事局を守る梶原は、日光口の大鳥圭介に二本松国境への転陣を依頼するとともに仙台、米沢に急使を派遣、必死の防衛策を練った。梶原は、奥羽越列藩同盟の夢をまだ捨ててはいない。エドワー

ド・シュネルは新潟で行方不明になったが、ヘンリー・シュネルは、難を逃れて会津に戻っていた。

「カジワラ、コノ城ガアル限リ、会津ハ、絶対ニ負ケハシナイ。私ハ、イズレ上海ニ行キ、サラニ、サイゴンニ渡り、外人部隊ヲ連レテ来ル」

シュネルは梶原を元気づけた。事実、シュネルの行動は、神出鬼没だった。幕末、徳川慶喜の名代としてパリの万国博覧会に派遣された慶喜の実弟、徳川昭武の一行は、日本に帰る途中、上海で会津藩士一柳幾馬とヘンリー・シュネルの訪問を受けた。ヘンリー・シュネルが、いつ、どこから日本を離れ、上海に向かったかは不明だが、奥羽越に賭けるシュネルの執念の凄さを感じさせる。一柳幾馬は、戊辰戦争の詳しい経過を昭武らに説明するとともに、小銃買い付けのため上海に滞在していることを告げた。

旧幕府歩兵奉行並米田圭次郎と通弁の長野慶治郎も一緒で、シュネルは、

「昭武公ハ、横浜ニ寄ラズニ、函館ニ直行シ、我々ノ首領ニナッテホシイ」

と訴えた。一柳もシュネルも、この時期、すでに会津藩の降伏を知っていたが、函館を拠点に奥羽越の奪回策を画策していたのであろうか。

会津藩主松平容保の世子喜徳は、昭武の弟である。昭武にとっても会津藩の動向はもっとも気がかりな事の一つで、長い船旅のなかで、会津藩の勝利を祈っていた。

シュネルの行動は、会津を救うことができなかったが、梶原平馬は、あらゆる手をつくして、防衛策を練った。だが、会津鶴ヶ城に重大な情報がもたらされた。仙台藩が白河口の戦いを離脱し、仙台国境に向けて帰国を始めた、というのだ。

「なに？」

梶原平馬と兄の内藤介右衛門は、顔を見合わせ、息を呑んだ。言葉がでない。手が小刻みに震える。

「信じられない」

梶原はいった。

「最後は会津だけだ」

兄の内藤介右衛門が吐き捨てるようにつぶやいた。仙台藩が白河口に留まっているかぎり、形の上では薩長軍対同盟軍の戦いだった。その仙台藩が戦線を離脱すれば会津は孤立し、戦いは会津対薩長軍の戦いとなる。数千の兵で薩長軍の怒濤の進撃をどのようにして食い止めることができようか。梶原は、はっきりと事態の変化を読みとっていた。同盟とはいえ、結局は、各藩の寄せ集めに過ぎない。どこの藩も最後は己の国がどうなるかで、進退を決める。白河口は、所詮は会津国境の戦いなのだ。不利になれば、兵力を温存し、さっさと帰国してしまう。

情けない。なんというぶざまな同盟の姿だ。但木、玉虫は、何を考えているのか。仙台藩に政変が起こったのか。梶原は、仙台藩のより詳しい情報を知りたかった。

会津は、もう、晩秋に近い。全山紅葉し、ときおり烈風が城下を舞った。せめてあと一ヵ月、仙台、米沢が奮戦してくれれば、勝利の道もあり得るのだ。冬がくれば、雪のなかから同盟の兵士は不死鳥のように立ち上がれるのだ。

白河の薩長軍は、すでに須賀川、郡山を占領し、三春藩を帰順させ、二本松の攻撃に向かっている。新発田藩と同じように三春藩も寝返ったのだ。小藩の悲劇といえば、それまでだが、武士道も地に堕ちた。

梶原はなすすべを失い、唇を噛んで沈黙した。

二本松落城

二本松は、奥州街道に面した城下町である。町の高台に山城を改造した二本松城、別名霞ヶ城があった。安達太良の連山が背後にそびえ、阿武隈の清流が前方を流れる。会津と異なり、雪も少なく、のんびりとした風景が特徴だった。

軍備の改革も一向に進まず、甲冑に陣羽織、武器は弓矢、刀槍、火縄銃に数門の大砲といった旧態依然の兵備である。

藩内には、薩長に恭順するしかない、といった声もあったが、会津、米沢、仙台に反旗を翻せば、たちまち銃火を浴び、押しつぶされてしまうことは火を見るより明らかだ。

藩主丹羽《にわ》長国《ながくに》は病弱で、家老丹羽一学《いちがく》が藩政を担当し、同盟軍の一員として、白河城の攻撃に当たっていた。

藩兵は農兵を入れて数百名、白河から郡山、三春に退却し、この方面を固めていたが、小藩守山は戦わずして降伏、三春藩も寝返った。

戦いは、本宮に移った。阿武隈川を挟んで凄まじい銃撃戦となった。仙台藩兵も防戦に当たったが、薩長軍の砲撃に抗し切れず、二本松藩は二十名以上の戦死者を出して敗れた。敗惨の二本松藩兵は、血にまみれて城下に戻ってくる。

「三春奴が」

藩兵たちは、口々にののしった。三春藩の裏切りは巧妙だった。三春藩重臣の秋田主税は、三春藩を列藩同盟に加入させながら、京都の岩倉具視に通じ、ひそかに同盟離脱の機会を狙っていたのだ。三春藩の不審な動きに最初に気づいたのは仙台藩のゲリラ部隊鴉組の細谷十太夫である。

仙台、二本松藩兵が三春に乗り込むと、

「微塵も同盟離脱の考えはない。援軍を送ってほしい」

と懇願した。二本松藩は三春を信じ、三春国境の小野新町《おのにいまち》まで精鋭の六番隊を出動させた。ところが三春藩兵は背後から二本松藩兵に銃撃を浴びせたのだ。同盟列藩にとって、許しがたい醜い裏切りだった。

二本松藩の主力部隊は、三春藩に翻弄され、傷つき、苦悶の死を遂げるなかを、

仙台抜こうか会津をとろうか　あすの朝飯二本松

と気勢のあがる薩長軍が、三春藩兵の先導で、阿武隈川を渡河し、本宮を占領、一気に二本松攻撃に向かった。

七月二十七日早朝、二本松城で評定が繰り返された。

降伏か、抗戦か、藩論は割れた。仙台藩の主力部隊は、すでに姿を消し、会津、米沢の援軍も期待はできない。全員玉砕は、明らかだ。

「わが二本松藩は、三春のごとき醜い真似はできん。死して信義を守るのだ」

丹羽一学は怒鳴った。このうえは、いかに潔く戦い、官賊に二本松武士の魂を見せるかだ。

「全員の命は預かったぞ！」

丹羽は、血走った眼であたりを見渡した。

「おおお」

満座から戦いの鬨が上がった。三春が卑劣な裏切りをしなければ、二本松藩もあるいは降伏したかも知れなかった。しかし、同盟の一員から銃撃を受け、多くの犠牲者をだしたことで、二本松の決意は固まった。

「殿、米沢にお立ち退きを」

一学は、藩公に米沢退去をうながした。

「予も皆と運命をともにする」

丹羽長国がいったが、一学は、

「なりませぬ」

と断った。丹羽長国は、眼に涙を浮かべ、家族、奥女中、医師、料理人、護衛の兵など六十余名を連れて、米沢に落ちた。

薩長軍は、伊地知正治、板垣退助の率いる白河口、平潟口の合併軍である。

「戦だ！」

町民たちは、家財道具を荷車に積んで、続々、町を出た。

二十九日、早朝から戦闘が始まった。丹羽一学は、二本松藩兵の主力を郊外の高地に配し、正面の大《おお》壇《だん》口に三小隊と砲隊を据えた。大壇の南で銃声が響いた」

二本松藩軍師小川平助が迫る敵に一斉銃火を加えたのだ。薩摩藩兵が、もんどり打って斃れる。

「二本松武士の意地を見せるのだ」

小川は、わめきながら撃って撃って、撃ちまくった。

苦戦に陥った薩長軍は携臼砲で、小川の銃隊を粉砕、抜刀して斬り込んだ小川を取り囲んで撃ち殺した。

「腹を裂け」

兵士が叫んだ。数人の薩摩藩兵が、小川に銃剣をつき立て、一人が腹を割って肝を引き出した鬼々迫る顔で、肝にかじりつき、呑み込んだ。これを見た二本松藩士青山雄之丞、山岡栄治は、身を翻して、山中に逃れ、道ばたの民家に身を隠した。そこへ、野津七治の薩摩六番隊が進んで来た。

「行くぞ」

二人は抜刀して斬りかかり、野津に一大刀浴びせるや、遮二無二斬り込んで、数人を斬り斃した。

薩摩兵は、鋭い太刀さばきに圧倒され、銃を捨てて逃げた。後年、野津は、

「このときほど肝を冷やしたことはない。見事な太刀さばきであった」

と述懐した。二人は、逆襲して来た薩摩兵に取り巻かれ、青山は銃撃されて即死、山岡は袈裟がけに斬り殺された。

大壇口《おおだんぐち》には、木村銃太郎の率いる少年隊がいた。二十二歳。江戸で砲術を学び、少年たちに砲術を教

えていた。長身、色黒く、筋骨逞しい青年である。二十数名の少年を率いて、陣地を構築、敵兵の襲来を待っていた。

「撃てッ」

木村の号令一下、少年たちは雨霰のように銃弾を浴びせた。大砲三発が薩摩兵の頭上に炸裂、隊長の日高郷左衛門が馬もろとも吹き飛んだ。しかし、少年たちの善戦もほんの一瞬だった。

火薬で真っ黒になった少年たちに狙撃兵の銃弾が命中した。一人、また一人、少年たちが倒れたまま動かない。

木村銃太郎が、介抱しようと立ち上がったとき、一発の銃弾が木村の左腕を貫通した。

「あッ」

木村が鋭い声を放った。

鮮血がしたたり落ちる。続いて、もう一弾が、木村の腰を貫通し、その場にどうと倒れた。

「首を斬れ」

銃太郎がうめいた。

少年たちは、泣き声をあげながら隊長の首を斬り落し、逃げようとしたが、薩摩兵にどっと取り囲まれた。

隊長の生首を下げた少年兵に皆、仰天した。

「なんだ、子供だ。撃つな、撃つな、お前らはよく戦った。早く逃げろ」

隊長がいった。

少年たちは夢中で、山に逃げた。

後年、このときの敵兵は薩摩だっと少年隊の生存者が証言した。二本松戦争における唯一の美談だった。

二本松の市街戦は、凄絶だった。

町に乱入した薩長軍は、郭内に次々に放火、二本松藩兵は、物陰から飛びだして突撃し、いたるところで斬り合いが演じられた。

最後は多勢に無勢、膾《なます》のように斬り伏せられ、腹を裂かれた。

敵兵は競って城内に殺到した。城代内藤四郎兵衛は、

「者ども我に続けッ」

と、叱咤し、六十数名を率いて白兵戦を敢行し、ことごとく討ち死にした。

家老丹羽一学は割腹し、城に火を放った。この戦いで二本松藩兵二百余名が命を失った。

難民の群れが、土湯峠《つちゆ》を登って行く。幼児の手をたずさえて走る女、曲がった腰を一本の杖にすがってよろけるように歩く老婆、見るに忍びない光景だった。

仙台藩の細谷十太夫は次の日記を残している。


この日、二本松の岳下を通り、二本松にでようとしたが、二本松城は、焔々と燃え、とうてい進むことはできなかった。

岳下に戻ると、二本松より逃げて来た老幼男女の様は、見るに忍びず、聞くに耐えないものだった。

飢えに泣く者、病んで哭する者、なかには昨夜、分娩したという若い女が、人の肩に寄りかかり、生色もなく、とぼとぼと歩いて来た。悲惨の極みだった。

自分も空腹に耐えがたく、畑の西瓜を採って食べようとすると、子供がいまにも倒れそうになって歩いて来た。昨夜より一粒も食わずに逃れて来たのだという。西瓜を与えると、皮まで食べた。

このような姿を見ながら仙台藩が退却するのは、盟主としてあるまじきことだが、前後に敵を受け、糧食、弾薬を絶たれたため、再挙を図る必要があり、会津に退いて、米沢を経て、桑折にでて、仙台国境を固めることにした。

見るに堪えない悲惨な状況だった。

かくて二本松藩は、玉砕した。二本松城下には累々と斃体が横たわり、敵兵のなかに誘導した三春藩兵の姿もあった。

二本松の人々は、今でも三春には不快感を抱いている。これもむべなるかなだった。

二本松落城は、同盟軍に重大な打撃を与えた。白河口の防衛に当たった仙台藩が、なすところなく、逃げまどい、二本松を見殺しにしてしまったのだ。

仙台藩を担い、同盟軍を指揮する坂英力の決定的な敗北でもあった。土湯峠から応援に駆けつけた会津藩士辰野源左衛門の一隊は、悲惨な戦闘に言葉を失った。

二本松の落城で、奥州街道は、薩長軍の手に落ちた。会津は、奥州街道、越後街道の両面より包囲されたのだ。

会津鶴ヶ城には、ひっきりなしに早馬が駆け込み、二本松の戦況を伝えた。

梶原平馬は、二本松落城を断腸のおもいで聞いた。

「来るべきものが来た」

とおもった。

奥羽越列藩同盟の中核は会津であり、仙台は、形の上での盟主だったが、近代戦の知識のない仙台藩に多くの期待をかけるのは、初めから無理な話だった。

二本松の落城で、奥州街道は薩長軍に制圧された。

白河方面の仙台兵は、会津国境の石筵口《いしむしろぐち》に逃げ込んだ。石筵には旧幕府歩兵を率いる大鳥圭介が転陣し、指揮を執っていた。

「仙台藩の大兵来る！」

の知らせに会津守備隊の和田八兵衛と北原半助が応接にでた。

聞きただすと、猪苗代から米沢にでて、仙台国境に帰るというのだ。

「なぜ、銃をとらぬ」

「なんたることだ」

会津藩兵が罵声を浴びせた。

奥羽越列藩同盟は瓦解し、仙台藩は盟主の座からすべり落ちたのだ。大鳥圭介もこれを目撃し、列藩同盟に瓦解を感じた。

本道より帰れば、道も近いのに、官軍が迫ったと聞いて恐怖し、四、五千の兵がありながら間道を潜行するとは、名にしおう仙台兵の所業と一同冷笑した。


大鳥は日記にこのように記した。

仙台藩は混乱の極にあった。

首席家老但木土佐、玉虫左太夫らの作戦はことごとく失敗したのだ。あまりの敗走ぶりに白石に滞在している輪王寺宮も落胆した。

このままでは、仙台国境が破られる日も近い。仙台藩主伊達慶邦直々の出陣しか、仙台藩を奮い立たせる方法はない。

「速やかに御出陣を」

輪王寺宮は仙台藩公に要請した。このため仙台藩兵はようやく福島に踏みとどまったが、とても二本松奪回作戦を実行する勇気はない。

まして会津支援などできる状態ではない。

理論は複雑に揺れ、帰順論が抬頭した。これに合わせて、薩長軍からの接渉も開始された。

江戸の大総督府の狙いは、あくまで会津である。会津を徹底的に攻略するには、同盟を崩壊させ、会津、仙台、米沢を切りくずし、離反させる必要があった。

庄内藩重臣松平権十郎は、相次ぐ列藩敗退の報に、庄内藩精鋭一個大隊を仙台に派遣したが、焼け石に水だった。孤立した相馬藩は八月四日、降伏した。

八月十一日、薩長軍は、仙台藩の要衝駒ヶ嶺を攻略、仙台藩を追いつめた。

仙台の青葉城は、根本的な戦略の再検討に迫られた。

議論は沸騰した。但木土佐は、いまや指導力を失ない、代わって中島外記《げき》、石母田但馬《いしもだたじま》、遠藤主税、大内筑後、松本要人、片平大丞が家老職に就いた。

意見は真っ二つに分れ、中島、石母田、遠藤は非戦を唱え、大内、片平、松本の三人は城を枕にしての焦土作戦を主張した。

両派は、互いに譲らず、抗戦派の松本らは、恭順派の一斉逮捕を計画し、坂英力、星恂太郎、細谷十太夫らと、二本松奪回、会津救援を練った。しかし、藩論の分裂は、致命的だった。

それに拍車をかけたのが米沢藩である。

米沢藩には土佐藩から秘かに接触があり、領土保全の寛典と引き換えに、降伏のすすめがあった。

越後の戦闘に破れ、すでに領土拡大の夢が消えた米沢藩にとって、最大の関心事は、いかに領土を守るかにあった。

軍事総督千坂太郎佐衛門、参謀甘糟継成は米沢藩の兵備では薩長軍に抗し得ないとして恭順に傾いた。

北部日本政権の樹立という壮大なロマンは、砂上の楼閣《ろうかく》となり、秋田、新発田、三春が裏切り、いままた盟主仙台藩、さらには米沢藩が風前の灯なのだ。

仙台にいる南摩綱紀、中沢帯刀、小野権之丞、諏訪常吉ら会津藩の外交方は焦った。

一縷の望みは、近く仙台湾に入るという榎本武揚の艦隊である。

（榎本よ来い。天下無敵の大艦隊こそが、この奥羽越の混乱に確固たる信念を与えるのだ）

南摩綱紀らは、神に祈った。

双眸に影

会津鶴ヶ城に暗雲が立ち込めた。

容保にとって、この戦いはやむにやまれぬ正義の戦いだった。正義が必ずしも通じないことに、容保は、深い失望を感じている。

「梶原、山川大蔵はどうしているか」

突然、容保がいった。

山川は、閏四月。日光口の防衛のため会津を出陣、以来、五か月に及ぶゲリラ戦を敢行している。越後が破れ、白河も破れ、二本松も落ちた。しかし、山川大蔵は、関東への突破を狙って、驚異の戦いを続けている。

（山川か）

梶原平馬は、遠く日光の山脈《やまなみ》を見た。山川は梶原の義弟であった。

山川がもし白河口の戦いを指揮していれば、戦況は変わっていたに違いない。

梶原はそんなおもいに取りつかれていた。勇気と智謀、大担な戦略において、山川の右にでる者はいない、それはまぎれもない事実だった。

山川の日光口出陣を決めたのは松平容保だった。日光口は旧幕府の大鳥圭介が守っていたが、兵士たちの間に意志の疎通を欠き、不満が続出した。

大鳥は当代切っての兵学家だが、実戦は、いかに兵士を統卒し、勇猛果敢に攻めるかにある。

そこで、実戦に強い山川が派遣されたのだ。しかし、武器、弾薬の補給、兵員の増員が望めない以上、戦いの戦略は、地域の領民の支援、協力を取り付け、神出鬼没のゲリラ戦を展開、相手の武器、弾薬、食糧を奪い、山岳にこもって長期戦にでるしかなかった。

山川は兵士の信頼も厚く、決死の戦いを見せていた。

「山川を戻してはどうか」

容保が再びいった。

梶原はためらった。いま山川を戻せば、敵は、会津西街道を一気に攻め上がって来ることは必定だ。越後口は津川で防戦し、奥州街道は、大鳥圭介の旧幕府軍で防ぐ。山川が戻るのは最後のときなのだ。

「殿、まだその時期ではございません」

梶原は容保の顔を見た。

奥羽越列藩同盟が成ったとき、容保は狂喜した。普段、物静かな容保が初めて見せたこぼれんばかりの笑顔だった。

会津は、天下の注目を集め、同盟軍の意気は天を衝くものがあった。

以来、五か月、春が終って夏が来て、秋になった。容保の表情は、京都時代のあの寂しげな顔に変わっている。しかし、決して弱音は吐かない。部下を信じ、ともに死ぬ覚悟を決めている。

山川大蔵は、まだ奥羽越列藩同盟の崩壊を知らない。

今市から宇都宮、白河にでて敵の背後を攻め、薩長を討ち破る理想に燃えている。

彼は、二度三度にわたる今市の攻防戦で土佐の板垣退助と死闘を繰り返し、六月から藤原口で持久戦に入っていた。

大鳥から学ぶことも多かった。

大鳥の軍勢は当初二千余名の大部隊だった。主力は大鳥が育てた旧幕府歩兵の大手前大隊約七百名、小川町大隊約六百名、いずれも旧幕府の精鋭部隊である。しかし、戦いのたびに確実に兵員は死傷する。逃亡者もでる。それをいかに補うかに大鳥は苦悩した。

大鳥が考えた補充策は農兵の募集である。兵士は訓練と実戦で強くなる。農民でも町民でも土工でもヤクザでもいい。要は訓練次第だ。大鳥はそう考えていた。また、

「戦いは地域の住民といかに共闘するかにある」

と力説した。

「山川君、薩長を見ろ。彼らの軍隊は武士ではない、農民だ。それに我々は負けているのだ」

と大鳥がいった。

五月中旬、大鳥と山川は農兵募集のため会津に戻った。このころの会津は奥羽越列藩同盟の成立で人心は弛緩《ちかん》しており、大鳥の建義も陽の目を見なかった。

会津藩は新しいことに対する動きは緩慢だった。

二人は田島で農兵を募り、また弾薬の製造に当たらせ、自給自足の戦いに入る。

大鳥、山川連合軍の戦いで特に目を引くのは、絶妙ともいえる地域民の登用だった。

その一つに日光領猟師隊がある。

田中蔵人の指揮する会津藩朱雀二番士中隊に編入され、山岳戦で狙撃兵として活躍した。日光山麓一帯はもともと狩猟の場だ。猪、鹿、兎、ときには熊も出没し、二千名にものぼる猟師がいた。

胴着の上に刺子《さしこ》の上衣を着、もんぺをはき、腰に獣皮の尻付《しりつき》を下げ、猟銃をかついで出陣した。

今市の攻撃戦では数百名の農民を動員し、徹夜で橋を架けたり、積極的に間諜に使った。このため、昼は薩長軍が支配するところでも夜になると農民ゲリラが出没し、大鳥軍が支配するという奇妙な形になっていた。

ただ大鳥の作戦は失敗が多すぎた。

机上での作戦計画は完璧なのだが、実戦になるとまるで駄目なのだ。その最たるものが今市の攻撃戦だった。

閏四月十八日、約九百名の旧幕府、会津連合軍が、今市に向かった。

山川の率いる先鋒隊約二百名が今市の東部に攻撃をかけた。大鳥の作戦では同時刻に沼間慎次郎の二小隊が北方を攻め、大川正次郎の別動隊が西方に進軍、辰の刻（午前八時）に沼間隊が攻撃し、続いて山川隊、大川隊が突入することになっていた。

ところが予定の時刻になっても沼間隊の攻撃が始まらない。

「これ以上待てない」

と山川の一隊が銃火を切った。

数門の大砲が山川隊に集中し、参謀浮州《うきす》七郎ら十数名が朱に染まって斃れ、山川隊は総崩れとなった。

このあとに沼間隊が到着し、今市市内に突入したが、山川隊を破った土佐兵が背後から襲いかかり敗退した。

大鳥は三百余名の旧幕府伝習歩兵を温存させ、今市の後方十キロの地点にいて動かない、

以来、大鳥と山川、沼間の間にすきま風が吹き、五月六日の第二次攻撃も失敗、山川大蔵は竹筒を口にくわえ、シュノーケルのようにして川に潜って逃れる大敗北を喫した。

この二度にわたる敗戦で、日光口の戦線は大幅に縮小され、藤原口へ後退した。

以後、山川はわずか二百名足らずになった会津藩兵とともに決死のゲリラ戦に入る。正面攻撃を避け、夜間、奇襲攻撃をかけるのだ。山川にも意地があった。七月十二日には宇都宮に向かった佐賀藩参謀深堀又太郎を斬殺、佐賀藩を恐怖に陥れた。

首脳部混乱

会津藩首脳は同盟軍の崩壊を眼の前にして混乱した。あまりにも戦線を拡大したことに後悔した。しかし戦線を拡大し、積極的な攻撃にでなければ勝利はない。

しかし、会津の防衛という見地に立てば、城内に残るのは老兵と白虎隊に過ぎず、鶴ヶ城内の武器、弾薬もほとんど底をつき、城内には和式の旧砲五十門あるだけだ。

食糧も一か月はもつまいとおもわれた。まして老幼男女、藩士たちの妻子をどのように扱うかなど問題は山積していた。

「殿に心配をかけたくはないが、戦況は、憂慮すべき事態に来ている」

梶原平馬も事態の深刻さに顔色がない。

越後から急遽会津防衛のために戻った佐川官兵衛だけは依然強気で、にわかづくりの敢死隊や奇勝隊を編制し、

「なに、奴らもすぐには攻めては来まい。あるいは仙台に向かうこともある」

と不敵な面構えで顎をさすった。しかしいたるところで敗れている。

町民もすでに会津藩の敗退を知っており、近郷近在への疎開も始まっていた。

「平馬、われわれはやるだけのことはやった。あとはいかに死ぬかだ」

兄の内藤介右衛門がいう。

自分が会津を戦争に引きずり込んだという自責の念が梶原平馬を苦しめた。

会津はすでに晩秋だった。短い夏が過ぎると一気に冷たい秋が来る。

例年になく天候が不順で雨が続いた。もう何日、この城内に寝泊まりしただろうか。

梶原の頭は交錯した。

梶原の政治は、薩長と妥協し、転向して会津藩を救うという変節極まりなき政治ではない。正直に、そして誠心誠意、主君を救う努力である。それは政治ではなく、人間としての道徳、倫理であったのかも知れない。

「悔いはない」

と梶原はおもった。

すべての会津藩兵とその家族は、敵の足音が刻々と迫るのを聞いていた。漆黒のなかから鬼畜のような薩長兵が銃剣をかざして飛び込んでくる姿に恐怖した。鈴虫の音色の背後に、敵の動きを感じた。暗い秋であった。

八十里峠

八月十九日、梶原のもとに、「長岡藩軍事総督河井継之助死す」の知らせが入った。

八十里　こしぬけ武士の　越す峠

河井は会津に逃がれるおのれを自嘲した。

八十里峠の険山に揺られた河井の傷は、日に日に悪化、重態であった。

只見村に着いた河井は従僕の松蔵にいった。

「松蔵、初めから死ぬことは覚悟していたが、こんなに痛いとは覚悟していなかった」

「だんな様」

松蔵は声をつまらせた。河井は顔面蒼白、傷口に蛆《うじ》がわき、身動きもできない状態なのだ。

「だんな様、私は奥様から万一のときは御遺髪だけは持ち帰るよう仰せつかりました。もしもこの先万一のことがありましては」

と松蔵は泣いた。

「わかっている。髪を切れ」

松蔵は嗚咽しながら河井の髪を切り取った。

河井重態の知らせに梶原平馬は旧幕府の西洋医松本良順を只見に急行させた。

松本は傷口をひと眼見て、すぐ繃帯を巻いた。

傷口は膿毒を起こし、すでに全身を冒し始めている。すぐ切断しなければ命はない。しかし、器械も医薬品もない。助からないことは明白なのだ。

松本は世間話を始めた。

「会津藩は頑張っておりますぞ。まだ傷は軽い。会津に来られれば十分な治療もできる。牛肉でも食べて精をつけてください」

「かたじけない」

二人は長岡戦争や会津にいる長岡藩公の近況について上機嫌に談笑した。

「会津の壮士は君がくるのを待っていますぞ」

帰りぎわに松本がいうと、河井は、

「会津も、もう化の皮がはげたかな」

と笑った。河井は初めから助からないことを知っていた。そして、会津もまた余命いくばくもないことを予期していた。

八月十二日、只見から塩沢村の医師矢沢家にたどり着いた河井は、十三日朝から熱をだし、うわごとをいい始めた。

翌日、小康状態になったが、十五日夜、松蔵を枕元に呼んだ。

「松蔵、世話になった。静かにおもうに、死期が迫って来たようだ。これより直ちに死後の準備をせよ」

河井はあえぐようにいった。

「だんな様、心弱きことを仰せにならないでください」

「貴様の知ったことではない。用意しろといったら用意するのだ」

河井が叱りつけた。

「はい、だんな様」

松蔵は板切れを集めて棺をつくり、骨を入れる納骨箱をつくった。

「あああ、だんな様」

松蔵は身をよじって泣いた。

翌朝、棺を見た河井は、

「よくできたな」

といい眠りについた。やがて昏睡状態となり、夜半息を引き取った。享年四十二歳。北越の雄はこの世を去った。

あの河井が死んだ。

梶原平馬は、己《おのれ》の夢が音を立てて崩れ落ちるのを覚えた。

第十五章　死の籠城戦

痛恨、母成峠

会津が死を決し、籠城戦を覚悟していたころ江戸の大総督府は驚愕すべき知らせに呆然としていた。八月十九日夜、品川沖にいた榎本武揚の艦隊が忽然と消えたのだ。太陽暦十月四日のことである。深夜子の刻（午後十一時すぎ）開陽、蟠竜、回天、千代田形の四艦と輸送船の長鯨、美加保、神速、咸臨の四隻からなる大艦隊が仙台湾に向けて北上した。

榎本の艦隊が平潟を砲撃し、小名浜、仙台と寄港すれば、奥州街道と浜街道の西軍は海からの武器、弾薬、食糧の補給路を絶たれる。奥羽の制海権は榎本が握るのだ。

この知らせに、江戸の大総督府は奥羽総攻撃を指示した。榎本の艦隊が動き回る前に一気に勝負にでたのだ。

どこを攻めるのか、議論は白熱した。

最終判断は白河口参謀伊地知正治、板垣退助にゆだねられた。

二人の判断は、即、会津攻撃だった。

榎本の艦隊が一か月早く品川を出帆していれば、奥羽の情勢は確実に変わっていたはずだった。

薩長軍は平潟、小名浜に釘づけになり、二本松攻撃も不可能だったからだ。海軍と陸軍の連係の齟齬《そご》が薩長政府の一大危急を救った。

会津攻撃のため二本松に集結した薩長軍の兵は約二千五百。問題はどこから攻撃するかだった。

「間諜の報告によれば、石筵口《いしむしろぐち》、母成《ぼなり》峠の防備が不備だという。しかし、会津が猪苗代を退いて十六橋を破壊し、滝沢峠で防戦すると、わが軍の攻撃は頓座する」

「しからば、御霊櫃《ごれいひつ》峠を奇襲、中山峠から攻撃するといいふらし、敵の主力を中山峠に集め、その実、母成峠を攻略してはどうか」

伊地知正治と板垣退助の軍議は続いた。

当時、奥州街道から会津へ入る道は数本あった。
(1)白河から長沼、勢至堂《せいしどう》、福良、赤井を通って若松に入る。行程十八里（七二キロ）
(2)須賀川から長沼、勢至堂を通って猪苗代湖南岸にでて、若松に入る。行程十八里（七二キロ）
(3)郡山、本宮から熱海を経て、中山峠を越え、猪苗代湖北岸に回り、十六橋、戸ノ口　を通って若松に入る。行程十五里（六〇キロ）
(4)郡山、須賀川から御霊櫃峠を通り、舟津を経て、猪苗代湖西岸を通り、若松に入る。行程十五里（六〇キロ）
(5)二本松、本宮から石筵、母成峠を経て、猪苗代に入り、十六橋、戸ノ口を通り若松に入る。行程十

五里（六〇キロ）

⑹福島から土湯を経て、猪苗代に入り、若松に向かう。行程二十里（八〇キロ）

要は猪苗代湖の表を通るか裏を通るかの違いである。

土佐の板垣退助は、御霊櫃峠を越え、猪苗代の西岸、つまり裏側を回って会津に入るコースを主張した。

理由は、表側、つまり北岸を回ると猪苗代湖と日橋《にっぱし》川にかかる石造りの十六橋がある。会津軍がこの橋を破壊し、死守すれば、戦いは泥沼に陥るというのだ。

薩摩の伊地知は、十六橋突破を頑として主張した。薩摩と土佐は互いに譲らず一度は両軍が別々に進撃することになったが、長州藩の桃村発蔵が仲に入り、伊地知案にまとめた。

もし両軍が別々のコースをとれば、会津軍は敵の進撃を食い止めることが可能だった。

御霊櫃には歴戦の砲兵隊がおり、板垣軍は砲火にさらされることは必定だった。

会津軍は会津国境に戦線を縮小するに当たって、街道筋の民家を焼き討ちした。敵の宿舎や食糧を絶つためだが、罪のない農町民が犠牲になり、その怨みが彼らを反会津に走らせた。

母成峠の会津軍の動向を探索した石筵の猟師次郎と休之助もその一人で、三春藩兵とともに薩長軍の一員となって、会津攻撃に参加した。

八月二十日早朝、約二千五百の薩長軍は石筵に向かった。

石筵、母成峠の会津軍は猪苗代の田中源之進隊、二本松藩兵、藤原より転戦した大鳥圭介の伝習歩兵合わせて八百である。

母成峠は二本松の西約十七キロ、猪苗代の東約十二キロにある険しい峠で、会津と二本松の境界だった。

東北に安達太良山があり、その裾野に広がる高地の一つで、比較的視野が広い。攻めるにはもってこいの地形なのだ。

八月二十一日、薩摩、長州、土佐、大垣、大村、佐土原六藩から成る先鋒部隊が石筵に向かうと、会津の前線基地に遭遇した。

会津藩は秘かに二本松奪回を狙い、先発隊を石筵の前方に布陣させていたのである。

この日、大鳥圭介は猪苗代で会津藩陣将内藤介右衛門との軍議があり、終わって石筵に戻ると、会津兵、二本松兵が泥だらけになって逃げ帰ってくる。ここで初めて敵の攻撃を知った。

「伝習隊はどうした」

大鳥が声をかけると、

「多分、あとから来るだろう」

という。そこへ伝習隊の本多幸七郎、大川正次郎らが血まみれになって戻ってきた。

報告を聞いて大鳥は愕然とした。

この「敵襲来」の知らせに伝習歩兵が正面から立ち向かい、会津、二本松藩兵が側面から攻撃に移った。しかし、西軍は二千余の大軍である。

会津、二本松藩兵は、たちまち凄まじい銃火を浴び敗走し、正面の伝習兵が気づいたときは、両翼を敵に包まれ、背後にも敵兵の姿が見えた。

本多や大川は抜刀して、伝習歩兵を叱咤激励、血路を開いて母成峠にたどりついたが、この戦闘で、死傷者三十名をだす損害を受けてしまった。

会津軍の精鋭は越後の津川、日光口の藤原にいる。佐川官兵衛は鶴ヶ城で策を練っていた。大鳥の手記『幕末実戦史』によれば、この夜、伝習歩兵は会津軍の防衛体制の不備に憤怒し「直ちに引き揚げるべきだ」と悲憤慷慨したという。

本来、会津国境の戦いも仙台、米沢藩兵が支援し、同盟軍として布陣すべきはずだった。しかし、仙台の主力部隊は去り、米沢も撤兵した。会津一藩で、西軍の破竹の進撃を阻止することは不可能に近い。士官も兵もないのだ。梶原には、それがわかっていた。

翌二十一日、冷気の朝を迎えた。霧が立ち込め、あたりは何も見えない。ときおり、さっと霧が消えるが、再び濃い霧にすべてが隠されてしまう。

卯の刻（午前六時）敵襲来を知らせる二発の空砲が鳴り響いた。

「来たか」

八百名の大鳥、会津連合軍は、母成峠の頂上にある勝軍山を中心とした萩岡と西北から東南に広がる勝沼、北に聳ゆる硫黄山の麓、勝岩に散開して迎え撃った。

薩長軍も大鳥圭介の伝習隊が相手とあって、正面に大砲隊、両翼に銃隊を集めた。会津軍の守備は、大鳥の伝習隊が勝岩の敵に当たり、田中源之進の猪苗代兵が正面の萩岡で迎え撃った。

伝習兵はさすがに強い。猛烈な銃火を加え、北方の敵をじりじりと後退させた。しかし、正面の田中隊が集中砲火を浴び苦戦に陥った。田中隊の半数はにわかづくりの農兵である。砲火におびえて逃走を始めたのだ。

辰の刻（午前八時）には、石筵の農民、後藤要助の嚮導《きょうどう》によって、絶壁をよじのぼった敵の別動隊が大鳥軍の背後にでた。

砲火が峠に雷鳴のごとく響き渡り、萩岡の会津軍本営に火の手が上がった。母成峠の頂上には会津軍の最後の防衛陣地がある。砲五門、弾薬もまだある。

「会藩の興亡、旦夕《たんゆう》にあり。ここで死守するのだ!!」

大鳥や田中は声を枯らして怒鳴るが、兵はバラバラに逃れ、胸壁《きょうへき》に残るのは、わずかに数人となった。江戸で無念の死を遂げた会津藩の俊英神保修理の弟北原半助もこのなかにいた。

死ぬのはまだ早い。猪苗代で防ぐしかない。大鳥らは二キロほど下がった木地小屋にたどりつくと、早くも間道を下って敵の狙撃兵が猪苗代に侵入した。

城中大混乱

八月二十二日早朝、土煙をあげて一頭の馬が滝沢峠を下ってくる。猪苗代に地雷を仕掛けていた永岡権之助である。

馬上の永岡は、怒気《どき》満面、鶴ヶ城へ駆け戻った。

「母成峠が破れた」

そう叫ぶと、ばったりと倒れた。

城中は大混乱となった。前日来の戦争を誰一人知らないのだ。

「まさか！」

梶原、主君容保にこれを伝えた。

「予も出陣する」

「津川口、藤原口、白河口に伝令を出せ！」

佐川官兵衛がわめいた。

蟄居していた西郷頼母も登城した。

「殿、無念でござる。この上は、私めも兵を率いて出陣いたす」

西郷の眼は怒りに燃えていた。

「予は白虎、奇勝、回天、敢死、誠忠の諸隊を率いて直ちに十六橋に向かう。萱野権兵衛殿は桑名藩兵を率いて、日橋を焼くこと。西郷殿は、水戸兵を率いて背《せ》炙山《あぶりやま》を」

佐川官兵衛が下知した。時は刻々と過ぎてゆく。

「糧食を用意しろ」

「市中の動揺を静めよ」

どの声も上ずっていて落ち着きを失なっている。

迎撃態勢が整ったのは下刻（午後一時）だった。佐川官兵衛が先陣を切り、藩主容保がこれに続き、大目付竹村助兵衛、軍事奉行黒河内式部らが随行し、日向内記の率いる白虎二番士中隊が主君を護衛した。桑名藩主松平定敬も駆け参じ、容保、定敬兄弟は滝沢村に向かった。

歴戦の士、佐川官兵衛にして、この油断があった。籠城の覚悟はしていても、籠城に至る戦略に欠けていたのだ。敵の侵入を予測しての陣地の構築、兵の配備がまったくなされていなかった。

山川大蔵を戻しておくべきだった。

鶴ヶ城に残った梶原平馬は、この四五日間の心の空虚を後悔した。

梶原のなすべきことは山ほどあった。仙台、米沢に、早馬が駆けた。市民の避難はどうするか。城内の食糧にも限度がある。婦女子を入れることはできまい。

そのうちに早くも会津盆地に砲声が轟いた。まさか、滝沢峠を一日で突破されることはあるまい。何から手をつけていいのかわからない。梶原は狼狽《うろた》えた。

空は一段と暗くなり、秋雨が降りだした。不吉な雨だった。

雨は会津軍に不利なのだ。旧式の火縄銃は使えず、薩長軍の銃火にさらされることは確実なのだ。

会津軍の立ち遅れは十六橋防衛の失敗を生んだ。

十六橋に進んだ奇勝隊は堅牢な橋を破壊するのに手間どった。橋をはがし始めたとき、向かいの丘から鋭い銃声が鳴った。十六橋確保を目ざす土佐、大垣藩兵が早くも姿を現わしたのだ。

農町民で編制した奇勝隊は、次々に撃ち斃される。迅雷耳をおおう銃火を浴び、湖岸唯一の要害を奪われてしまったのだ。

敵は十六橋に板を敷いて応急修理をし、歩兵に続いて大砲隊が渡り始めた。このころ佐川官兵衛は、滝沢峠から強清水《こわしみず》にでて、胸壁を築いていた。すべてが信じられない会津軍の作戦のミスだった。この時期、奥州街道は、薩長軍であふれ、いずれ会津になだれを打って攻めてくることは、誰の眼にも明らかだった。

二本松城が落ちたのは、七月二十九日である。以来、二十日間、会津藩は一体何をしていたのだろうか。

津川で越後の薩長軍を食い止め、藤原で会津西街道を防ぐ、そのことはわかるのだが、肝心の奥州街道は、大鳥圭介の旧幕府伝習隊に半ばまかせた形のまま、いたずらに月日が過ぎていた。

梶原平馬の落胆が微妙な影を落としたことは否めないが、兄の内藤介右衛門の作戦の欠除も響いた。

仙台が離脱し、米沢が姿を消し、同盟軍が崩壊した瞬間に、会津藩の軍事局は戦略を見失ってしまったのだ。

内藤介右衛門は大鳥圭介の情報を重視していなかった形跡がある。内藤は二本松よりは、白河口の薩長軍が会津に攻め入ると判断していた。母成は大鳥にまかせ、自らは猪苗代湖の西岸を通り、須賀川に近い湯本に陣を構えていた。

この方面には原田対馬、海老名郡治らの陣将もいた。兵力は約千名。強力な部隊を東方の守備にだしていたのだ。

戦いは情報で決まる。敵の動向を的確に捉え、敏速な行動がなければ勝つことはできない。

鶴ヶ城に残った佐川官兵衛も相次ぐ敗戦で判断力を欠いていた。

猪苗代、十六橋、滝沢峠の備えがまったくなされていない。

河井継之助は、長岡を去るに当たって腹心の花輪求馬に次のように告げていた。

「会津城は到底永くはもたん。会津が落ちれば、わが藩士は米沢に逃れよう。だが予の見るところ、わが藩の真にともにすべきは庄内だ。君らはそこをよく見るのだ。しかし、いずれは奥州の諸藩は敗れる。そのときは主君とともに仙台に向かい、シュネルの汽船に乗り、フランスに渡るのだ。

予はそのことを予測してシュネルに金を渡してある。フランスに数年いれば、天下の形勢も変わるものよ」

花輪はあっけにとられて聞いた。また同じ腹心の青年、外山寅太には、

「武士などいずれ消えてなくなる。これからの時代は門地格式ではない。商人が早道だ」

といって大笑した。河井は、

「梶原一人の会津藩では先が見えている」

と感じていたのである。

残念ながら河井の予測は当たった。

八月二十二日夜、薩長軍と会津藩は滝沢峠の前方、大野ケ原で対峙した。

雨はどしゃぶりとなり、さしもの西軍も進撃はできない。両軍は篝火をたいて夜営した。戸ノ口原に出陣した白虎二番士中隊も、露営したが、食糧はまったくない。

霧は低くたれこめ、全身はずぶ濡れとなり、疲労は極に達している。夜中に隊長の日向内記が、

「糧食を都合してくる。ここを動くな」

といって、単身暗闇の中に引き返していった。

翌二十三日、大野ケ原に朝もやが立ち込めた。一発の銃声が響いた。と同時に薩長軍に鬨《とき》の声が上が

った。正面から右から左から雨霰のように小銃を乱射する。

「意外だ」

と薩長軍参謀の板垣退助、伊地知正治はおもった。

会津軍の攻撃はまるで問題にならないのだ。抜刀して駆け込んでくる会津兵を蜂の巣のように撃ちまくり、大野ケ原を一気に攻め落として、滝沢峠に向かった。

会津の城下が見えてきた。

天守閣がある。敵の本丸、鶴ヶ城だ。

敵兵は先を競って峠を下った。

松平容保は、峠の入口滝沢の本陣にいた。敵の小銃弾が本陣の屋根に当たり、傷ついた敗兵が銃剣を捨てて、なだれを打って敗走してきた。

「止まれ、止まれッ」

官兵衛が敗兵を必死に止めるが、もはやどうしようもない混乱である。

敵の一隊は市中に突進、手当たり次第、すべての人影に向かって乱射した。

城下に半鐘が鳴った。

女、子供が家財道具を手に逃げまどう。

槍を手に城に駆け参じる老人たち。

市内は阿鼻叫喚《あびきょうかん》の地獄と化した。

松平容保の顔に血が失せた。帰城しなければ、城が危うい。本陣にも銃撃が加えられた。小銃弾が足元をかすめた。

「予は城を枕にして、将兵と死をともにする。汝は速やかにここを去り、米沢に行き、同盟諸藩と今後の計りごとをせよ」

と弟の松平定敬にいった。

「殿、城にお戻りを」

官兵衛が絶叫し、容保は数人の藩兵に守られ城門に向かった。

やがて城下に火の手が上がった。

大砲の轟音が万雷のように響き、焔煙天をおおい、死屍《しし》累々《るいるい》、会津若松は狂乱の町と化した。

会津藩軍事局は城下の戦闘を全く予測していなかった。敵は仙台に向かうという敵軍が流した偽情報を信じていた。

残念ながら梶原は武官ではない。

本来、佐川官兵衛が、その任に当たるべきだったが、佐川は前線の部隊長であり総司令官の器ではない。この辺りに体制に不備があった。

それを担えるのはただ一人、山川大蔵だったが日光口に張りついたままになっていた。

「戻しておくべきだった」

と、梶原は後悔したが、もはや、いかんともしがたい。

「山川のもとにすぐ伝令を出せッ」

梶原は叫んだ。

第十六章　壮絶・会津籠城戦

地獄の雨

八月二十三日、太陽暦十月七日。栄光に輝く会津藩の歴史のなかで、これほど凄惨な日はなかった。

空は黒雲が渦巻き、無情の雨が地面を叩きつけるように降り注ぎ、砲声は轟然、天地をゆるがした。

人家はことごとく猛火に包まれ、紅連《ぐれん》の焔が舞った。

敵兵は迅風のように城下を駆け回り、槍を振って老兵が立ち向かう。

夢想だにしない地獄絵だ。

警鐘が絶え間なく乱打され、家中に残っていた士族の婦女子はにわかに刀を帯び、薙刀をさげて鶴ヶ城に疾った。

敵兵が城門に迫ったため、城門はすでに固く閉ざされている。ずぶ濡れの避難民の上に容赦なく銃弾の雨が撃ち込まれる。

「西に逃げろ」

騎馬武者が必死に群衆に叫んだ。

人々はなだれを打って西南を流れる大川の渡船場に殺到した。

白鉢巻に薙刀を持った武家の妻女や、十二三歳の藩校日新館の生徒たちが双刀を帯び、難民の誘導に当たり、沿岸の農民も半鐘を乱打し、蓑笠姿で続々集まり、小舟に集めて対岸に運んだ。

大川は濁流となり、農民の操る小舟が一瞬のうちに転覆し濁流に押し流されて行く。

悲痛の声が群衆に脈打った。すべての人々が我を忘れて、未曽有の危機に当たった。

次第に猛火が近づき、火の粉が飛んでくる。誰しもが眼をおおい、この世の終わりをおもわせる光景だった。

鶴ヶ城は落城の危機に瀕していた。

藩主容保も滝沢の本陣から退却する途中、銃撃を受け、乗馬がもんどり打って倒れた。

危機一髪、銃弾がそれたのだ。城内では梶原平馬がわずかの城兵を叱咤し、城門を固め、老臣の田北原采女《うねめ》、簗瀬三左衛門、高橋外記、山崎小助らが陣羽織に大小を帯び、入城した容保を迎えた。

老臣たちは涙して主君に平伏した。

老醜の顔にとめどなく涙があふれ、嗚咽して言葉もない。

薩長軍の襲撃は、疾風迅雷《しっぷうじんらい》の早業だった。

下刻（午前九時）には、敵兵が甲賀町、大町通りに大砲を据え、鶴ヶ城に砲撃を開始した。砲弾は城北の火薬庫に命中、大音響を発して守城兵を吹き飛ばした。

城外の戦いも壮絶を極めた。

怒りの人々

甲賀町の郭門に踏みとどまった家老の田中土佐は、数名の兵士を率いて邸宅から畳を運び、これを胸壁として銃撃した。

田中土佐は、京都で容保とともに辛酸をなめた老臣である。名家老の誉高く、幾多の俊英を育てた。

「予はここで死ぬ」

入城を断った田中土佐は、阿修羅のように敵兵に立ち向かった。

江戸で悲運の死を遂げた神保修理の父、同じ家老の神保内蔵助も六日町に陣し、敗兵を励まして、奮戦した。

ああー、会津が滅びる。

内蔵助は、なぜなのだ。なぜ、会津がこのようなことになったのだ。修理、なぜなのだ、と亡き息子、修理に向かって叫んだ。

嫡男の修理は薩長との戦争に懐疑的だった。

鳥羽、伏見の戦争が始まったとき、将軍慶喜に、江戸に帰ることを勧めたとして、藩内の怒りを買い、切腹を命ぜられた。

無実の罪ではないのか。内蔵助には納得できない息子の死であった。

これを止めることが出来なかった主君容保の弱さにも絶望していた。

内蔵助は息子の名誉にために立派に戦って死にたい。

その思いでいっぱいだった。

敵に包囲された内蔵助は、自決せんと五ノ丁の医師土屋一庵邸に飛び込んだ。

眼をこらすと田中土佐がいる。

「神保殿、もはや恢復は難しい」

田中は短刀を抜き自刃をしようとしていた。

「田中殿、わしも一緒に」

「そうか、貴殿の気持ちもよくわかる。修理殿が、あの世で待っておろう」

「かたじけない」

内蔵助も短刀を抜いた。

向き合った二人の眼は涙であふれ、無言でうなずき合い、

「さらば」

と刺し違えた。

数少ない恭順派の一人、国産奉行河原善左衛門も一族郎党三十余名を率いて滝沢村に向かった。

八幡神社の社殿に進むと、敵兵が攻めて来た。

「出会えッ」

河原は槍を振って突進した。弟岩次郎が兄に続いた。

数発の銃弾が河原を貫通した。

「岩次郎」

河原は悲痛な声を残して絶命した。河原も城には入らず、会津武士の意地を見せて死を遂げた。

死の海

城下は死の海であった。

戦傷者を収容していた藩校日新館に西出丸から火箭《ひや》が放たれた。敵兵が乱入し、ここから城内を狙撃するのを避けるためだった。傷つき立てない傷病兵は、最後の力を振りしぼって屠腹《とふく》（切腹）した。

やがて藩校日新館は焔に包まれ、巨木が倒れるようにどうと崩れ落ちた。

「藩校が燃える」

白虎隊士は泣き叫んだ。

藩士の家には、多くの傷病兵がいた。手足を吹き飛ばされ、瀕死の重傷にあえぐ者、長い戦いで病いに冒され療養していた者、彼らは己の不運を嘆き、妻子とともに自刃して果てた。

朱雀士中隊頭永井左京、幼少寄合組中隊頭井上丘隅《おかずみ》、青竜一番寄合隊頭木村兵庫、その数は枚挙にいとまない。

井上丘隅の娘雪子は、家中切っての美人といわれ、神保修理の妻として、神保家に嫁いだ。

「お前は神保家に嫁いだ身だ。早く戻りなさい」

丘隅は雪子を神保家に戻した。これが家族の別れとなった・。

留守を守る婦女子の自刃も暗涙の一語につきた。土佐藩兵が城兵の銃撃を避けようと、城の前にある宏壮な邸宅に押し入った。

銃を発射して邸内を進み、奥の間に入って呆然自失、息を呑んだ。

数名の婦女子が自刃し、鮮血が部屋いっぱいに広がっている。

両足を紐で縛り、白装束に点々と赤い血飛沫がある。そのとき、一人の少女がかすかに眼をあけ、身を起こした。乱れた黒髪が白い横顔にたれている。

「わが兵か、敵兵か」

少女はかすかに唇を動かした。国難に殉じたいたいけな少女に中島はおもわず両眼を塞いだ。

「わが兵だ」

土佐兵がとっさに答えると、少女は、懐中から短刀を取りだし、かすかな笑みを浮かべた。土佐兵士は突差に介錯し合掌した。

居合わせた土佐兵は聞きしにまさる会津の武士道に戦慄した。

これは藩相西郷頼母家の壮絶な一家之自刃だった。

母　律子　五十八歳　　妻　千重子　三十四歳
妹　眉寿子《みすこ》　二十六歳　　妹　由布子《ゆふこ》　二十三歳
長女　細布子《たふこ》　十六歳　　二女　瀑布子《たきこ》　十三歳
三女　田鶴子　九歳　　四女　常盤子　四歳

五女　季子《すえ》　二歳

妻千重子が幼な子を刺し、姉妹刺し違えて果てたのだ。

手をとりて　共に行きなば迷はじよ　いざたどらまし　死出《しで》の山路

長女細布子と二女瀑布子の辞世の句が残されていた。

死霊の墓場

城下は身の毛もよだつ死霊の墓場と化した。青竜二番足軽組中隊頭諏訪武之助の妻いし子二十八歳、親戚中沢志津馬の家族とともに自刃した。

遠藤元之助の妻某三十四歳、二男元次郎七歳、長女某十四歳、二女某三歳を刺し殺し、火を放って自殺。

中野慎之丞の妻やす子三十四歳、父大次郎七十二歳、母やを子六十七歳を介錯し、長女しん子十五歳、二男省吾十三歳、三女たけ子三歳を刺し殺し、井戸に身を投じて自殺。

砲兵一番隊小隊頭竹本登の父勝秀六十歳、槍を執って入城し、出陣を見送った妻つや子五十七歳、娘まさ子三十七歳、登の妻とき子二十八歳、家に火を放って自刃。

玄武士中隊半隊頭高木助三郎妻るい四十八歳、娘やい二十一歳、女某十四歳、孫はつ二歳、郭内諏訪神社で自刃。

幼な子は泣きわめいて逃げ回り、鬼女となった女たちが、わが子を刺した。

飯盛山の悲劇

白虎隊士が自刃したのもこの日だった。戸ノ口原で敵に追われた白虎二番士中隊はバラバラになって退却した。

山間渓谷に入って、藪をかき分け、滝沢峠にでると、すでに敵兵が満ちあふれている。

教導篠田儀三郎に率いられた十六名の白虎隊士は、飯盛山を貫く洞門に飛び込んだ。この洞門は猪苗代湖の水を会津盆地に引くために天保年間に掘ったもので、長さが二百十三メートルある。

水は膝上まであり、岩肌に蝙蝠《こうもり》が巣くっていた。

何人かは銃で撃たれ、怪我を負っていた。

重傷だった。

傷つき疲れはてた少年たちは、歯を食いしばって洞門をくぐり抜けた、力尽きてその周辺で斃れた少年もいた。

何人かがやっと飯盛山の山上にでた。

少年たちが見たものは天を覆う大火災だった。彼我両軍の砲声は、耳をつんざき、城下の各所に巨大な火の塊が上がっている。五層の天守閣も黒煙で見えない。

「城が落ちた」

少年の一人がいった。

父は、母はどうしているだろう。戦うにも鉄砲も一粒の飯もない。陰欝な雨が少年たちの頬を濡らす。少年たちは食い入るように死の城下を見つめた。突然、轟音が城内に起こり、火柱が天高く上がった。

少年たちの顔は青ざめ体に震えが走った。

「おれは死ぬ」

と一人がいった。

これを制する少年もいた。

刀を抜いた少年がいた。

白虎士中二番隊は藩校日新館のエリートである。上級武士の子弟で編制し、毎日藩校から帰宅すると、仏間に入って衣服を改め、端座して切腹の練習をした。

卑怯な振舞いは許されない。絶対的な規律服従の精神があった。

白虎隊の悲劇は明治に入って数々の小説に描かれ、集団で討議し、自決に決したとする作品もあったが真相はよくわからなかった、
絶望のあまり一人が、首をつきパニック状態となり、何人かがこれにつづいた。

傷つき、その場で命を落とした少年もいたと思われた。

何人かはお互いに向き合って、渾身の力を込めて咽喉を突いた。

激痛が走り、恐怖で顔がひきつった。断末魔の呻きが山上を被った。しばらくたって、人が呼ぶよう

な気がした。

一人の少年がうっすらと眼をあけた。雨が止んで、夕陽が沈もうとしている。近くの印出新蔵の妻ハツが、小銃をかついで飛びだした息子を探して、やって来たのだ。

倒れている何人かの少年に中に一人生存者がいた。

ハツは夢中で少年を抱き起こした。少年は飯沼貞吉だった。急所がはずれ人事不省に陥っていたのだ。後日、飯沼の証言で白虎隊自刃の模様が明らかになるのだが、ハツは、三里（十二キロ）も離れた塩川まで貞吉を運び介抱した。

決死の防戦

老幼男女の必死の防戦で、会津軍は、鶴ヶ城を死守していた。一気に城郭に攻め込んだ薩長軍も会津軍の決死の防戦にあって押し戻された、
満足な大砲もない。新式の小銃もない。刀と槍と旧式のゲベール銃で、会津軍は〝窮鼠猫を噛む〟狂気の戦いを見せた。

この日、敵の先鋒は土佐藩で、板垣退助は一気に鶴ヶ城に攻め入る覚悟だった。

諜報活動で、城内を守るのは僅かの老兵に過ぎないことを知っていた。

会津軍の主力は、御霊櫃峠、中山口、遠く白河口、津川口に出ており、城内に残っていたのは、ごくわずかな兵だけだった。

この主力部隊が帰城すれば、戦いは逆転する可能性もあった。
薩長軍の兵は僅かに二千五百。敵軍も必死だった。
鶴ヶ城を攻め落せば、ここに籠城し援軍を待てばいいのだ。昼ごろまでの戦いは薩長軍が圧倒的に優勢だった、当時の戦闘記録を見ると、そのことがよくわかる。大垣藩士の『東山道戦記』には、次のようにあった。

八月二十三日寅ノ刻（午前四時）薩長軍は猪苗代を立って若松城へ進撃に及んだ。先鋒は土佐藩で、続いて大垣藩、長州藩、大村藩、薩摩藩の順で進んだ。朝から雨が頻りに降り、路頭の泥土は膝まで没し、歩行がはなはだ困難だった。

賊は、途中に胸壁を築いて防戦したが、敵を支えることはできず、あるいは斃れ、あるいは逃れ、辰の刻（午前八時）滝沢峠に到った。ここには、賊兵が大勢いて、大小砲を撃ちまくったが、先鋒が撃破し、巳の刻（午前十時）には、若松へ討ち入った。

城外の賊兵は、外郭の三の丸を捨てて、二の丸に逃げ、堅く城門を閉ざして防御に及んだ。よって官軍は、城の西北に陣を張り、大小砲を霰のように撃ち込んだが、意外にも城は静かで、決して騒がず官軍に少し発砲したにとどまった。

精鋭を国境にだし、火器の備えのない会津軍は、大小砲を撃とうにも大砲も弾もない状況だった。
しかし、先鋒の土佐藩は、会津軍の狂気の戦いにじりじりと押されていた。一発必中の銃丸で狙撃され。槍隊に胸を突かれた。飛び込む家に無惨な婦女子の自害があり、鬼気迫る恐ろしさを感じ、しり込みする兵士も続出した。

土佐藩の『山内豊範家記』は、苦戦の状況が記されていた。

諸藩列を正して若松に入る。わが兵は外郭を奪い、三方から本城に迫った。城兵は死守奮闘、砲銃の音は万雷のように響き、焔煙が天を覆い、空は白日を見ず。わが兵は、追手門の右脇から城門に進んで激戦した。

賊もまたよく防ぎ、わが兵の死傷者が続出、大総督牧野群馬、三番隊長小笠原謙吉が戦死した。

牧野群馬は本名小笠原唯八、同じく戦死した小笠原謙吉の実兄である。土佐藩大砲隊を率いて、砲撃中、会津軍の砲弾が破烈、吹き飛ばされて斃れた。板垣退助は無二の親友である小笠原兄弟の戦死に戦意をくじかれ、午後三時には、先鋒を薩摩藩と交代していた。

夕暮れとともに戦いは小康状態となった。天下の名城、鶴ヶ城が会津藩最大の危機を救ったのだ。夕暮れの城下は灰燼と帰し、赫い火が郭内のあちこちをなめている。天守閣は、砲撃で傷つき、城内は朱に染った傷兵が呻いている。

「夜襲をかけるのだッ」

「内藤総督の軍が東山の麓に戻ったぞ!」

城内は怒声に包まれた。

敵は会津軍の必死の防戦に出鼻をくじかれ、砲撃を止め、城外に姿を隠した。

梶原平馬は、朝から何も食べていないことに気がついた。佐川官兵衛とともに城の防衛に当たり、兵を叱咤激励した。

容保の指揮も見事だった。

搦手《からめて》に土佐兵が転陣したと見るや、容保は城内の兵の志気を鼓舞するため、下士を中士に、中士を上士に昇格させる布告をだし、藩兵は皆感激して敵前に突撃した。

格式の高い会津藩にとって、昇進は何ものにも勝る栄誉だった。

城内には容保の義姉照姫を護る婦人の一団がいた。銃砲、大小、薙刀をかついで多くの婦人が籠城、藩兵たちを助けた。

梶原は崩れ落ちた瓦礫を踏みながら天守閣に上がった。ときおり鬨の声が起こる。会津軍が夜襲をかけたのだ。

敵兵の激しい銃弾が夜空にこだまし、いたるところに点々と敵の火が見えた。

梶原にとって、この日の敵軍の襲来は予想だにしないものだった。

「母成峠破れる」

と聞いたときも、二三日は十六橋で食い止められると判断していた。

そうすれば、国境の精鋭が帰城し、敵の背後を衝くこともできるはずだった。すべては会津軍の作戦の甘さに胸が痛んだ。

婦女子の痛ましい自刃は、梶原の耳にも入っており、田中土佐、神保内蔵助、河原善左衛門らの壮絶な死も頭の下がるおもいだった。

会津はあすからどのようになるのだろうか。

梶原は暗澹とした気持で落涙した。

もとより死を決した戦いであり、最後の一兵となるまで、城を枕に戦い抜く決意には変わりないのだが、この無惨な城下の戦いに慟哭した。

会津の最高指導者として、敵軍を城内に入れない戦略はなかったのか、梶原の心は雲のようにちぎれ、男泣きに泣いた。

この日、会津軍の戦死者四百六十余名、藩士家族の殉難した者二百三十余名、一般市民の犠牲者は、数知れず、数千戸が焼失した。会津若松は死臭に充ち、みじめな敗北に男たちは号泣した。

仙台、米沢に激震

会津城下に薩長軍侵入の知らせは、またたく間に仙台、米沢に伝えられた。

しかし、反応は冷たかった。

仙台藩主戦派は、相次ぐ敗北の責任を負ってその職を追われ、恭順派の遠藤文七郎、大条《おおえだ》孫三郎が藩政を握っている。奥羽越列藩同盟の指導者但木土佐、玉虫左太夫は顔色を失って、知らせを聞いた。

玉虫左太夫は、梶原との男の約束を果たせなかった己の無力さに悄然とうなだれた。

この狂気の戦争に駆り立てたのは、薩長の理不尽な欲望であり、会津に対する私怨だったが、奥羽越あげて決戦に及んだのは仙台藩の決断によるものだった。

仙台が世良修蔵を斬り、奥羽越列藩同盟の盟主の座につかなければ、あるいはこの戦いはなかったかも知れなかった。

玉虫の胸は痛み、すぐにも会津に駆けつけたい衝動にかられた。いま会津を援護しなければ、仙台藩は永遠に怯懦《きょうだ》の烙印を押される。信義なき裏切りの集団となる。玉虫は胸のなかでむせび泣いた。

最後の頼みは、榎本の艦隊だ。榎本が藩公を説き伏せれば、会津援護はある。

玉虫は榎本の艦隊に一沫の望みを賭けた。


一方、米沢の城下も暗い悲しみの底にあった。軍事総督千坂太郎左衛門は自宅に引きこもり、苦悩に打ちひしがれていた。米沢藩兵は圧倒的薩長軍の火器に撃ち負かされ、二本松落城を境に、薩長の軍門に屈する藩論を固めていた。国境は厳重に固め、すべての兵を国元に引き揚げたのだ。

武士道も地に堕ちた。

千坂は自嘲した。

夢と現実とのあまりにも激しい落差だった。千坂が見た越後の戦争は狂気、狂乱であった。

藩祖謙信から伝えられた紺地に日の丸の旗も薩長の銃火には、色あせた戦国時代の遺物でしかなかった。逃げまどう民衆、新発田藩の裏切り、河井継之助の壮絶な死、千坂の胸に様々なおもいが去来する。

千坂は押し黙ったまま動こうとしなかった。

母成峠で敗れた大鳥圭介も猪苗代の山中をさまよっていた。

盤梯山の裏側、桧原にでた大鳥は、続々と米沢に逃れる長岡藩兵の一行に出会った。山路は膝まで没する泥土で、そのなかを奥方や婦女子が手をとりあって歩いてくる。庄内藩士本間友三郎に出会い、若松の情勢を聞くと、完全に包囲され、敵の猛攻を受けているという。しかし大鳥の率いる二百余名の伝習歩兵は、疲労困憊、食糧、弾薬もなく、如何ともしがたい。

桧原《ひはら》村は一人の村民もおらず、皆家財道具を持って山に隠れ、食糧の調達もできない。ある一軒の農家に入り、米二升と味噌少々を探しだし、粥をつくって飢えをしのいだが、寒気肌を刺す気候となり、ガタガタと震えながら夜を過ごす始末だった。

米沢口には多くの会津人が逃げ込んだ。人々は米沢を目ざして、必死に逃げてくる。新選組の土方歳三もそのなかにいた。

「予は庄内に行き再挙を期す」

土方はそういって姿を消した。

大鳥軍も米沢に援護を依頼しようと、桧原をでて険しい峠を越え、米沢の関門にたどり着くと、堅く門が閉ざされ、一切通行を認めない。長岡公や桑名公の一行も着いていたが、関門の役人は何を言っても馬耳東風、食糧、弾薬の補給など一切の便宜を断わられ、大鳥は米沢藩の変心を知って慨嘆した。

伝習歩兵のなかには、米沢兵と一戦に及ぼうとする者まで現われた。

大鳥は再び桧原に引き返し、会津に向かうが、弾薬のない大鳥軍は敵兵に見つかればたちまち殲滅される。会津救援は不可能に追い込まれたのだ。

数日間、山中に潜み、さらに塩川にでて、長岡藩兵と合流、敵陣を奇襲して弾薬を奪い、戦いを続け

たが、

「このままでは犬死にする」

と退却を決意、再び桧原に戻り、ここから福島を目指して、会津を去った。

梶原平馬が一縷の望みをいだいた榎本武揚の艦隊は、二十六日、仙台湾寒風沢《さぶさわ》に入港したが、艦隊は台風に遭遇し、満身創痍だった。

榎本の艦隊は最初から事故続きであった。

まず観音崎で回天に曳かれていた咸臨丸が暗礁に乗りあげた。離礁に手間どり、丸一日、時間をロスした。このため九十九里浜沖で台風に巻き込まれた。

開陽は舵を流され、操船不能に陥り、開陽に曳航されていた美加保は曳綱が一瞬にして切れ、数日も洋上をただよい、犬吠崎近くに打ち上げられた。

咸臨丸は回天丸に曳航され北上していたが、回天丸も台風に翻弄され、咸臨の曳綱を切断、曳綱を切られた咸臨は大砲を海中に捨てて転覆を免れ、清水港に逃れた。

しかし不運にも薩長軍に拿捕され、乗組員二十数名が斬殺される悲惨な運命をたどった。

榎本の入港は、仙台藩主戦派に一時の興奮を与えることはできた。九月二日には、榎本武揚とフランスの軍事顧問ブリューネ、カズヌーブが仙台青葉城に登城、仙台藩主伊達慶邦に謁見、仙台領の地図を広げ、戦略を練り、決戦を訴えた。

榎本は、よもや会津が薩長に屈服することはあるまいと考えていた。

奥羽越列藩同盟の結成に狂喜し、同盟軍の善戦を信じていた。いずれ戦いは泥沼に陥り、和睦がなると、見通しを立てていた。

仙台に入港して、初めて同盟軍の相次ぐ敗北を知り、自分の甘さを痛感した。

榎本は、

「奥羽の地は日本全国の六分の一を占めているではないか。その兵は五万は下らない。この広い土地と五万の兵があれば、薩長軍など恐れるに足りない。機を見て軍略を練り、戦いに勝つことは難しいことではない。フランス陸軍士官二人を雇い、軍事謀略を練り、また有為の藩士三、四人を選抜して、フランス士官に附属させ、馬で戦線に指令を下すことだ」

と演説した。

主戦派は一気に藩論を盛り上げようとしたが、藩内は降伏、抗戦の激論が渦巻き、榎本の演説も功を奏することはなかった。

榎本の艦隊は十月まで仙台にいた。この間、徹底抗戦派の松平容保の実弟松平定敬、旧幕府首席老中板倉勝静、老中小笠原長行、大鳥圭介、竹中重固、古屋佐久左衛門、本多幸七郎ら旧幕府兵二千名余が仙台に集結、会津救出の戦略を練ったが、越後が敗れ、仙台、米沢が恭順に傾いたいま、会津を救う道はないと判断、十月九日、北海道を目指して去って行った。

榎本艦隊は、同盟軍に何ら寄与することなく、追われるように仙台を去った。

榎本には。蝦夷地を占領し、ここに共和国をつくろうという夢があった。その実現ためには奥羽越が勝利し、白河の関を確保したときに、榎本の夢は実現したはずだった。

東洋一の大艦隊を持ちながら、それを最大限に使うことなく、北海道に追われた榎本の命運も時間の問題であった。

野獣の眼

国境に出陣していた会津軍にとって、薩長軍の攻撃は寝耳に水だった。

会津藩軍事局は奥州街道からの攻撃は、御霊櫃、勢至堂峠から来ると見ていた。このことは、陣将内藤介右衛門自ら勢至堂峠に出陣していたことでわかる。

鳥羽、伏見以来、武勇を誇る第一砲兵隊は、御霊櫃口にいた。隊長小原宇右衛門は、激怒し、夜を徹して、背炙山を越え、市中に突入、天寧寺口から鶴ヶ城に入ろうとして、敵兵の一斉射撃を浴びた。小原以下二十七名の隊員が、撃ち斃された。

猪苗代支援のため鶴ケ城をでた萱野権兵衛の一隊は大寺方面の守備に当たっていたが、気づいたときには、敵が城下になだれ込んでおり、郊外の高久村に退却し、薩長軍の砲火に呆然と立ちすくんだ。

内藤介右衛門も約一千名の兵を率いて、背炙峠を越え、城下を見下ろして、色を失なった。直ちに攻撃に向かおうとしても兵は疲弊し、大砲を途中でことごとく放棄したため、手の施しようがない。

内藤は全身から血の気が失せるのを覚えた。弟の梶原平馬とともに会津藩軍事局を握って来た会津藩最高指導者の一人として、内藤は、責任の重大さに気も動転した。

妻や子はどうなったろうか。

内藤の胸は痛んだ。内藤の家は、鶴ヶ城追手門の前にあった。「白露庭」と呼ばれる広い庭園があり、藩祖保科正之以来、会津藩に仕え、代々家老職で知行二千石を賜わる名家である。家には老父母と、妻子、一族郎党十数名がいる。

（城に入り、無事でいるに違いない）

そうおもいつつも、老父母が家にこだわるあまり「逃げ遅れたのでは」という不安がよぎった。

追手門のあたりは黒煙が上がり、すでに燃え落ちていると見なければならない。内藤は、不吉な予感に襲われた。

内藤の予感は的中した。

内藤の父母は、狼狽のあまり、家をでるのが遅れた。眼と鼻の先の城門に転がるように駆けつけたとき、城門は堅く閉ざされていたのだ。

内藤の妻つや子は、長女秀子六歳、長男英馬三歳の手を引き、老父母、妹らと逃げまどう群衆のなかに巻き込まれた。城中にいた弟の梶原兵馬が、両親の安否に気づいたとき、城下はすでに阿鼻叫喚の修羅場と化し、捜すすべさえなくなっていた。

内藤家の人々は、菩提寺である面川村の泰雲寺に逃れたが、敵兵迫るの知らせに死を覚悟した。父信順は、嫁のつや子に、

「介右衛門は城中にいる。二人の子を連れてこの場を去れ」

と命じた。つや子は子供を連れて、いったんは寺の外に逃れたが、混乱と恐怖で途方にくれ、再び寺に戻ってしまった。

もはや生きるすべはない。

内藤一家は、菩提寺の一室で、次々に刺し違えて自刃した。

内藤は、数日後、一家の殉難を知り、梶原平馬と号泣するが、二人にとって、両親をも見殺しにする慙愧の敗北だった。

一夜明けると、薩長軍は郊外に陣地を築き、持久戦にでた。

会津鶴ヶ城は予想以上に堅固で、容易に抜けないことを知ったためである。

前日、大手門に肉薄した土佐藩兵は、北出丸から側射され、正面本丸の狭間から直射され、二の丸からも側射され、十字砲火を浴びて退却していた。

城兵は、敵を確実に捕えて撃ち殺した。後方に退いた敵兵の隙をついて、会津軍は一隊、また一隊、鶴ヶ城に戻ってきた。内藤介右衛門も敵兵を蹴散らして、城門をくぐった。

梶原平馬は、兄の内藤介右衛門の入城を聞いて、初めて我に返った。城内を駆け巡り、戦況を藩公に報告し、不眠不休の戦闘を続けていた。

城内西出丸には、火薬庫があり、火薬だけは長期間の籠城に耐えられる備蓄があったが、肝心の食糧がない。まったく予期しない藩士の家族の入城で、たちまち兵糧が底をついた。

「平馬、すべては予の判断の甘さであった」

内藤は、歯ぎしりして、肩を落した。

主君容保は城内奥深く、黒金門の本営に容保父子はいた。

その周りに北原采女、簗瀬三左衛門、山崎小助らがおり、西郷頼母が烈火のごとく怒り狂っている。

内藤の顔を見るや、

「たわけめ、このような事態を招いたのは、予の和睦の献策を容れなかったためだ。かくなる上は、殿をはじめ、おぬしらは、皆切腹して罪を償うべきだ」

と怒鳴った。

「西郷殿、いまは、そのときではない」

重臣の秋月悌次郎が、これを制すると、

「馬鹿者ッ」

と刀に手をかけて立ち上がった。

城内軍事局も混乱の極にあった。西郷の言い分にも、理由はあった。

西郷は、鳥羽、伏見の戦いのあと恭順を唱え、白河口の戦いに敗れるや、再び恭順を叫び、家老職を罷免された。一族郎党、皆自刃し、長子吉十郎を連れて入城、怒りの権化と化していた。

「乱心めされたか！　殿の面前でござるぞ」

梶原が、鋭く叫んだ。

「頼母を斬れ！」

城兵は眼を血走らせている。軍事局が統一を欠いては、とても籠城は難しい。

「某が逃亡した！」

「敵を誘導した者がいる！」

鉄の団結を誇る会津武士に乱れが生じたのだ。梶原平馬は、西郷頼母追放を決断した。

西郷が城をでるや、二人の刺客が後を追った。場合によっては西郷を斬る覚悟である。しかし、西郷は一路米沢に逃がれ、仙台を経て、榎本武揚の艦隊に身を投じた。

二十六日、山川大蔵の精鋭が日光口の五十里から会津に戻った。朱雀三番寄合組中隊、別選隊、狙撃隊など日光、田島方面に布陣した数百名の大部隊である。山川は、大鳥圭介とともに日光口でゲリラ戦を繰り広げていた。敵をいかにあざむくかの策略を知っていた。

城外の敵兵がどこに陣地を構築し、どこに狙撃兵をひそませているか見当もつかない。撃ち合いになれば、僅かばかりの弾薬では、たちまち皆殺しにされるのだろう。

山川は何度も生死を賭けた戦いを経験してきた
山川は部隊を鶴ヶ城の西一里にある小松村に留め、村中から笛、太鼓を集めた。会津には獅子舞いという囃子がある。雪がとけて春が来ると、各村の獅子舞いが一斉に町にでて春を告げる。

山川はこの楽隊を先頭に堂々の入場行進を図ったのだ。

「いいか、前を見て進むのだ。列を乱すな」

眼光炯々《けいけい》として、自信に満ちている。山川には天与の勇気と才能がある。

一つ間違えば、山川の部隊は潰滅する。

「行くぞ」

山川が号令した。

小松獅子が歩きだした。村人たちの命がけの協力である。その後ろに全隊が堂々の隊列を組んだ。戦場に奇妙な音が響き渡った。

「どこの藩兵か！」

薩長軍兵士は、見事な行動に唖然と見とれた。城兵は山川の秘策を知っている。城兵があやしんで発砲すれば、たちまち窮地に陥る。山川は、先兵を鶴ヶ城に潜入させ、この大胆な戦略を告げていたのだ。

「山川の隊が来る」

梶原平馬も、望楼からじっと見つめた。

不思議だ。敵はあっけにとられて、眺めている。獅子舞いの囃子が近づいてくる。

早く来い。心臓が高鳴る。敵兵が、おかしいと気づいたとき、楽隊は鶴ヶ城西追手門に近づいていた。

「全軍進めッ」

山川が怒鳴った。全軍脱兎のごとく城門に入る。城内に、拍手と歓声が上がった。

この男は凄い。

梶原は改めて驚嘆し、藩主容保も西追手門まで出向いて山川を迎えた。

山川を迎えて会津藩軍事局は、直ちに籠城作戦を練った。この難局を乗り切る軍事総督は山川大蔵をおいて他にいないことは衆目の一致するところだった。

「山川、君に全軍を托す」

容保がいった。

家老　梶原平馬　容保の側で政務を担当する。
家老　山川大蔵　本丸で軍事を統轄する。
家老　内藤介右衛門　三の丸を指揮する。

家老　原田対馬　西出丸を指揮する。
家老　海老名郡治　北出丸を指揮する。
家老　佐川官兵衛　城外の兵を指揮する。
若年寄　倉沢右兵衛　二の丸を指揮する。

新たな指揮命令系統を確立し、三千余の将兵が城内外に結集、梶原、山川を中心に本格的な籠城戦に入る。

日に日に増強される薩長軍に対し、孤立無援の会津軍がいかに勇敢に戦ったか、というエピソードはいくつもある。しかし、援軍のない籠城は無惨だった。

会津城下に攻め入った敵の兵士は鬼畜と化し、民家に取り残された女性を見つけては集団で犯した。会津藩兵も相次ぐ敗戦で、若松に退却する途中、いたるところで若い女性を捕えて犯した。戦争は狂気なのだ。

城下の戦いは、女性にとっても命がけの修羅場だった。鶴ヶ城の西、涙橋で、会津藩首脳を痛哭させる惨事が起こった。

敵が会津城下に侵入した八月二十三日、容保の義姉照姫が坂下《ばんげ》に逃れたという情報が流れ、中野平内の妻こう子四十四歳、長女竹子二十二歳、次女優子十六歳、依田まき子三十五歳、岡村さき子三十歳、水島菊子十八歳、神保雪子二十六歳ら江戸詰めの婦人が坂下に向かった。

若い女性たちは江戸育ちの評判の美人ぞろい、しかも薙刀の達人で、なかでも姉の竹子は毎夜居合抜を千回もしたという男まさりでだった。

髪を散切《ざんぎり》にし、男装して大小を帯び、薙刀を手に照姫護衛に駆けつけた。坂下に着いてみると、照姫の姿はなく、間もなく城に無事でいることがわかった。

一行は、幕将の古屋作左衛門の衝鋒隊に加わり、涙橋で西軍と一戦に及んだ。薙刀で戦うには、敵前にでなければならない。

「女だ、生け捕れ」

たちまち敵兵が彼女らを目がけ殺到した。

「捕られるな、生け捕りの恥辱を受けるな」

こう子が必死に叫び、近よった敵兵を薙刀でバッサリ斬った。そのとき一発の銃弾が竹子の顔面を貫いた。

妹の優子が駆けよったとき、ワッと敵兵に囲まれた。農兵が小銃を乱射して優子を助けたが、神保雪子の姿が見えない。

中野こう子は蒼白となった。敵陣深く斬り込んだ神保雪子は、薙刀を叩き落され、敵兵に捕えられたのだ。

必死に抵抗する雪子は、物陰に引きずり込まれた。獰猛な兵士たちの眼がギラついている。雪子は野獣となった敵兵に服を剝がされた。気品のただよう白い裸身に男たちは猛り狂って襲いかかった。

言語に絶する凌辱《りょうじょく》が加えられ雪子は失神した。

神保雪子は、神保修理の妻だった。夫修理が江戸で死を遂げたとき、「なぜ夫が」と、血を吐くような声で泣き伏した。

　彼女は武家の女としての気品に満ちた美貌の持ち主だった。

　雪子は後に短刀で咽喉を突いて自刃している。

　中野こう子らは、萱野権兵衛の部隊に助けられ、西追手門から入城、主君容保に謁し、菓子を賜わった。以後、籠城した五百余名の婦人たちとともに、傷病兵の看護、弾薬の製造、兵糧の運搬に当たるが、「神保雪子捕わる」の知らせに梶原平馬、山川大蔵ら会津藩首脳は、言葉もない。佐川官兵衛は、怒りに震え、

「畜生、叩き殺してやる！」

　と腹の底からうめいた。敵兵は手当たり次第に民家に押し入り、財貨を盗み、牛馬に満載して、滝沢峠から後方に運んでいた。

　一面、荒野と化したあちこちに銃弾に斃れた会津兵の遺体が投げだされ、衣服を剝ぎ取られた婦女子が晒されていた。自分の妻が、娘が、眼の前で敵兵に凌辱され、ある者は舌を噛み切って死に、ある者は抵抗して殺された。

「もはや許せん！」

　会津藩首脳は、佐川官兵衛を総督に城内の精鋭十二中隊千余名の決死隊を編成、八月二十九日早朝、濃霧に乗じて決戦にでた。会津藩兵の多くは、生きて帰れないことを知っていた。

　鶴ヶ城を見下ろす小田山も占領され、連日、天守閣は激しい砲撃に晒されている。敵の陣地には、大小砲が砲列を敷き、雨霰のように銃砲弾を撃ちだしてくる。

そこに抜刀して斬り込んでも、最後は、撃ち殺される。懐に法名や遺書をしたため、突撃したのだ。撃たれても撃たれても会津兵は突進した。

融通寺《ゆうずうじ》町口の長州、大垣、備前藩兵を潰乱させ、長命寺に拠って死力を尽して戦った。しかし、火器の差はいかんともしがたい。会津軍は百七十余名の戦死者をだして敗れ去った。田中蔵人、原田主馬、杉浦丈左衛門、内瀬岩五郎ら歴戦の士官が無念の死を遂げた。

城内に傷兵を送った佐川官兵衛は、敗戦の責任を取って帰城せず、この日から城外でのゲリラ戦に移る。

強気の山川大蔵も、この期に及んでは、なすすべがなかった。

すべてが手遅れなのだ。

山川大蔵の眼に涙があふれ落ちた。夜だけが、籠城する会津軍にしばしの休息を与えた。

朝夕の冷え込みは一段と厳しくなり、着のみ着のままの会津藩兵は寒さに震えている。

梶原平馬は、夜空に浮かぶ半月を見た。

風は悽愴《せいそう》、雲は惨憺と流れている。

星が矢のような早さで消えた。一人、また一人、城内の傷兵が息を引き取った。

板垣や伊地知は、これ身よがしに掠奪、暴行を繰り返し、激昂して飛びだす会津兵を氷のような冷たさで撃ち殺した。

慚愧の涙

会津鶴ヶ城は連日凄まじい砲撃に晒されていた。米沢が恭順し、仙台も同盟を離脱、会津一藩が全国の敵を一身に集めて、驚異の戦いを続けていた。

鶴ヶ城を包囲する敵の軍団は三万余にふくれあがり、城の東、西、北の三面と小田山に五十余門の大砲を装置、九月からは昼夜にわたる砲撃を加え始めた。

多い日には、一昼夜に二千七百発もの砲弾が撃ち込まれた。一昼夜に二千七百発というのは、一時間に約百二十発。一分間に二発近い砲撃になる。類い稀な大虐殺である。

敵の砲弾はいたるところに爆裂した。本丸の大書院、小書院には、多くの傷兵が収容されていたが、ここも無惨な光景が繰り広げられた。

榴弾は部屋に飛び込むや、次の瞬間、ドカ大音響を立てて病室を粉砕した。傷兵の体は肉片となって四散し、焼丸の場合は焼いた鉄の固まりなので、濡れた布をかぶせて冷やせばすむが。榴弾は恐ろしい。

軍事総督山川大蔵の妻とせ子も榴弾が炸裂し、全身に破片が食い込み、即死に近かった。

山川が駆けつけたとき、妻は息絶えていた。このなかで照姫や奥女中、藩兵の妻女が必死の看護に当たっていた。白布はことごとく使いはたし、照姫や奥女中の着物を解いて繃帯をつくる始末だった。

戦える者は、城外にでて敵と刺し違えた。城内で敵弾に当たって死ぬよりは、戦って死んだほうがましだ、と誰しもがおもった。

朱雀寄合組四番中隊に三沢主税という下級武士がいた。数え年十八歳、まだ幼さが残る年ごろである。

「君恩に報いよ」

父の教えを守り、どこでも懸命に戦った三沢主税の手記『暗涙の一滴』は、戦いの裏面を知る貴重な史料だった。

兵士の戦闘記録

三沢は城南、豊岡の守りについていた。

小田山の砲列の真下に当たる。ここに胸壁を築き、小屋を構えて、数人交替で敵の侵入を見張った。

砲弾は頭上を越して行くので、当る心配はなかったが、しらみの大量に発生、数百匹が群れをなして肌を襲った。たまりかねて風呂桶を見つけだし、雨水をためて水風呂に入り、しらみの大群から逃がれようとした。

そこを敵から狙撃され、風呂桶を敵弾が貫通した。幸い、三沢に怪我はなかったが、場内の様子をる貴重な証言だった。

命びろいした三沢は城外の戦闘に出た、
九月十五日のことである。城外で数人の兵士と散開して進むと、突然民家から敵兵が躍りでた。

三沢は突差に小銃を発射し、敵はその場に倒れた。近づいて見ると、右股から流血淋漓とあふれている。薩摩七番隊の夫卒で、禿頭白髪の老人である。

「助けてくれ」

と泣きわめいたが、古参兵が材木で老夫の脳天を割った。無残だった。

さらに進むと、敵兵がさっと逃げた。隊員の鈴木兵庫が大声で、

「逃げるとは卑怯なり、勝負いたせ」

と叫ぶと、一人が戻ってきた。

肥前大村藩兵だった。

敵にも武士はいる。鈴木は小銃を捨て刀を抜いた。敵兵も上段に構えて近づいてきた。

鋭い気合いで白刃が一閃した。

敵の大刀が鈴木の左眼球を斬りつけ、鮮血が鼻口からほとばしった。鈴木の剣は、相手の肋骨を斬っていた。

二人は刀を捨てて組打ちとなった。隊長の山田清介が短刀を抜いて敵の喉咽を刺し、路傍の溝に放り込んだ。しかし、鈴木も帰る途中、敵に包囲され、殺害された。なんとも気の毒な出来事だった。

城に戻ると、天主閣下に酒井又兵衛の首が晒されていた。密かに敵に通じていたことが発覚したのだという。

四方を敵に包囲され、籠城してすでに二旬（二十日）援軍もなく、某は行方不明となり、某は民間に潜伏、あるいは子供を城外に逃がす兵士もでて来た。三沢は、

「国の危急存亡を顧みず、一身の安全を望むが如きは武門の恥」

と慨嘆した。

降伏の決意

　このころ、梶原平馬は、降伏の決意を固めていた。会津藩は孤軍奮闘、死にもの狂いに戦い、武士の意地を貫いた。これ以上、藩士、家族を犠牲にすることはできない。

「山川、降伏をおいて他に会津を救う道はない。白虎隊や幼少組に会津の未来を托すのだ」

　梶原がいった。山川は黙っている。暫くして、

「殿の命はどうなる」

　と聞いた。

「これから土佐の板垣と交渉する。殿の命を保障する寛典がなければ降伏はしない」

「拒否された場合は」

「全員。ここで死ぬ」

　梶原がいった。

　梶原、山川はともに二十代の青年である。命は惜しくはない。だが無念だった。慙愧の涙があふれた。

　この会津から京都にでて六年、皇室のために死力を尽して奉公した。梶原、山川にとって、会津こそが尊皇であり、正義であった。梶原がいった。

「この期に及んで土佐に頭を下げるのは癪だが、板垣なら会津藩の気持ちを少しはわかってくれるだろう。土佐本営に使者をだす」

城中の空井戸は、戦死者の遺体であふれ、死臭に満ちている。鴉が孤城を舞っている。

そのとき、外部との伝令に出ていた秋月悌次郎が戻ってきた。

萱野権兵衛の本営に米沢藩士松本誠蔵、山田六助が訪れ、土佐が会津藩降伏のあっせんを申し出たというのだ。

「梶原殿。降伏しかあるまい。私が、土佐本営に参り、折衝してまいる所存」

と秋月が申し出た。

板垣もまた終戦処理を思いめぐらしていたのだった。板垣は、

「もう勝敗は決まった」

と米沢藩に告げ、戦争終結にのり出したのだった。

「あとは会津藩主松平容保に名誉ある降伏をさせることだ」

と板垣は語った。このまま放っておけば、薩長は会津を皆殺しにするだろう。会津もまた勇気ある抵抗を崩さない。

そこに残るのは何か、荒廃した国土、戦火に苦しむ人民、驕りたかぶる薩長兵、日本の前途はどうなるのか。

兵士たちは勝利に酔い、掠奪者の群れと化している。

板垣の危惧

その精神は腐り切り、財貨や女をめぐって藩同士が争っている。

醜い。あまりにも醜い。

それに比べれば、会津の魂は、純粋である。板垣は、そうおもった。

九月十九日、両手を縛られ、丸腰の秋月悌次郎、手代木直右衛門が米沢藩兵の案内で、土佐藩本営に引き立てられた。板垣は二人を知っていた。

手代木直右衛門の弟は京都見廻組頭だった佐々木只三郎である。土佐の坂本竜馬は佐々木の見廻組に斬られたのだ。

板垣は、鄭重に二人を迎えた。真新しい軍服に身を包み、痩身のなかに勝者の誇りをみなぎらせている。

秋月も手代木も会津切っての豪胆の持ち主である。

薩摩、長州、土佐と各藩の間を駆け巡ったことも一度や二度ではない。しかし、今度という今度は、絶体絶命、初めて体験する崖っ淵の対峙である。

後は奈落の底だ。板垣の射るような鋭い眼差に汗が流れる。後に小銃を持った兵士がいる。その前面に立つ板垣は、大きく見える。のしかかって来るように大きく見える。

板垣は二人をじっと見つめたあと、

「縄をといてやれ」

と警備の兵士にいった。初めて安堵の空気がただよった。

「会津藩降伏の使者としてまいった。貴藩と当会津藩は京都で友情を深めた時期があった。降伏につき、特段のご配慮を戴きたい」

と、秋月悌次郎がひれ伏した。

「私は薩長とは若干、意見を異にする。容保公は、さぞ無念でござろう。人生は無情である。もはや貴藩のとる道は降伏しかあるまい。ところで山川大蔵君は、元気ですか。日光で大分痛い目に会わされた。当藩の谷干城などはすっかり山川に惚れている」

板垣は、山川をほめた。そして、

「容保公の命は、私が保障する」

と断言した。

秋月と手代木は、縄の跡が深く食い込んだ手首をさすりながら大粒の涙を流した。

第十七章　降伏の白旗

嗚咽

両軍の砲火は、九月二十一日早朝、ピタリと止まった。

鶴ヶ城黒金門の本営に会津藩重臣が集まった。

梶原平馬、山川大蔵、内藤介右衛門、倉沢右兵衛、海老名郡治、原田対馬、秋月悌次郎、手代木直右衛門、井深茂右衛門、田中源之進らである。

「開城しか残された道はない」

梶原が断言した。

兵士たちは悄然とうなだれ、あちこちからすすり泣きが起こった。

「まだ戦えるではないか！」

怒気満面、悲憤慷慨のあまりに、自刃する将兵もいた。容保は静かに口を開いた。

「今度、大総督仁和寺宮《にんなじのみや》が錦旗を進めて塔寺《とうでら》村までお入りになった。誠にもって驚愕の至りである。領民一同、塗炭の苦しみを受け、その苦痛の状は察してもあまりある。予は、城地を天皇に差しだし、閑地に引き籠もり、謹慎する。皆の者も銘々の居所に速やかに移り、謹慎して欲しい」

重臣、将校は、ただ嗚咽流涕するだけで、誰一人、言葉を発する者はいなかった。

梶原は憔悴《しょうすい》し、一層痩軀《そうく》となった容保を見上げ、言葉もなかった。


冷たい初冬の風が、上空を舞い、城内の樹木はすっかり落葉している。砲弾の炸裂、傷者の苦痛の声、城内を駆け回る罵声……。そうした戦争の音に慣れた平馬は、この静かさが不思議だった。

旧幕府の雄藩として徳川を支え、京都に君臨した会津藩が、いま藩祖保科正之以来、二百二十年の歴史を閉じようとしているのだ。これから会津藩がどうなるかはわからない。国敗れて山河なし、会津藩放浪の旅が始まるのだ。

容保は、城外で戦う萱野権兵衛、上田学太輔、諏訪伊助、佐川官兵衛らにも降伏の親書を送り、奥の間に消えた。

あす二十二日、城を薩長軍に明け渡すのだ。すべての将兵は、様々のおもいで夜を迎えた。一発の銃声が響いた。

藩校日新館医学所教授秋山左衛門が庭樹の下で自殺したのだ。これを合図に数発の銃声が夜空に響いた。

まだいたるところで彼我の兵が睨み合っている。まかり間違えば、再び戦争が始まる。だが数発の銃声で、城下は再び元の静寂に戻った。

月が蒼い。

会津の山塊も鶴ヶ城の漆黒の樹林も月に照らされてあざやかに浮かび上がった。この鶴ヶ城の月をもう見ることはないのだ。寒気が鶴ヶ城を包んだ。

仙台藩但木土佐、坂英力、玉虫左太夫、若生文十郎、米沢藩千坂太郎左衛門、甘糟継成、色部長門、長岡藩河井継之助……、奥羽越の英雄たちは、銃弾に斃れ、あるいは、藩内抗争に破れ、あるいは己の無力に失望し、ついに敗れ去った。

会津藩首席家老梶原平馬は、哀しみに満ちた憂いの表情で月を見ていた。

涙で、眼がかすみ、やがて声をあげて号泣した。

会津藩　死者二千五百余名
米沢藩　死者三百余名
二本松藩　死者三百余名
桑名藩　死者九十余名
中村藩　死者百余名
仙台藩　死者一千余名
長岡藩　死者三百余名
平藩　死者五十余名
棚倉藩　死者六十余名
庄内藩　死者三百余名

奥羽越に多くの血が流れた。九月二十二日巳の刻（午前十時）鶴ヶ城北追手門に白旗が立った。

白布はことごとく使いはたし、小さい布切れを集め、籠城婦人たちが涙ながらに縫い合わせた白旗である。

停戦の砲声が轟然と響き、梶原平馬、内藤介右衛門、秋月悌次郎、清水作右衛門、野矢良助が麻の上下の礼服に身を包み、甲賀町の降伏式場に向かった。

午の刻（正午）西軍軍監中村半次郎、軍曹山県小太郎、使番唯九十九《つくも》が薩摩、土佐藩兵に護られて式場に着いた。続いて松平容保、喜徳の二公が礼服に小刀を帯び、近待に大刀を持たせ式場に入った。

そして、容保が降伏謝罪の書を薩長軍軍監中村半次郎に手渡し、このあと梶原平馬が会津藩重臣を代表して嘆願書を提出、式は終わった。

この日、城中で降伏した会津軍の総員は四千九百五十余人。このなかに婦女子五百七十余人がいた。兵器は大砲五十門、小銃二千八百四十五挺、小銃弾薬二十三万発、槍千三百二十筋、長刀八十一振、あと数日は戦える余力を残していた。

大垣藩はこの日の模様を『奥羽征討史資料』に次のように記している。


官軍八月二十三日、会津城下に打ち入って以来三旬、この間、会津の臣民は老幼を問わず、命を賭けて君主のために戦った。

しかし、兵食弾薬尽き、かつ寒気が加わり、人民が一層塗炭の苦しみを受けるのを憂い、降参した。戦いは時運による。今日の場合、進退を官軍に任せ、多くの人民を救ったのは大勇の致すところである。

識者は必ず感嘆するだろう。嗚呼人傑多きかな。

また、城中に入った中村半次郎は、天守閣の弾痕の凄さに愕然とし、城兵の沈勇剛毅に驚嘆した。最後の武士として会津藩は見事に亡んだ。

このあとにどのような苛酷な運命が待ち受けていようとも、この会津藩の魂は、永遠に消えることはない。

梶原平馬は、己の胸に問いかけながら、鶴ヶ城を去った。振り返っては城を仰ぎ、歩いては振り返った。梶原の耳もとを風がかすめた。会津武士の魂を送る惜別《せきべつ》の風だった。

本書に登場する人物

会津藩

松平容保　藩主
松平喜徳　容保養子
照姫　容保の義姉
保科正之　藩祖
梶原平馬　藩相、首席家老

赤羽恒次郎　白井隊
秋月悌次郎　軍事奉行介添役
秋月登之助　伝習第一大隊隊長
秋山左衛門　北学館教授
浅羽忠之助　容保近侍
安部井政治　梶原平馬腹心
天野精之進
飯沼貞吉　白虎隊
飯沼時衛　朱雀一番士中隊
一ノ瀬要人　家老
一柳幾馬　軍事奉行並
一柳四郎左衛門　寄合組中隊頭

伊藤左太夫　公用人
井上丘隅　幼少寄合組中隊頭
井深梶之助　容保小姓　後の明治学院総長
井深茂右衛門　日新館館長
印出新蔵　足軽
印出ハツ　印出新蔵の妻
上田学太輔　家老
浮州七郎　山川隊参謀
内瀬岩五郎
海老名郡治　白井隊組頭　家老
遠藤元之助
遠藤某　元之助の妻
遠藤元次郎　元之助の次男
遠藤某　元之助の長女
遠藤某　元之助の次女
大内屋藤左衛門　本宮本陣
大内屋刀治　本宮本陣若主人
大田小兵衛　白虎隊
大野英馬　御供番
岡村さき子　会津藩江戸詰め
小野権之丞　梶原平馬腹心　外交方
小原宇右衛門　幕府歩兵組頭　第一砲兵隊隊長

垣沢勇記　公用吏
片桐弥九郎
加藤藤三郎　白井隊
神尾鉄之丞　江戸常詰御聞番
河原岩次郎　河原善左衛門の弟
河原勝太郎　善左衛門長男
河原善左衛門　国産奉行
萱野権兵衛　家老
萱場安之助
唐沢源吾
岸武三郎　白井隊
北原采女　容保側近
北原半助　守備隊　神保修理の弟
木村熊之進　守備隊長
木村兵庫　青竜一番寄合隊頭
工藤某
黒河内式部　軍事奉行
倉沢右兵衛　若年寄
小池勝吉　白井隊組頭
小池周吾　容保小姓
小林平角
小松十太夫　軍事方

小森一貫斉　公用人
雑賀孫六郎
西郷頼母　藩相　軍総督
西郷律子　西郷頼母の母
西郷千重子　西郷頼母の妻
西郷眉寿子　西郷頼母の妹
西郷由布子　西郷頼母の妹
西郷細布子　西郷頼母の長女
西郷瀑布子　西郷頼母の次女
西郷田鶴子　西郷頼母の三女
西郷常磐子　西郷頼母の四女
西郷季子　西郷頼母の五女
酒井又兵衛
佐川官兵衛　別撰隊　幕府歩兵頭　家老
佐久間平介
佐々木新六　白虎隊
柴太一郎　軍事奉行介添役
神保内蔵助　家老
神保修理　容保近臣　軍事奉行添役
神保雪子　修理の妻
神保半助　修理の実弟　のちの長崎市長
篠田儀三郎　白虎隊教導
清水介右衛門

清水作右衛門
白井五郎太夫　白井隊隊長　大砲奉行
杉浦丈左衛門　正奇隊
諏訪伊助　家老
諏訪武之助　青竜足軽組中隊頭
諏訪いし子　武之助の妻
諏訪常吉　梶原平馬腹心
鈴木勝弥　萱野隊
鈴木作右衛門　青龍士中一番隊　隊頭
鈴木兵庫
外島機兵衛　外交方
高木助三郎　玄武中隊半隊頭
高木るい　高木助三郎の妻
高木やい　高木助三郎の娘
高木はつ　高木助三郎の孫
武田信臣　梶原平馬弟
高橋兵治　白井隊
高橋外記　家老
高橋駒之助　白虎隊
竹村助兵衛　大目付
竹本登　砲兵一番隊小隊頭
竹本とき子　竹本登の妻
竹本勝秀　竹本登の父

竹本つや子　竹本勝秀の妻
竹本まさ子　竹本勝秀の娘
辰野勇　猪苗代口守備隊
辰野源左衛門　義集隊
田中蔵人　朱雀二番士中隊
田中源之進　猪苗代兵
田中土佐　藩相、陣将
田中茂手木　越後口軍事方
土屋宗太郎
手代木直右衛門　公用人　容保直臣
内藤介右衛門　陣将　家老、梶原平馬
　実兄
内藤英馬　内藤介右衛門の長男
内藤つや子　内藤介右衛門の妻
内藤秀子　内藤介右衛門の長女
内藤信臣　信意隊
永井左京　朱雀士中隊隊頭
永岡権之助
中沢志津馬　諏訪武之助の親戚
中沢帯刀　外交方
中沢常左衛門　大砲隊組頭
中根監物　猪苗代口守備隊
中野平内　江戸常詰勘定役

中野こう子　平内の妻
中野竹子　平内・こう子の長女
中野優子　平内・こう子の次女
中野真之丞
中野やす子　中野真之丞の妻
中野大次郎　中野真之丞の父
中野やを子　中野真之丞の母
中野しん子　中野真之丞の長女
中野省吾　中野真之丞の長男
中野たけ子　中野真之丞の三女
南摩綱紀　外交方　漢学者
野村監三郎　軍事方
野矢良助　目付
三沢主税　朱雀寄合組四番中隊
水島菊　会津藩江戸詰め
林権助　砲兵隊隊頭
原早太　白虎隊
原田主馬　朱雀士中四番隊隊長
原田対馬　家老
広沢安任　外交方
日向内記　砲兵隊隊長
藤森八太郎　白虎隊
松井某

松沢水右衛門　白井隊
柳下武蔵　萱野隊
梁瀬克吉　容保小姓
柳瀬三左衛門　容保側近
山崎小助　容保側近
山川大蔵　若年寄　大砲隊　軍事総督
山川とせ子　大蔵の妻
山川兵衛　家老　山川大蔵の祖父
山川健次郎　山川大蔵の実弟　後の東京大学総長
山川捨松　山川大蔵妹、第一回女子留学生
山田貞助　書記
山田清介
山本新八　白井隊
横山主税　会津軍副総督
依田まき子　会津藩江戸詰め
和田八兵衛　守備隊

旧幕府

徳川慶喜　第十五代将軍
徳川昭武　徳川慶喜実弟
徳川斉昭　慶喜の父
浅川具挙　大目付
天野雷四郎
井伊直弼　大老
板倉勝静　首席老中
梅津金弥　旧幕臣、騎兵差図役
江川英敏　幕府講武所
榎本武揚　開陽丸艦長
海老名衛門　軍事奉行
大川正次郎　伝習隊
大久保一翁　幕府会計総裁
大河内正資　老中格、若年寄
小笠原長行　老中
小栗忠順　勘定奉行並
大鳥圭介　軍学者　歩兵奉行
勝海舟　陸軍総裁
烏山三郎　開陽丸副長
木村摂津守喜毅　軍艦奉行
窪田鎮章　幕府歩兵隊連隊長
小池周吉　純義隊長
小出秀実　外国奉行
小菅辰之助

近藤倉三郎　旧幕府海軍
酒井忠惇　老中
佐久間信久　旗本　歩兵奉行並
沢太郎左衛門　開陽丸副館長
佐々木源四郎
佐々木只三郎　京都見廻組隊頭
渋沢栄一　パリ万国博覧会随員
鈴木蕃之助　伝習士官隊指図役頭取
滝川具挙　大目付
竹内保徳　勘定奉行兼外国奉行
竹中重固　陸軍奉行
遠山金次郎　大目付
戸田主水　九条総督近侍
永井尚志　若年寄
長沢太郎左衛門　開陽丸副館長
長野慶治郎　通弁
新見正興　遣米使節正使
新見豊前守正興　豊前藩主
沼間慎次郎　大鳥軍第二中隊
畠山五郎七郎　旧幕臣、歩兵差図役
林復斉　大学頭
布施七郎　旧幕臣、砲兵差図役
福澤諭吉　翻訳方

古屋佐久左衛門　幕臣　衝鋒隊
本多幸七郎　伝習隊
松平太郎　陸軍奉行
松本良順　旧幕府西洋医　陸軍軍医総監
安田幹雄
山瀬司馬
吉沢勇四郎　脱走軍工兵隊長
米田圭次郎　歩兵奉行並

公家

孝明天皇
有栖川宮吉子女王　徳川慶喜の実母
岩倉具視
九条道隆　奥羽鎮撫総督
久邇宮朝彦親王
塩小路光孚　奥羽鎮撫総督府
四条隆平　北陸道鎮撫副総督
静寛院宮　明治天皇の叔母、家茂正妻
醍醐忠敬　奥羽鎮撫参謀
高倉永祜　北陸道鎮撫総督
天璋院　徳川家定正妻、島津斉彬養女
戸田主水　九条総督近侍

中山忠能　明治天皇外祖父
伏見宮邦家親王
堀内信子　輪王寺宮法規親王生母
山階宮晃親王
輪王寺宮法規親王　孝明天皇の弟

新撰組

近藤勇　隊長
大久保大和
佐々木只三郎
内藤隼人
土方歳三
山口次郎

彰義隊

渋沢成一郎　頭取
天野八郎　副頭取

秋田藩（久保田藩）　奥羽越列藩同盟

佐竹義堯　藩主

石塚源一郎　家老
小野岡右衛門　家老
幸野治右衛門　仙台藩使節宿舎
遠山直太郎
戸村十太夫　家老
富山虎之助
豊間源之進　砲術所リーダー
根本時之進

泉藩　奥羽越列藩同盟
本多忠紀　藩主

一ノ関藩　奥羽越列藩同盟
田村邦栄　藩主

磐城平藩　奥羽越列藩同盟
鳥居忠政　元藩主
安藤信勇　藩主
安藤信正　藩主　幕府家老
上坂助太夫　家老

上山藩　奥羽越列藩同盟
松平信庸　藩主

亀田藩　奥羽越列藩同盟
岩城隆邦　藩主

黒川藩　奥羽越列藩同盟
柳沢光邦　藩主

桑名藩
松平定敬　藩主容保の実弟
江間政発
杉浦秀人
立見鑑三郎　雷神隊長
中村武雄
三木重左衛門　雷神隊
馬場三九郎

七戸藩　奥羽越列藩同盟
南部信順　藩主

新発田藩　奥羽越列藩同盟
溝口直正　藩主

下手渡藩　奥羽越列藩同盟
立花種恭　藩主

庄内藩　奥羽越列藩同盟
酒井忠篤　藩主
石原倉右衛門　家老
酒井玄蕃　家老
中村七郎右衛門
本間友三郎　豪商
本間光美　本間家当主
松平甚三郎　家老
松平権十郎　新徴組
水野藤弥　組頭

新庄藩　奥羽越列藩同盟

戸沢正実　藩主
川田五郎大夫

仙台藩　奥羽越列藩同盟

伊達慶邦　藩主
赤坂幸太夫
芦名靱負
姉歯武之進　軍監　軍目付
甘糟継成　軍務参謀
新井常之進
石母田但馬　家老
泉田志摩　軍事局常詰め
今村鷲之助　副参謀
内ヶ崎順治
内田喜三郎
遠藤主税　家老
遠藤文七郎
大内筑後　家老
大条孫三郎
大江文左衛門　隊長
大越文五郎
大滝新蔵　白石城参政
大槻定之進　軍監
大槻磐渓　大槻玄沢次男　藩校養賢堂学頭
お駒
梶原東作
片倉小十郎　白石城主
片平大丞　家老
片山仁一郎　白石城参謀
木梨準一郎　参謀
金城善左衛門
坂英力　家老
坂本大炊　参謀
佐藤宮内　大隊長
真田喜平太
志茂又左衛門　用人
瀬上主膳　大隊長
末永縫殿之允
高橋市平
竹股美作　白石城首席家老
但木土佐　首席家老　中将内
伊達将監　重臣
田辺覧吉
玉虫左太夫　政務参謀　藩校養賢堂統取
千坂太郎左衛門　軍事総督
富田敬五郎
中島外記　家老
永沼織之丞
日向茂太郎
星惇太郎　額兵隊
細谷十太夫　鴉組
松田豊之進
牧野新兵衛
松本要人　家老
三好清房　藩執政　若年寄
棟方重七郎
安田武之助
矢野順治
山内富治
山本重之進
横尾東作
横田官平
若生文十郎

相馬藩　奥羽越列藩同盟
相馬季胤　藩主
棚倉藩　奥羽越列藩同盟
阿部正静　藩主
天童藩　奥羽越列藩同盟
織田信敏　藩主
長岡藩　奥羽越列藩同盟
牧野忠訓　藩主
河井継之助　家老
川島億十郎
鬼頭平四郎
外山寅太　河井継之助腹心
花輪求馬　河井継之助腹心
花輪彦左衛門　用人
二見虎三郎　軍目付
牧野図書

松蔵　河井継之助従僕
山本帯刀
二本松藩　奥羽越列藩同盟
丹羽長国　藩主
丹羽一学　家老
青山雄之丞
小川平助　軍師
奥田弥平右衛門
木村銃太郎　小年隊
内藤四郎兵衛　城代
山岡栄治
山田次郎八
弘前藩（津軽藩）　奥羽越列藩同盟
津軽承昭　藩主
福島藩　奥羽越列藩同盟
板倉勝尚　藩主
遠藤篠之助

斉藤十太夫　年寄
杉沢覚右衛門
鈴木六太郎　用人
浅草宇一郎　目明し
本庄藩　奥羽越列藩同盟
六郷政鑑　藩主
松前藩　奥羽越列藩同盟
松前徳宏　藩主
三春藩　奥羽越列藩同盟
秋田映季　藩主
秋田主税
三根山藩　奥羽越列藩同盟
牧野忠泰　藩主

村上藩　奥羽越列藩同盟

内藤信民　藩主

近藤幸次郎

鈴木四郎右衛門

平井伴右衛門

村松藩　奥羽越列藩同盟

堀石直賀　藩主

盛岡藩（南部藩）　奥羽越列藩同盟

南部利剛　藩主

楢山佐渡　家老

守山藩　奥羽越列藩同盟

松平頼升　藩主

矢島藩　奥羽越列藩同盟

生駒親敬　藩主

山形藩　奥羽越列藩同盟

水野忠弘　藩主

湯長谷藩　奥羽越列藩同盟

内藤政養　藩主

米沢藩　奥羽越列藩同盟

上杉謙信　藩祖

上杉景勝　藩祖

上杉綱勝　三代藩主

上杉斉憲　米沢藩主

甘糟継成　軍事参謀

五十嵐源次郎

色部長門

宇佐美勝作

浦部儀左衛門

大滝新蔵

小田切勇之進

落合龍次郎

片山仁一郎

金内志津磨

木滑要人　中将内

佐藤市之丞

佐藤源右衛門

千坂太郎左衛門　家老　軍事総督

中条豊前　大隊長

内藤介左衛門　家老

星井小源太

松本城蔵

宮島誠一郎

山田八郎

山田六助

水戸藩

香川敬三　薩長軍総督府軍監

越前藩

松平春嶽　藩主

紀州藩
三浦久太郎

広島藩
小林柔吉　北陸道鎮撫参謀

母里藩（松江藩）
松平信行　藩主

長州藩
毛利敬親　藩主
赤根武人　総督
伊藤俊輔
大村益次郎　大総督府参謀
世良修蔵　奥羽鎮撫下　総督府参謀
勝見善太郎　世良従者
桂太郎　隊長
国司信濃　家老
品川弥二郎
白井小助　薩長軍代表
杉山荘一　薩長軍代表
高杉晋作　奇兵隊隊長
時山直八
広沢真臣　新政府参与
福原越後　家老
益田右衛門　家老
三好軍太郎
山県有朋　薩長軍参謀

土佐藩
山内容堂　藩主
板垣退助　薩長軍参謀
岩村精一郎　軍監　軍曹
小笠原謙吉　三番隊長　牧野群馬の実兄
後藤象二郎
坂本龍馬
中岡慎太郎
牧野群馬　大総督

熊本藩
津田山三郎　北陸道鎮撫参謀

佐賀藩
田村乾太左衛門　軍事係
深堀又太郎　参謀
前山精一郎　奥羽鎮撫総督府参謀

薩摩藩
島津久光　薩摩藩国父
島津忠義　藩主
松平修理太夫（松平吉貴）　藩主
伊地知正治　薩長軍参謀
伊牟田尚平
大山巌　砲兵隊長
大山格之助　奥羽鎮撫下参謀
大久保利通
香川敬三　薩長政府軍監
黒田了介（清隆）　奥羽鎮撫総督府参謀
西園寺公望　薩長軍総督

西郷隆盛
沢為量　奥羽鎮撫総督府副総督
唯九十九
中村半次郎
野津七治　薩摩六番隊
日高郷左衛門　薩摩兵隊長
淵辺直右衛門　薩長軍代表
益満久之助
山県小太郎

その他

大槻玄沢　蘭学者
覚王院義観　上野寛永寺僧
佐久間象山　蘭学者
高島秋帆　砲術家
平田篤胤　国学者
掛田の善兵衛　博徒
桑折の和三郎　博徒
平坂新八郎
中村小治郎
吉川忠行　平田篤胤の後継者
吉川忠安　同右

外国高官・外国人

エドワード・シュネル（平松武兵衛）
　スイス領事館書記
シャノワン　フランス陸軍士官
デュース　イギリス商人
フオン・ブラント　プロシャ国代理公使
ホルケン　イギリス公使
ロッシュ　フランス公使
ブリューネ　フランス陸軍士官　軍事
　顧問団
カズヌーブ　フランス陸軍　軍事顧問団
デ・ラ・トウル　イタリア公使
※肩書き・所属は原則として本書中に記載のものを使用しました。

あとがき

奥羽越の指導者たちは、決して因循姑息《いんじゅんこそく》ではない。

己《おのれ》の良心に照らしながら、未来を描いて戦いに入って行く。ある意味で宿命ともいえた。

人間は生まれ育った土地や血のつながりと無縁で生きることはできない。

会津や仙台、米沢、長岡、庄内には奥羽越という共通の土壌と連帯があった。

この本の主人公、会津藩家老梶原平馬は、まだ二十代半ばの青年であった。

会津藩の家老職の家に生まれ、江戸、京都で培った政治力を発揮しながら尊王攘夷、倒幕を目指す薩長の人々と激しく渡り合った。

会津藩は京都守護職に任ぜられ、朝廷の守護と京都の治安維持を一任された以上、薩長の革命勢力と渡り合うことになったのは、いわば宿命であった。

徳川幕府の屋台骨が大きく崩れ、最後の将軍徳川慶喜は大政を奉還、事態の収拾を図ろうとしたが、薩長勢はここを先途と鳥羽、伏見の戦いを引き起こして大勝、徳川慶喜と会津藩主松平容保の首を取れと、江戸への進撃を開始した。

西郷隆盛と勝海舟の会談で、江戸は無血開城となり、慶喜も「無罪放免」となったが、薩長軍の次の目標は会津藩主松平容保の首だった。

仙台、米沢藩主が中に入り、会津開城と会津藩家老三人の切腹で、事態収拾を図ったが、長州藩参謀世良修蔵がこれを拒否、あくまで容保の首に固執したため仙台藩が世良を誅殺、奥羽越全体で、薩長軍に立ち向かうことになった。


会津というと、一般的な印象は時代に乗り遅れたということである。たしかにその部分はある。京都時代にもっと強力な軍事力や政治力を持ち、奥羽越諸藩と連帯を保っていれば、やすやすと薩長に攻められることはなかったはずである。自らの判断で、国をリードする先見性に欠けていたことはいなめない。


しかし、鳥羽、伏見の敗戦から江戸に戻り、徳川慶喜と完全に離れてからの会津は、自らの手で国を守り、日本をリードしようという気迫に満ちてくる。人間としての誇りを絶えず持ち続け、決して暴力に屈しようとはしない。その会津魂は見事の一語につきる。

梶原の努力は結果として水泡に帰する。

藩内の保守派にたえず牽制され、妥協せざるを得ないことも多かった。

たとえば、旧幕府陸軍の扱いである。梶原は、会津領内に迎え入れ、ともに戦うことを主張するが、必ずしも主君松平容保の賛意が得られない。

「領内に幕府兵を入れては、会津は抜きさしならない破目に陥る」

という危惧である。

これは、徹底抗戦と矛盾する問題である。徹底抗戦を叫びながらどこかで平和的な解決を図ろうとする虫のよさがある。

このため古屋作左衛門の衝鋒隊は、越後にだされ、大鳥圭介軍は日光に釘づけになる。武器、弾薬、兵員の補給がないため、旧幕府陸軍は次第に戦力を失なって行く。会津に温存し、白河城の攻防戦に出撃すれば、伊地知の薩長軍もたやすく白河を攻略することは不可能だったろう。

梶原は多分、すべてを承知していたことだろう。右も左も呑み込んで、藩論をまとめていくしかなかったのだ。

惜しむらくは、梶原平馬に関する史料は極めて少ない。明治以降、薩長藩閥政治のなかで辛酸をなめた会津人は、主戦論者梶原平馬の影を絶ち切ることによって、あの戦争を忘れたかったのかもしれない。そうした世間の目に耐えかねたのか、梶原は会津の重臣、山川家から迎えた妻とも離婚し、杳《よう》として行方がわからなくなる。

梶原の評判は最悪だった。色町の女性と逃げ、遊郭の番台に座っていたそうだと流布されていた。明治以降における梶原平馬の生き方については、一人姿を消したという点で、批判的な見方もあるだろうが、私は決してそうはおもわない。

ある意味で繊細で純粋な男、梶原平馬が最高指導者であったという点でも、会津藩というものが一層魅力を増すのである。

梶原平馬は、すべてのエネルギーをこの戦いに昇華させ、藩主容保の生活を見届けたあと、一人の市《し》井人《せいじん》として、残された人生を歩んだのだとおもう。

根室市育教委員会の調査で、彼の妻、テイは根室で教員を務め、ここで女子教育に関して表彰も受けていた。また梶原は根室町役場の庶務課長を務めていたことも明らかになった。

ただ根室の寒さに耐えきれなかったのか、若くして命を絶っていた。

根室で歴史関係者の集まりがあったとき、私は根室に向かい、海の見える共同墓地にある梶原の墓に焼香し、梶原平馬に「ご苦労さまでした」と声を掛けた。

墓石は少し傾いており、感無量だったことを覚えている。

この本は昭和六十一年十月、今から三十三年前に長野県の教育書籍から出版、その後、角川文庫、廣済堂文庫に収録され、今回、ぱるす出版の梶原純司氏社長との出会いで、増補改訂版を出すことができた。梶原社長は平馬と同じ姓である。何かひらめきがあったのかもしれない。

以前、私は東軍、西軍の戦いとしたが、今回は奥羽越列藩同盟軍と薩長軍の戦いとして会津戦争を描いた。昨年は明治百五十年、会津と長州の交流もあったが、会津側は依然、和解は拒んでいる。

私は長州の歴史家とも交流はあるが、安易な和解は避けるべきだと考えている。

最近、明治天皇が会津と会津藩に大変、関心をお持ちになっていたことが明らかになった。次の本はこのことを書くべく準備を進めている。

令和元年九月

星　亮一

星　亮一（ほし　りょういち）

1935年仙台市生まれ。高校時代を岩手県で過ごす。一関一高、東北大学文学部国史学科卒。福島民報記者を経て、福島中央テレビ入社。番組プロデューサーとして、「越龍吼ゆ　嵐の会津・長岡同盟」「風雪斗南藩 -- 北斗以南皆帝州」等を制作した。この間、日本大学大学院総合社会情報研究科に学ぶ。
著書に『幕末の会津藩』『奥羽越列藩同盟』『会津落城』『斗南藩』（以上中公新書）『呪われた明治維新』、『呪われた戊辰戦争』（以上さくら舎）、『会津藩は朝敵にあらず』（イーストプレス）など多数。20年にわたり戊辰戦争研究会を主宰している。

会津藩燃ゆ――我等かく戦へり――【令和新版】

令和元（2019）年11月1日　初版第1刷

著　者　　星　亮一
発行者　　梶原純司
発行所　　ぱるす出版 株式会社
東京都文京区本郷2-25-14　第1ライトビル508号　〒113-0033
電話（03）5577-6201　FAX（03）5577-6202
http://www.pulse-p.co.jp
E-mail　info@pulse-p.co.jp
表紙デザイン　（株）WADE
印刷・製本　ラン印刷社
ISBN 978-4-8276-0251-7　C0021